T0270048

LA
GUARDAESPALDAS

Katherine Center

LA
GUARDAESPALDAS

Traducción de
Matuca Fernández de Villavicencio

Papel certificado por el Forest Stewardship Council®

MIXTO
Papel | Apoyando la
silvicultura responsable
FSC® C117695

Penguin
Random House
Grupo Editorial

Título original: *The Bodyguard*
Primera edición: enero de 2024

© 2022, Katherine Center
© 2024, Penguin Random House Grupo Editorial, S.A.U.
Travessera de Gràcia, 47-49. 08021 Barcelona
Publicado por acuerdo con St. Martin's Publishing Group
en asociación con International Editors & Yáñez' Co. Barcelona.
© 2024, Matuca Fernández de Villavicencio, por la traducción

Printed in Spain – Impreso en España

ISBN: 978-84-9129-949-3
Depósito legal: B-19404-2023

Impreso en Rodesa
Villatuerta (Navarra)

SL99493

A mis abuelos, Herman e Inez Detering.

*Nos dejasteis numerosos regalos con los que seguir adelante
y os agradezco todos ellos, especialmente, en estos momentos,
vuestros abrazos, vuestro cariño y bondad y todos mis recuerdos
de una infancia correteando por vuestro rancho de Texas.*

*Os echo mucho de menos,
pero de una manera que rebosa gratitud*

1

El último deseo de mi madre fue que me tomara unas vacaciones.

—No le des más vueltas y hazlo —había dicho recogiéndome un mechón de pelo detrás de la oreja—. Reserva un viaje y vete. Como hace la gente normal.

Hacía ocho años que no me tomaba unas vacaciones.

Y yo le había respondido:

—Vale. —Que es lo que haces cuando tu madre enferma te pide algo. Pero a continuación, como si estuviéramos negociando, añadí—: Solo por esta vez.

En aquel momento, naturalmente, yo no era consciente de que sería su último deseo. Pensaba que se trataba de una conversación más de hospital en mitad de la noche.

Y de repente era la noche tras su funeral. No podía dormir y lo único que hacía era dar vueltas en la cama mientras la escena se repetía en mi cabeza: la forma en que mi madre me había sostenido la mirada y apretado la mano para sellar el trato, como si tomarse unas vacaciones pudiera ser algo importante.

Eran las tres de la madrugada. Mi ropa para el funeral colgaba del respaldo de la silla. Llevaba desde la medianoche esperando que me invadiera el sueño.

—Está bien, está bien —dije en alto a nadie en particular.

Repté sobre la colcha para coger el portátil del suelo y, a la luz azulada de la pantalla y con los párpados medio caídos, busqué «billetes de avión más baratos adonde sea», encontré una web que ofrecía una lista de destinos sin escalas por setenta y seis dólares, bajé por la página como si estuviera jugando a la ruleta rusa, aterricé al azar en Toledo, Ohio, y le di a «comprar».

Dos billetes a Toledo. No reembolsables, al parecer. Una oferta de San Valentín para tortolitos.

Ya está. Promesa cumplida.

El proceso me llevó menos de un minuto. Ya solo me faltaba obligarme a ir.

Sin embargo, seguía sin poder dormir. A las cinco, justo cuando el cielo empezaba a clarear, desistí, agarré las sábanas y las mantas y me arrastré hasta el vestidor, donde me hice un ovillo sobre un nido improvisado en el suelo y caí redonda, al fin, en la oscuridad sin ventanas.

Cuando desperté eran las cuatro de la tarde. Presa del pánico, me levanté de un salto y corrí por la habitación —abotonándome mal la blusa y golpeándome la espinilla con el canto de la cama— como si llegara tarde al trabajo.

Pero no llegaba tarde al trabajo. Mi jefe, Glenn, me había dicho que no fuera a trabajar. De hecho, me había prohibido que fuera. Durante una semana.

—Ni se te ocurra aparecer por la oficina —había dicho—. Quédate en casa y llora.

¿Quedarme en casa? ¿Llorar? Ni de coña. Más que nada porque —ahora que había comprado esos billetes de avión a Toledo— necesitaba encontrar a Robby, mi novio, y conseguir que me acompañara. Normal, ¿no? Nadie va a Toledo solo. Y menos aún por San Valentín.

Todo me parecía muy urgente en ese momento.

Si mi estado anímico hubiera sido otro, podría haber escrito a Robby para que se pasara por mi casa después del trabajo y haberlo invitado amablemente a acompañarme. Después de una cena y una copa. Como una persona cuerda.

Puede que hubiese sido un plan mejor.

O que hubiese conducido a un resultado mejor.

Pero yo no era una persona cuerda en ese momento. Era una persona que había dormido en un vestidor.

Para cuando llegué a la oficina —justo al final de la jornada laboral— tenía el pelo a medio cepillar, la camisa a medio remeter y un programa con la foto del instituto de mi madre en la portada todavía doblado en el bolsillo de la americana del traje pantalón que había llevado en el funeral.

Supongo que no es muy normal presentarte en el trabajo el día siguiente de enterrar a tu madre.

Había hecho mis indagaciones al respecto, y el permiso por fallecimiento de un familiar era, por lo general, de tres días, mientras que Glenn me estaba obligando a tomarme cinco. Otras cosas sobre las que había indagado durante mi noche en vela: «Cómo vender la casa de tus padres», «Cosas interesantes que hacer en Toledo» (una lista sorprendentemente larga) y «Cómo vencer el insomnio».

En resumen: todo indicaba que no debía estar allí.

Por eso titubeé al llegar a la puerta del despacho de Glenn. Y por eso acabé escuchando sin querer —o queriendo— a Robby y a Glenn hablar de mí.

—Hannah se va a pillar un cabreo descomunal cuando se lo digas —fue lo primero que oí. La voz de Robby.

—A lo mejor te ordeno que se lo digas tú. —La de Glenn.

—A lo mejor deberías reconsiderarlo.

—No hay nada que reconsiderar.

Suficiente. Abrí la puerta de un empujón.

—¿Qué hay que reconsiderar? ¿Quién va a decirme qué? ¿Por qué exactamente me voy a pillar un cabreo descomunal?

Más tarde me miraría al espejo y recibiría de él la imagen que ambos vieron en el momento en que se volvieron hacia mi voz. Digamos, simplemente, que entrañaba ojos rojos, medio cuello de la blusa arrugado bajo la solapa de la americana y una cantidad significativa de rímel mezclado con lágrimas del día anterior.

Resultaba inquietante, pero Glenn no era una persona que se inquietara fácilmente.

—¿Qué haces aquí? —preguntó—. Largo.

Tampoco destacaba por su dulzura.

Marcando territorio en el hueco de la puerta, adopté una postura firme.

—Necesito hablar con Robby.

—Puedes hacerlo fuera de la oficina.

Tenía razón. Prácticamente vivíamos juntos. Cuando no estábamos trabajando, claro. Que era la mayor parte del tiempo.

Pero ¿qué se suponía que debía hacer? ¿Esperarlo en el aparcamiento?

—Cinco minutos —negocié.

—No —dijo Glenn—. Vete a casa.

—Necesito salir de mi casa —dije—. Necesito hacer algo.

Eso a Glenn le traía sin cuidado.

—Tu madre acaba de morir —dijo—. Ve con tu familia.

—Ella era mi familia —repliqué, cuidando de no elevar la voz.

—Justamente —dijo Glenn, como si hubiese pillado el mensaje—. Tienes que pasar el duelo.

—No sé cómo hacerlo —dije.

—Nadie sabe cómo hacerlo. ¿Quieres un manual de instrucciones?

Le clavé una mirada asesina.

—No me importaría.

—Tu manual es: largo de aquí.

Negué con la cabeza.

—Sé que crees que necesito… —titubeé, pues no sabía muy bien qué creía Glenn que yo necesitaba— quedarme en casa y pensar en mi madre… Pero, en serio, estoy bien. —Luego, y no mentía, añadí—: No estábamos muy unidas.

—Estabais lo bastante unidas —repuso Glenn—. Fuera.

—Déjame… archivar cosas. Lo que sea.

—No.

Ojalá pudiera decir que Glenn —grande como un tanque, con la cabeza calva y moteada de pecas, como si alguien las hubiera espolvoreado con un pimentero— era de esos jefes que parecían ariscos pero en el fondo solo pensaban en lo que era mejor para ti. Pero la mayoría de las veces Glenn solo pensaba en lo que era mejor para Glenn. Y había decidido que ahora mismo yo no estaba en condiciones de trabajar.

Lo entendía. Había sido una época extraña. Apenas había llegado a casa después de un trabajo en Dubái cuando recibí una llamada de urgencias para informarme de que mi madre se había desplomado en un paso de peatones.

De repente me descubrí llegando al hospital para enterarme de que mi madre no podía dejar de vomitar y no sabía en qué año estaba ni quién era el presidente del país; recibiendo de una médica con carmín en los dientes el diagnóstico de que mi madre sufría una cirrosis terminal, e intentando disentir diciendo: «¡Mi madre ya no bebe! ¡Ya no bebe!»; yendo esa misma noche a su casa para coger sus calcetines esponjosos y su manta favorita y encontrando su alijo oculto de vodka; vaciando frenéticamente hasta la última botella en el fregadero y haciendo correr el agua para que se llevara el olor, pensando entretanto que mi mayor desafío iba a ser conseguir que mi madre cambiara de vida.

Otra vez.

Dando por sentado que habría tiempo para eso.

Como hacemos siempre.

Pero mi madre se fue antes de que yo tomara plena consciencia de que perderla era una posibilidad.

Era mucho con lo que lidiar. Hasta Glenn, que tenía la inteligencia emocional de una taladradora, lo entendía, pero lo último que yo quería era quedarme en casa y pensar en ello.

Iba a convencerlo de que me dejara volver al trabajo aunque fuera lo último que hiciera en la vida. Y después convencería a Robby para que me acompañara a Toledo. Y entonces quizá, solo quizá, conseguiría dormir.

En una exhibición de poderío que los retaba a detenerme, me adentré en el despacho y tomé asiento en la butaca libre frente a la mesa de Glenn.

—¿De qué estáis hablando? —pregunté, cambiando de tema—. ¿Es esto una reunión?

—Es una conversación —dijo Glenn, como si supiera que yo había puesto la oreja.

—Tú no tienes conversaciones, jefe —dije—. Tú solo tienes reuniones.

Robby, guapo a rabiar con esas pestañas negras festoneando sus ojos azules, me miró como celebrando mi observación.

Me tomé unos segundos para admirarlo. Mi madre se había quedado muy impresionada cuando se lo presenté. «Parece un astronauta», me dijo, y así era. Robby, además, llevaba el pelo rapado al dos, conducía un Porsche vintage y rezumaba seguridad en sí mismo de una manera absolutamente sexy y astronáutica. Mi madre estaba impresionada conmigo por salir con él. Y, para ser franca, yo estaba impresionada conmigo misma por la misma razón.

Robby no solo era el hombre más guay con el que había salido nunca; también era la persona más guay que había conocido nunca.

Pero esa no era la cuestión. Me volví de nuevo hacia Glenn.

—¿Qué es exactamente lo que vas a ordenarle a Robby que me diga?

Glenn suspiró, en plan «Supongo que no hay escapatoria», y dijo:

—Pensaba esperar a que por lo menos —me miró de arriba abajo— te hubieras duchado… El caso es que vamos a abrir una sede en Londres.

Fruncí el entrecejo.

—¿Una sede en Londres? —inquirí—. ¿Y qué tiene eso de malo?

Pero Glenn continuó.

—Y vamos a necesitar a alguien…

Mi mano salió disparada hacia arriba.

—¡Lo quiero! ¡Es mío!

—Para montar la oficina y ponerla en marcha —terminó Glenn—. Serán dos años.

¿Hola? ¿Londres? ¿Ir a Londres con un proyecto gigante que requeriría tanta adicción al trabajo que ninguna otra cosa importaría durante dos años enteros?

Al cuerno con las vacaciones. Apúntame ya.

Sucesivas oleadas de alivio me invadieron con solo pensarlo. Un proyecto así de absorbente podría distraerme de todos mis problemas. Sí, por favor.

Entonces me percaté de que Robby y Glenn me estaban observando de una forma extraña.

—¿Qué? —inquirí mirando a uno y otro.

—Será uno de vosotros dos… —dijo Glenn señalándonos a Robby y a mí.

Naturalmente. Yo era la protegida que Glenn llevaba años preparando y Robby era el sexy experto que había robado a la competencia. ¿Quién más podía aspirar al puesto?

Yo seguía sin ver dónde estaba el problema.

—Y eso significa —continuó Glenn— que el que no vaya de los dos tendrá que quedarse aquí.

Hasta ese punto amaba mi trabajo: la idea de estar dos años separada de mi novio no me inquietó. Ni lo más mínimo.

Hasta ese punto, también, ansiaba volver al trabajo.

—Anunciaré mi decisión sobre Londres después de Año Nuevo —dijo Glenn—. Hasta entonces, consideraos competidores por el puesto.

Aquí no había competición. El puesto iba a ser mío.

—Vale —dije encogiéndome de hombros, en plan «¿Y qué?»—. Hemos competido otras veces. —Señalé a Robby con el mentón—. Nos gusta competir. E independientemente de quién gane, dos años no es tanto tiempo. Ya nos apañaremos, ¿verdad?

De haber prestado más atención, quizá me habría percatado de que Robby estaba menos entusiasmado con la idea que yo. Pero en ese momento estaba demasiado desesperada para pensar en nadie salvo en mí.

Me daba miedo sentir el impacto completo de la muerte de mi madre. Me aterraba estar atrapada en casa sin distracciones. Solo pensaba en escapar —preferiblemente a un país bien lejano— lo antes posible.

La semana siguiente Robby y yo teníamos programada una misión de veinte días en Madrid, pero ni siquiera estaba segura de cómo iba a aguantar hasta entonces.

En primer lugar, tenía que sobrevivir a los días de duelo que me quedaban.

—Teniendo en cuenta lo que escuché sin querer —dije señalando la puerta—, esperaba una mala noticia.

—La mala noticia no es esa —dijo Robby, mirando a Glenn.

También yo me volví hacia Glenn.

—¿Y cuál es la mala noticia?

Glenn se negó el menor titubeo.

—La mala noticia es que te saco de Madrid.

Mirando atrás, presentarme con semejante pinta en la oficina —ojos de loca, pelos de recién levantada y cara de desesperación— probablemente no me estaba ayudando. Quizá tendría que haberlo visto venir.

Pero no lo vi venir.

—¿Me sacas de Madrid? —pregunté, pensando que a lo mejor no había oído bien.

Robby clavó la mirada en la ventana.

—Te saco de Madrid —confirmó Glenn. Luego, añadió—: No estás en condiciones de ir.

—Pero... —No supe qué alegar en mi favor. ¿Cómo iba a decir: «Eso es lo único que me ayuda a mirar hacia delante»?

Glenn hundió las manos en los bolsillos. Robby oteó por la ventana. Finalmente, pregunté:

—¿A quién vas a enviar en mi lugar?

Glenn miró de reojo a Robby. Luego, dijo:

—Voy a enviar a Taylor.

—¿Vas a enviar... a Taylor?

Asintió.

—Es nuestra segunda mejor opción —declaró, como si eso zanjara el tema.

No lo zanjaba.

—¿Vas a enviar a mi mejor amiga y a mi novio a Madrid y a dejarme sola tres semanas enteras? ¿Con mi madre recién fallecida?

—Dijiste que no estabais tan unidas.

—Y tú dijiste que estábamos lo bastante unidas.

—Oye —dijo Glenn—, esto es lo que se llama una decisión empresarial.

Negué con la cabeza. No iba a funcionarle.

—No puedes dejarme en tierra y desmantelar toda mi red de apoyo. Ese viaje es mío. Esos clientes son míos.

Glenn suspiró.

—Irás la próxima vez.

—Quiero ir esta vez.

Se encogió de hombros.

—Y yo quiero que me toque la lotería, pero no va a ocurrir.

Hice un inciso para respirar y dije:

—Si Taylor va a Madrid en mi lugar, ¿adónde voy yo?

—A ninguna parte —contestó Glenn.

—¿A ninguna parte?

Asintió.

—Necesitas descansar. Además, está todo completo. —Consultó su portátil—. Yakarta está cogida. Colombia está cogida. Baréin. Los directivos petroleros de Filipinas. Todo cogido.

—¿Y qué se supone que voy a hacer?

Glenn se encogió de hombros.

—Ayudar en la oficina.

—Hablo en serio.

Pero Glenn continuó.

—¿Aprender ganchillo? ¿Montarte un jardín de suculentas? ¿Centrarte en tu crecimiento personal?

No, no, no.

Glenn, sin embargo, no daba su brazo a torcer.

—Necesitas un descanso.

—Odio los descansos. No quiero un descanso.

—No se trata de lo que quieres, sino de lo que necesitas.

¿Quién se creía que era, mi terapeuta?

—Necesito trabajar —dije—. Estoy mejor cuando trabajo.

—Puedes trabajar aquí.

Pero también necesitaba escapar. Noté un nudo de pánico en la garganta.

—A ver. Me conoces muy bien, sabes que no puedo quedarme quieta. No puedo quedarme aquí y… hundirme en la miseria. Necesito moverme, necesito ir a algún sitio. Soy como los tiburones: tengo que estar siempre en movimiento. Necesito que me entre agua en las branquias. —Me señalé la caja torácica con las manos para mostrarle dónde tenía las branquias—. Si me quedo aquí —dije finalmente—, moriré.

—Chorradas —espetó Glenn—. Morirse es mucho más difícil de lo que crees.

Glenn detestaba que la gente suplicara. Aun así, supliqué.

—Envíame a algún lugar, adonde sea. Necesito salir de aquí.

—No puedes pasarte la vida huyendo —dijo Glenn.

—Sí puedo. Por supuesto que puedo. —Por la expresión de su cara comprendí que habíamos llegado a un callejón sin salida, pero no me di por vencida—. ¿Qué me dices de Burkina Faso? —inquirí.

—Voy a enviar a Doghouse.

—¡Le llevo tres años de antigüedad!

—Pero él habla francés.

—¿Qué me dices de la boda en Nigeria?

—Voy a enviar a Amadi.

—¡No lleva aquí ni seis meses!

—Pero su familia es de Nigeria. Y habla…

—Vale, olvídalo.

—… Yoruba y un poco de igbo.

Ese era el punto crucial. Glenn tenía una reputación que proteger.

—Te enviaré —dijo como si hubiésemos acabado— cuando lo considere oportuno. Te enviaré cuando sea lo mejor para la agencia. Nunca te enviaré por delante de alguien más cualificado.

Afilé la mirada, retándolo a contradecirme, y declaré:

—No hay nadie más cualificado que yo.

Empleando como un arma su depurado poder de observación, me examinó de arriba abajo.

—Tal vez sí, tal vez no —dijo al fin—. Pero enterraste a tu madre ayer.

Le sostuve la mirada.

Siguió hablando.

—Tienes el pulso acelerado, los ojos rojos y el rímel corrido. Hablas deprisa y tienes la voz ronca. No te has peinado, te tiemblan las manos y te cuesta respirar. Estás hecha un desastre. Así que vete a casa, date una ducha, come cosas que te reconforten, llora la muerte de tu madre y luego búscate un par de aficiones, porque te garantizo que no irás a ninguna parte hasta que pongas tu vida en orden.

Conocía bien ese tono de voz. No discutí más.

Pero ¿cómo iba a volver al trabajo si Glenn no me dejaba volver al trabajo?

2

¿He contado cómo me gano la vida?

Normalmente intento postergarlo todo lo posible, porque una vez que lo sepas —una vez que te desvele mi profesión— elaborarás una larga lista de conjeturas sobre mí… y todas ellas serán erróneas.

Sin embargo, supongo que no puedo seguir aplazándolo. Mi vida resulta incomprensible si no sabes a qué me dedico. De modo que ahí va: soy agente de protección ejecutiva. Aunque nadie sabe nunca qué significa eso.

En otras palabras, soy guardaespaldas.

Mucha gente lo confunde y me llama «guardia de seguridad», pero para que quede claro desde ahora: eso no es, ni remotamente, lo que yo hago. Yo no me paseo por el aparcamiento de un supermercado montada en un carrito de golf. La mía es una profesión de élite. Requiere años de entrenamiento. Exige habilidades altamente especializadas. Es difícil entrar y es una extraña combinación de glamour (viajes en primera, hoteles de lujo, gente con muchísimo dinero) y rutina (hojas de cálculo, listas de verificación, contar los recuadros de las moquetas de los vestíbulos de los hoteles). Básicamente, protegemos a la gente muy rica (y en ocasiones famosa) de las personas que quieren hacerles daño. Y nos pagan muy bien por ello.

Sé lo que estás pensando.

Estás pensando que mido uno sesenta y cinco, soy mujer y no precisamente corpulenta. En tu mente aparece el estereotipo del guardaespaldas —puede que un portero de discoteca con las mangas de la camiseta estrujándole los bíceps— y te percatas de que soy justamente lo opuesto. Estás preguntándote cómo es posible que sea buena en lo que hago.

Vamos a aclarar eso.

Los gorilas hinchados de esteroides constituyen un tipo de guardaespaldas: un guardaespaldas para la gente que quiere que todo el mundo sepa que tiene un guardaespaldas.

Pero resulta que la mayoría de la gente no quiere eso. La mayoría de los clientes que necesitan protección ejecutiva no quiere que se sepa.

No estoy diciendo que los tipos grandes no cumplan su función. Pueden tener un efecto disuasorio, pero también pueden provocar el efecto contrario. En realidad, todo depende del tipo de amenaza.

La mayoría de las veces estarás más seguro si tu protección pasa desapercibida. Y yo soy buenísima pasando desapercibida. Todas las agentes de PE lo somos, de ahí que estemos tan solicitadas. Nadie sospecha nunca de nosotras.

Siempre se creen que somos la niñera.

Yo llevo a cabo una clase de protección que la mayoría de la gente, incluido el cliente, no sabe que se está produciendo. Y soy la persona con menos pinta letal del mundo. Me tomarías por una maestra de parvulario antes que sospechar que podría matarte con un sacacorchos.

Y sí que podría matarte con un sacacorchos, por cierto. O con un bolígrafo. O con una servilleta.

Pero no lo haré.

Porque si las cosas llegan a un punto en que no me queda más remedio que matarte, a ti o a quien sea, significa que no he hecho mi trabajo. Mi trabajo es anticiparme al daño antes de que se materialice y evitarlo.

Si he de clavarte un tenedor en el ojo, he fallado. Y yo no fallo. No en mi vida profesional, al menos.

O sea que mi trabajo no va de aplicar la violencia, sino de evitarla. Requiere mucho más cerebro que fuerza. Requiere preparación, observación y una vigilancia constante.

Requiere hacer predicciones y reconocer patrones y hacerse una composición del lugar antes incluso de entrar en una estancia.

No es solo algo que haces, es algo que eres. Y seguramente mi destino se decidió en cuarto grado, cuando me contrataron de vigilante de vehículos de alta ocupación y me dieron una chapa y una banda fosforescente. (Todavía tengo esa chapa en la mesilla de noche). O quizá en séptimo, cuando nos mudamos a un piso a una manzana de una academia de jiu-jitsu y convencí a mi madre para que me apuntara. O puede que se decidiera por todos esos novios horribles que mi madre traía constantemente a casa.

Independientemente de la causa, cuando vi una mesa de reclutamiento junto a la caseta de oferta laboral del campus durante mi primer año de universidad, con un letrero azul marino y blanco que rezaba ESCAPA AL FBI, no lo dudé ni un segundo. Escapar era mi actividad favorita. Cuando superé con creces las pruebas de diligencia, reconocimiento de patrones, capacidad de observación, retención auditiva y altruismo, me reclutaron al momento.

Esto es, hasta que Glenn Schultz llegó y me fichó.

El resto es historia. Él me enseñó todo lo que sabía. Empecé a viajar por el mundo, este trabajo se convirtió en mi vida y no volví a mirar atrás.

Porque me encantaba. No me quedaba otra: tenía que encantarme. Tienes que darlo todo. Has de estar dispuesta a ponerte delante de una bala, y no es una decisión insignificante, porque algunas de las personas a las que proteges no destacan por su amabilidad. Y que te peguen un tiro duele. Es un trabajo de alto riesgo y mucho estrés, y para hacerlo bien has de verlo como algo más importante que tú.

Por eso la gente que ama esta profesión ama esta profesión, porque tiene que ver con quién eliges ser cada día.

Viajar por todo lo alto también es un puntazo.

Generalmente, es mucho trabajo. Mucho papeleo, muchas visitas previas al lugar en cuestión, muchas anotaciones preliminares. Tienes que apuntarlo todo. Estás constantemente en guardia. No es precisamente un curro relajante, pero engancha.

Esta vida hace que la vida ordinaria parezca aburrida.

Hasta la parte tediosa de este trabajo resulta, en cierto modo, emocionante.

Siempre te estás moviendo. Nunca estás quieta. Y estás demasiado ocupada para sentirte sola.

El trabajo perfecto para mí.

Esto es, hasta que Glenn me obligó a quedarme en Houston justo cuando más necesitaba escapar.

El mismo día que Glenn me sacó del proyecto de Madrid, mi coche se negó a ponerse en marcha y Robby acabó acompañándome a casa en su Porsche vintage bajo una lluvia torrencial.

Eso me iba bien. De perlas, de hecho, porque todavía no le había propuesto lo de Toledo.

Tal vez fuera por la lluvia —la cual caía con tanta fuerza que los limpiaparabrisas, incluso a la velocidad máxima, apenas conseguían apartarla—, pero el caso es que no fue hasta que llegamos a mi casa cuando me percaté de que Robby no había abierto la boca en todo el trayecto.

Con la que caía no podía bajarme del coche, así que Robby apagó el motor y observamos el agua cubrir las ventanillas como si estuviéramos en un túnel de lavado.

Me volví entonces hacia él y dije:

—Hagamos un viaje.

Robby arrugó la frente.

—¿Qué?

—Por eso fui hoy a la oficina, para invitarte a un viaje.

—¿Adónde?

Empecé a arrepentirme de mi arbitraria elección. ¿Cómo exactamente vendías Toledo?

—Conmigo —respondí, como si hubiera sido otra la pregunta.

—No lo entiendo —dijo Robby.

—He decidido tomarme unas vacaciones —dije, en plan «No es tan difícil de entender»— y me gustaría que vinieras conmigo.

—Tú nunca te tomas vacaciones —observó Robby.

—Pues ahora sí.

—Te he invitado a tres viajes diferentes y las tres veces te has escaqueado.

—Eso era antes.

—¿Antes de qué?

«Antes de que mi madre muriera. Antes de que me dejaran en tierra. Antes de que me quitaran Madrid».

—Antes de que comprara billetes no reembolsables a Toledo.

Robby me miró de hito en hito.

—¿Toledo? —Si antes estaba desconcertado, ahora estaba flipando—. La gente no va de vacaciones a Toledo.

—De hecho, tienen un jardín botánico famoso en todo el mundo.

Robby suspiró.

—Ni de coña vamos a ir a Toledo.

—¿Por qué no?

—Porque anularás los billetes.

—¿Qué parte de «no reembolsables» no has entendido?

—Te conoces muy poco, de verdad.

—No veo dónde está el problema —dije—. Querías hacer un

viaje y ahora vamos a hacerlo. ¿No puedes decir «Qué bien» y aceptar?

—De hecho, no puedo.

Su voz sonó extrañamente intensa. Tras pronunciar esas palabras, se inclinó hacia delante y deslizó los dedos por los relieves del volante de una forma que llamó mi atención.

¿He mencionado que soy capaz de leer el lenguaje corporal de los demás como otra gente lee un libro? Hablo el idioma corporal mejor que el inglés. En serio. Podría ponerlo en mi currículum como mi primera lengua.

Crecer como hija de mi madre me obligó a aprender lo opuesto al lenguaje verbal: todo aquello que decimos sin palabras. Lo convertí en una estupenda especialidad, la verdad. Pero si me preguntaras si es una bendición o una maldición, no sabría qué decir.

Cosas que leí sobre Robby en ese segundo: que no estaba contento, que temía lo que se disponía a hacer y que iba a hacerlo de todos modos.

Sí. Pillé todo eso por el movimiento de sus dedos sobre el volante. Y la rigidez de su postura. Y la fuerza de la siguiente inspiración que hizo. Y el ladeo de la cabeza. Y la manera en que sus ojos empleaban las pestañas de escudo.

—¿Por qué? —pregunté—. ¿Por qué no puedes aceptar?

Bajó la mirada. A continuación, una inhalación interrumpida, un breve apretón de mandíbula, un enderezamiento de los hombros.

—Porque —dijo— creo que deberíamos cortar.

Imposible, pero cierto: me dejó petrificada.

Me volví hacia el salpicadero. Tenía una textura que imitaba el cuero.

No lo había visto venir. Y yo siempre veía venir todo.

—Los dos sabemos que lo nuestro no funciona —Robby continuó.

¿Los dos lo sabíamos? ¿Sabe alguien que una relación no está funcionando? ¿Es algo que se puede saber? ¿O acaso todas las relaciones necesitan cierto grado de optimismo para sobrevivir?

Dije lo único que se me ocurrió.

—¿Estás cortando conmigo? ¿El día después del funeral de mi madre?

Robby reaccionó como si estuviera enfadándome por un tecnicismo.

—¿Mi elección del momento es lo más importante aquí?

—¿Tu terrible elección del momento? —pregunté, haciendo tiempo para que mi cerebro asimilara la situación—. No lo sé. Tal vez sí.

—O tal vez no —dijo Robby—, porque no olvides que no estabais muy unidas.

Que fuera cierto no lo justificaba.

—Eso da igual.

Yo creo que la elección del momento sí importa. Había dormido un montón de días en el sofá de una habitación de hospital, despertándome un promedio de cinco veces cada noche para que mi madre vomitara en un cubo de plástico. La había visto quedarse en los huesos dentro de ese fino camisón de hospital.

Había visto la vida que me había dado la vida apagarse ante mis ojos.

Después de eso me había tocado organizar el funeral hasta el último detalle. La música, la comida... Me había pasado el día saludando a amigos del instituto, colegas de trabajo, exnovios, compañeros de mi madre de Alcohólicos Anónimos y compinches de borracheras. Había encargado las flores y me había subido la cremallera del vestido negro yo sola, y hasta había montado un pase de diapositivas.

Robby estaba equivocado.

Porque, pese a todo, yo quería a mi madre.

No me gustaba, pero la quería.

Y, además, Robby me subestimaba, porque cuesta mucho más querer a alguien que es difícil que querer a alguien que es fácil.

Yo era más fuerte de lo que pensaba. Probablemente.

En cualquier caso, estaba a punto de averiguarlo, porque cuando la lluvia empezó a amainar y apreté las yemas de los dedos contra el cristal de la ventanilla, me oí decir con una voz queda e insegura que ni siquiera yo reconocía:

—No quiero dejarlo. Te quiero.

—Eso lo dices —dijo Robby entonces, con una firmeza en la voz que nunca olvidaré— porque no sabes lo que es querer.

Glenn nos lo había advertido un año atrás, cuando todo había comenzado.

En cuanto le llegó el rumor, nos convocó en la sala de juntas, cerró la puerta y bajó las venecianas.

—¿Es cierto? —inquirió.

—¿Es cierto qué? —preguntó Robby.

Pero estábamos ante el mítico Glenn Schultz. No tenía intención de dejarse engatusar.

—Dímelo tú.

Robby mantuvo su mejor cara de póquer, así que Glenn se volvió hacia mí.

Pero la mía era todavía mejor.

—No voy a impedíroslo —continuó Glenn—, pero necesitamos un plan.

—¿Para qué? —preguntó Robby, y ese fue su primer error.

—Para cuando rompáis —respondió Glenn.

—A lo mejor no rompemos —dijo Robby, pero Glenn rehusó insultarnos con una respuesta.

En su lugar, como hombre que había visto de todo y más, nos miró a Robby y a mí y dejó escapar un suspiro.

—Fue en la misión de rescate, ¿verdad?

Robby y yo cruzamos una mirada. ¿Nos habíamos enamorado después de rescatar a un cliente secuestrado en Irak? ¿Habíamos sobrevivido a un tiroteo, una persecución en coche y un cruce de fronteras en plena noche desafiando la muerte, únicamente para acabar en la cama sin otro motivo que celebrar el hecho de que, contra todo pronóstico, continuáramos con vida? ¿Y seguía la adrenalina de esa misión alimentando nuestro romance semisecreto meses después?

Evidentemente.

Pero no reconocimos nada.

Glenn llevaba en este negocio demasiado tiempo para necesitar algo tan pedestre como una confirmación verbal.

—Sé que no debo entrometerme —dijo—, de modo que solo os haré una pregunta. No hay nada más fácil en este mundo que el que dos agentes se líen, y nada más difícil que permanecer juntos. ¿Qué pensáis hacer cuando lo vuestro acabe?

Tendría que haber mantenido el contacto visual. Es la regla número uno. No bajar nunca la mirada. Pero la bajé.

—¿En serio? —preguntó Glenn inclinándose un poco más hacia mí—. ¿En serio creéis que lo vuestro va a durar? ¿Que tendréis una casita con una cerca de madera e iréis al mercado ecológico los sábados? ¿Qué adoptaréis un perro? ¿Y que os compraréis jerséis a juego en el centro comercial?

—No sabes qué depara el futuro —dijo Robby.

—No, pero sé cómo sois vosotros dos.

Glenn estaba cabreado y no sin razón. Robby y yo éramos su apuesta, sus hijos, sus favoritos y su plan de jubilación, todo en uno.

Se frotó los ojos y, al levantar la vista, estaba respirando de esa manera rasposa que le había granjeado el apodo del Jabalí. Nos miró fijamente.

—No puedo impedíroslo —dijo— y tampoco voy a intentarlo, pero que os quede clara una cosa: cuando lo vuestro se vaya al carajo, no me vengáis con «Quiero irme de la empresa». No esperéis de mí compasión ni cartas de recomendación. Si solicitáis trabajo en otra compañía, os torpedearé con las peores referencias que se han dado nunca. Vosotros sois míos. Yo os hice y me pertenecéis. Ninguno de los presentes en este despacho puede irse. Ni siquiera yo. ¿Queda claro?

—Clarísimo —respondimos al unísono.

—Ahora desapareced de mi vista —dijo Glenn— si no queréis que os mande a Afganistán.

De eso hacía un año.

Cuando pienso en la lástima que me había dado Glenn entonces por su pesimismo… Su tercera esposa acababa de dejarlo, un fenómeno habitual en este trabajo, en el que pasas más tiempo fuera de casa que dentro. Recuerdo que meneé mentalmente la cabeza mientras me alejaba de la conversación. Recuerdo que pensé que Robby y yo íbamos a demostrarle que estaba equivocado.

Un año después Robby me estaba dejando bajo la lluvia como si estuviera haciéndonos un favor a los dos.

—Es lo mejor —dijo—. Necesitarás pasar el duelo.

—Tú no mereces ningún duelo —repliqué.

—Me refería a tu madre.

Oh. Ella.

—No me digas lo que necesito.

Robby tuvo el valor de hacerse el dolido.

—No montes una escena.

—¿Por qué no?

—Porque somos adultos. Porque sabemos lo que hay en juego. Porque, de todos modos, tampoco nos gustábamos tanto.

Eso último dolió como un bofetón. Lo miré a los ojos por primera vez y me esforcé por no sonar sorprendida.

—Ah, ¿no?

—Es cierto, ¿no?

Eh, no, no era cierto. Era increíblemente grosero. Y erróneo. Y probablemente una mentira, una forma para Robby de conseguir su absolución. Sí, me había dejado el día después del funeral de mi madre, pero ¿qué importaba eso si «de todos modos, tampoco nos gustábamos tanto»?

Pero vale.

Aunque podía pensar en una habitación de hotel en Costa Rica que podría sostener lo contrario.

En la humillación del momento —¿en serio acababa de decirle a un hombre que lo quería mientras él rompía conmigo?— fue como si Robby estuviera arrebatándome no solo su amor… sino todo el amor.

Así lo sentía.

¿Qué puedo decir? Es difícil pensar con claridad en medio de una crisis, y la conclusión a la que llegué fue que la única manera de seguir adelante era volver al trabajo. No necesitaba aficiones. No necesitaba aprender ganchillo. Necesitaba volver a la oficina, emprender una misión nueva y ganarme ese puesto para dirigir la sede de Londres. Lo necesitaba como el aire que respiraba. Tenía que hacer algo. Largarme a algún lugar. Huir. Ahora más que nunca.

Pero antes de bajar del coche y olvidarme por completo de Robby, me quedaba una pregunta.

Lo miré directamente a los ojos y, fingiendo una curiosidad serena, dije:

—Has dicho que lo nuestro no funciona. ¿A qué te refieres exactamente?

Robby asintió como si la pregunta le pareciera justa.

—Llevo meses dándole vueltas…

—¿Meses?

—Y he llegado a la conclusión de que todo se reduce a una cosa.

—¿Qué cosa?

—Tú.

Mi cabeza sufrió una sacudida involuntaria.

—¿Yo?

Robby asintió, como si al pronunciarlo en alto se hubiese confirmado.

—Sí, tú. —Y en un tono que daba a entender que estaba dándome un consejo de suma utilidad, dijo—: Tienes tres defectos insalvables.

Las palabras retumbaron en mi cabeza mientras me preparaba. Tres defectos insalvables.

—Uno —dijo Robby—, siempre estás trabajando.

Ya. También él estaba siempre trabajando. Pero vale.

—Dos —continuó—, no eres nada divertida. Te lo tomas todo demasiado en serio.

Joder. ¿Cómo se rebate eso?

—Y tres —dijo Robby en un tono de suspense, como si estuviéramos llegando al factor decisivo—, besas fatal.

3

Un mes más tarde seguía furiosa.

¿Que besaba fatal? ¿Que besaba fatal? Lo de adicta al trabajo, pase. No es ninguna vergüenza ser fantástica en tu trabajo. Lo de nada divertida, pase también. La diversión estaba sobrevalorada. Pero ¿que besaba fatal? Era la clase de insulto que me perseguiría hasta la tumba.

Era inaceptable.

Como el estado de mi vida en general.

Mi madre había muerto. Luego, en el trabajo me habían dejado en tierra. Después, la relación más larga de mi vida había terminado con el insulto más insultante del mundo. Y no había nada que pudiera hacer al respecto. Mi madre seguía muerta, mi exnovio y mi mejor amiga se habían largado tres semanas a Madrid y yo me había quedado. En Houston. Sin nada que hacer y nadie con quien hacerlo.

No entiendo cómo sobreviví.

Básicamente, hacía cualquier cosa para mantenerme ocupada. Me puse a reorganizar el archivo de la oficina. Hice algunas minimisiones locales. Pinté mi cuarto de baño de naranja mandarina sin pedirle permiso al casero. Vacié la casa de mi madre y la puse en venta. Corría diez kilómetros después del trabajo con la esperanza de extenuarme. Contaba los angustiosos segundos hasta poder pirarme de la ciudad.

Ah, y dormía cada noche en el suelo de mi vestidor.

Esas cuatro semanas duraron mil años. Y en todo ese tiempo solo recuerdo que me pasara una cosa buena.

Examinando el joyero de mi madre, encontré algo que había dado por perdido, algo que a cualquier otra persona le habría parecido una baratija de nada. Oculto bajo un collar enmarañado, hallé un imperdible con cuentas que había hecho en el colegio la víspera de mi octavo cumpleaños.

Los colores eran exactamente los que recordaba: rojo, naranja, amarillo, verde claro, celeste, violeta y blanco.

Los imperdibles de la amistad estaban muy de moda en el colegio ese año —todos los hacíamos y nos los enganchábamos en los cordones de los zapatos—, de modo que el día que nuestra maestra apareció en clase con imperdibles y cuentas nos pusimos muy contentos. Dejó que pasáramos el recreo haciéndolos y yo me guardé mi favorito para regalárselo a mi madre. Me ilusionaba la idea de sorprenderla el día que iba a darme sus regalos con uno para ella. Pero nunca llegué a dárselo.

A la mañana siguiente el imperdible había desaparecido.

Me pasé semanas buscándolo, mirando y remirando en el suelo de mi armario, en los bolsillos de la mochila, debajo de la alfombra del recibidor. Era uno de esos largos misterios de mi vida sin resolver, una pregunta que me había acompañado todo este tiempo. ¿Cómo había podido perder algo tan importante?

Pero pasados veinte años ahí estaba, a buen recaudo en el joyero de mi madre, esperándome como una respuesta largo tiempo oculta. Como si ella lo hubiera mantenido a salvo para mí todo este tiempo.

Como si quizá la hubiera subestimado. Y también a mí.

Hurgué de inmediato entre los collares y encontré una cadena de oro. Le introduje el imperdible a modo de colgante.

Me lo puse, y desde entonces lo llevaba cada día. Como un talismán. Incluso dormía con él. Me descubría acariciándolo constantemente, girando las suaves cuentas bajo las yemas de los dedos para sentir su alegre tintineo. Tenía un efecto reconfortante. Me hacía sentir que a lo mejor las cosas no iban tan mal como parecía.

La mañana que Robby y Taylor regresaban de Madrid —la misma mañana que íbamos a reunirnos en la sala de juntas, donde Glenn me había prometido que finalmente me daría un proyecto nuevo— acaricié el imperdible tantas veces que temí que fuera a gastarlo.

Por fin estaba a punto de recibir un encargo. Estaba a punto de escapar. Me daba igual el destino. La mera idea de largarme inundaba mi corazón de oleadas de alivio.

Finalmente iba a irme de aquí. Y entonces, por primera vez en mucho tiempo, me sentiría bien.

Lo único que tenía que hacer era sobrevivir a mi reencuentro con Robby.

Somos muy desdeñosos, como cultura, con el mal de amores. Hablamos de él como si fuera gracioso, o tonto, o tierno. Como si un tarro de Häagen-Dazs y un pijama de franela pudieran curarlo. Pero una ruptura es un tipo de duelo. Es la muerte no de una relación cualquiera, sino de la que más importancia tiene en tu vida. Y no hay nada de tierno en eso.

Ser «dejado» también es una expresión que no acierta a transmitir su verdadero significado. Parece algo rápido, como un instante en el tiempo. Pero es algo que dura toda la vida. Porque una persona que te quería decidió dejar de quererte.

¿Realmente se supera eso algún día?

Mientras aguardaba sentada a la mesa de la sala de juntas, la primera persona allí con diferencia, eso fue lo que comprendí: que el hecho de que Robby me hubiese dejado era, en cierto modo, una confirmación de mi temor más profundo.

A lo mejor no era digna de amor.

Sí, vale, era buena persona. Poseía muchas cualidades. Era competente y tenía firmes principios morales…, y encima se me daba bien cocinar. Aun así, ¿cómo puede alguien estar seguro de que sería la primera elección de otra persona? ¿Acaso yo era mejor que todas las demás personas geniales del mundo? ¿Era lo bastante especial para que alguien me escogiera por encima de todas las demás?

Por lo visto, para Robby, no.

No quería volver a verle. O pensar en eso. O tener una crisis de autoestima.

Solo quería largarme de Texas.

La primera persona en llegar a la sala de juntas fue Taylor. Mi mejor amiga. Recién regresada de Madrid con mi ex, aunque ella no tenía la culpa.

Llevaba el pelo diferente —una melenita corta al estilo europeo recogida detrás de las orejas— y rímel en las pestañas, una novedad que realzaba sus ojos verdes. Al verla solté un gritito, corrí hasta ella y me arrojé a sus brazos.

—¡Por fin has vuelto! —dije abrazándome con fuerza a su cuello. Taylor me abrazó a su vez—. He matado todas tus plantas —añadí—, pero es el precio que has de pagar por marcharte.

—¿Me has matado las plantas?

—¿No viste los cadáveres?

—¿A propósito?

—Sin querer —dije—. Una mezcla de falta y exceso de atención.

—Eres mortífera.

Taylor me obsequió con esa amplia sonrisa que tanto la caracterizaba.

Esta vez habíamos hablado por teléfono mucho más de lo

que acostumbrábamos a hacer cuando estábamos de viaje. Básicamente porque yo me pasaba el día llorando y llamándola. Se había portado genial, la verdad. Me había dejado desbarrar y despotricar y desahogarme por el bien de mi corazón, aunque la despertara en mitad de la noche.

Al verla ahora caí en la cuenta de que hacía mucho que no le preguntaba cómo estaba.

—¿Qué tal el viaje?

—Bien —dijo.

Una respuesta un tanto parca.

Cuando nos sentamos, no pude reprimir el impulso de bajar la voz y preguntar:

—¿Cómo está él?

—¿Cómo está quién? —preguntó Taylor a su vez.

—Una persona que rima con «hobby».

—Ah. —Taylor tensó el rostro de una manera que me hizo sentir respaldada—. Creo que bien.

—Hoy no sales de la palabra «bien».

—Quiero decir que no está… mal.

—Una pena.

—Lo importante es cómo estás tú.

—Llevo un mes atrapada aquí —dije—. Me estoy muriendo.

Taylor asintió.

—Porque tus branquias necesitan agua.

—¡Gracias! —dije en plan «¡Al fin alguien me entiende!»—. Gracias por creer en mis branquias.

Justo en ese momento entró Glenn.

—Deja de hablar de tus branquias —me ordenó.

—Es un tiburón —señaló Taylor en mi defensa.

—No la alientes.

Otros colegas lo siguieron y la sala de juntas se llenó rápidamente. Amadi —siempre adorable con su nariz redondeada y su amplia sonrisa— había vuelto de Nigeria. Doghouse, llegado de

Burkina Faso, se había dejado barba para ocultar la cicatriz por quemadura de la mandíbula. Kelly acababa de regresar de Dubái con unos aretes de oro que hacían juego con sus rizos rubios.

Procuré no mirar hacia la puerta en busca de Robby.

Mantuve la espalda erguida y adopté una expresión amable, tipo bien-gracias-y-cómo-estás-tú, tan rígida que los músculos de mis mejillas empezaron a temblar. Ignoré el pitido en mis oídos.

Finalmente, justo cuando Glenn estaba aclarándose la garganta para comenzar, Robby hizo su entrada.

Llevaba el pelo una pizca más largo. Vestía un traje nuevo de corte ajustado, una corbata que no le conocía y sus célebres Vuarnet, a pesar de que estábamos en el interior. No obstante, se las quitó mientras entraba en la sala.

Maldita sea. Le quedaba genial todo. Robby siempre había tenido más estilo que contenido.

¿Me dolió verlo? ¿Me cortó la respiración? ¿Me paralizó? ¿Me sentí como si me hubiese bebido una botella entera de desgarro?

La verdad es que no.

«Eso es bueno», pensé.

Un momento. ¿Era bueno?

Significaba que Robby ya no me importaba, ¿no? El interminable mes que había pasado en Houston-guion-purgatorio había resuelto el problema. Dicen que el tiempo lo cura todo. ¿Era eso? ¿Me había curado?

¿O acaso el último mes había destruido mi capacidad de sentir?

Cuando Glenn inició la reunión, contuve el aliento.

«Por favor, por favor, por favor —me descubrí pensando—, que por una vez me sonría la suerte».

A veces me he preguntado si en fue en ese momento cuando me gafé.

Porque cuando Glenn arrancó con la reunión —empezando por mi nuevo encargo— enseguida comprendí que no iba a ser la huida por la que había estado conteniendo el aliento.

—Lo primero es lo primero —dijo Glenn, señalándome mientras los presentes callaban—. Hablemos de la nueva misión de Brooks. —Él siempre me llamaba Brooks. A veces me preguntaba si conocía mi nombre de pila—. Es un encargo jugoso que se sale de nuestro ámbito —prosiguió— y bastante absorbente. De hecho, es un trabajo nuevo para los que estáis aquí. Digamos que todos tendréis que arrimar el hombro, pero Brooks será la agente principal. —Glenn asintió en mi dirección—. Se lo ha ganado.

—¿Dónde? —pregunté.

—Creo que lo que en realidad quieres saber es «¿Quién?».

—No —dije—. Lo que quiero saber es dónde.

—Porque este cliente —continuó Glenn en un tono que me recordó al que utiliza la gente con sus perros antes de darles una chuchería— es muy muy famoso.

En Glenn Schultz Executive Protection no solíamos proteger a gente famosa. Si hubiéramos estado en Los Ángeles, la cosa habría sido diferente, pero estábamos en Houston, por lo que nuestros clientes eran, por lo general, directivos de la industria petrolera y gente de negocios. Puede que algún artista de paso por la ciudad. En una ocasión realicé para Dolly Parton una evaluación sobre su seguridad en diferentes ubicaciones remotas y me envió una tarjeta de agradecimiento encantadora. Pero poco más.

Observé a Glenn. Estaba conteniendo una sonrisa. De hecho, estaba emocionado. Y Glenn jamás se emocionaba con nada.

Prosiguió.

—Resulta que esta misión en particular tendrá lugar en el gran estado de Texas…

—¡¿Texas?! —aullé.

Glenn me ignoró.

—Justo aquí, en Houston, nuestra encantadora ciudad, así que...

—¡¿Houston?! —Eché la silla hacia atrás.

En los ocho años que llevaba en la agencia jamás había protestado por un destino. Este trabajo no funciona así. Te da igual adónde vas. Vas adonde te mandan. Todo bien. Pero... Había sido un mes duro.

Digamos que estaba a punto de hacer algo muy poco profesional, pero justo entonces Glenn nos desveló la identidad del cliente.

Echando los labios hacia atrás para formar con ellos una sonrisa ufana, como si esta buena noticia fuera a neutralizar las malas que pudieran darse en adelante, hizo su gran revelación.

—El cliente en esta ocasión —dijo pulsando el mando de la pizarra digital y mostrando el cartel de una película— es Jack Stapleton.

La sala al completo dejó de respirar.

A Robby le dio un ataque de tos.

Kelly soltó un chillido como si estuviera en un concierto de los Beatles.

Y en ese momento, pese a haber decidido hacía nada que marcharme a Londres sería la solución a todos mis problemas, dije:

—¿Sabes qué? Dimito.

4

No hace falta que te cuente quién es Jack Stapleton, claro.

Probablemente también tú dejaste de respirar.

Mi tentativa de dimisión se perdió por completo en el caos. Ni siquiera estoy segura de que alguien me oyera. Salvo Glenn, quien ninguneó mi declaración con una mirada cansina, como si fuera un insecto molesto.

—No puedes dimitir, ya te lo he dicho.

Había estado esperando salir de Texas como alguien a punto de ahogarse espera una cuerda. La decepción de seguir atrapada aquí hacía que me costara respirar.

Sin embargo, reconozco que oír el nombre de Jack Stapleton no me dejó indiferente.

¿Era proteger al dos veces Hombre Más Sexy del Mundo aquí en Texas mejor que proteger a un directivo de la industria petrolera de dientes amarillentos, ojos vidriosos y cuerpo de pera en otro lugar? Puede. A Glenn no le cabía la menor duda.

—Es una oportunidad única, chicos —dijo recuperando el entusiasmo—. Menos mal que Brooks ha tenido tiempo de descansar, porque este tío la va a tener muy ocupada.

Yo todavía no había dicho que sí, claro. Aunque, por otro lado, yo nunca decía que no.

Glenn pulsó el mando a distancia de la pantalla digital de la sala de juntas y mostró una foto de Jack Stapleton en la alfombra roja con su metro noventa de divinidad.

—Imagino, por la exclamación colectiva, que todos sabemos quién es este hombre.

Procedió a pasar las imágenes. Lo hacíamos con todos los clientes nuevos, pero digamos que normalmente la experiencia no resultaba tan… interesante. Las primeras fotos eran retratos profesionales. Jack Stapleton con una camiseta tan ceñida que parecía que se la habían pintado sobre la piel. Jack Stapleton con unos vaqueros rasgados. Jack Stapleton con esmoquin y pajarita desanudada, mirando a la cámara como si todos fuéramos a seguirlo hasta su habitación de hotel.

—¿Seguro que este es el cliente? —preguntó Doghouse para cerciorarse.

Era evidente, pero todos aguardamos a oírlo de nuevo. Porque era demasiado increíble.

—Afirmativo —respondió Glenn. Luego se volvió hacia Kelly—. ¿Tú no estabas colada por este?

—¿Por quién me has tomado? —dijo Kelly—. ¿Por una adolescente?

—Creo que lo has mencionado alguna que otra vez.

—Los adultos pensantes no nos «colamos» por actores —declaró Kelly a la sala.

Fue entonces cuando Doghouse, sentado a su lado, plantó una bota en la mesa y obsequió a Kelly con una sonrisa pícara.

—A mí me suena que Kelly tiene unos calcetines con la cara de Stapleton.

—Fueron un regalo —dijo Kelly.

—Pero te los pones —señaló Doghouse.

—Me parece inquietante que sepas eso de mí.

Sin embargo, sus palabras solo consiguieron ampliar la sonrisa de Doghouse.

—¿No tienes su foto de fondo de pantalla del móvil?

—Eso es información confidencial. Y que sepas eso también me parece aún más inquietante.

—La cuestión —dijo Glenn, señalando a Kelly como ejemplo a no seguir— es que debéis comportaros como profesionales. Cualquier cosa que tengáis con la cara del cliente en ella...

Doghouse empezó a enumerar:

—Camisetas, tatuajes, tangas...

—Tiradla —terminó Glenn.

Kelly fulminó con la mirada a Doghouse, quien se limitó a guiñarle un ojo.

Glenn no había venido a jugar. Se trataba de un cliente importante y un trabajo de alto nivel. Mostró seguidamente fotos de paparazzis y vimos a Jack Stapleton comprando en un mercado con una camisa a cuadros. Jack Stapleton cruzando un aparcamiento con una gorra de béisbol. Jack Stapleton en la playa con —madre del amor hermoso— un bañador de surf apretado, elevándose sobre las olas y reluciendo como un dios romano.

Taylor habló por todas las mujeres de la sala cuando soltó un largo silbido.

Noté que Robby se volvía hacia el sonido, pero no lo miré. Mantuve los ojos fijos en el objetivo.

—Señoritas —dijo Glenn—, no cosifiquemos al cliente.

Los hombres en torno a la mesa emitieron un murmullo de aprobación.

Acto seguido, Glenn puso una diapositiva que hizo silbar a la otra mitad de la sala.

—Y esta —dijo— es su novia.

Se trataba de Kennedy Monroe, naturalmente; corriendo como una vigilante de la playa, sin un solo hoyuelo de celulitis visible, sobre arena perfecta, como si tuviera la habilidad de hacerse photoshop en tiempo real. Todo el mundo sabía que salían juntos, y mientras contemplábamos embobados la pantalla, se hizo patente por qué.

Kennedy Monroe poseía una belleza tan poderosa que le permitía hacer lo que quisiera.

Eran pareja desde que protagonizaran *Los destructores* y acababan de posar juntos para la portada de *People*.

Dicho eso, siempre me había parecido una unión un poco extraña. A fin de cuentas, ella debía su fama, sobre todo, a haber asegurado falsamente que era nieta de Marilyn Monroe y haber sido demandada por sus herederos. Y en una entrevista concedida a *Esquire*, Jack Stapleton había declarado que «Kennedy es como una conspiranoica... sobre sí misma».

Guau. ¿Cómo sabía tanto sobre ellos sin pretenderlo siquiera?

Kelly, al parecer, estaba teniendo la misma reacción visceral hacia Kennedy Monroe que yo.

—¿Estará ella aquí? —preguntó hinchando las fosas nasales.

—No —dijo Glenn—. Esta la he colado para divertirme.

Pasó a la siguiente diapositiva, esta de un tío que se parecía tanto a Jack Stapleton que te daban ganas de frotarte los ojos.

—¿Es el cliente? —preguntó Amadi como si hubiera truco.

—Es Hank, su hermano mayor —explicó Glenn.

Colocó al lado una foto de Jack y examinamos ambas como si se tratara del juego de encontrar las diferencias.

Al rato, Glenn interrumpió el pase de diapositivas.

—Dudo que haya alguien en esta sala que no haya visto *Los destructores* —dijo—. Y probablemente todos sepáis que, después del fin de semana del estreno, el hermano menor de Jack Stapleton, Drew, murió en un accidente de coche. Sucedió hace dos años. Jack se apartó de la esfera pública, se fue a vivir a las remotas montañas de Dakota del Norte y no ha hecho una sola película desde entonces.

Sí, todos lo sabíamos. Todo el país lo sabía. Los bebés lo sabían. Los perros lo sabían. Puede que hasta las lombrices lo supieran.

—Taparon los detalles del accidente, y he de decir —Glenn meneó la cabeza con admiración— que hicieron un gran trabajo. Es imposible encontrar nada sobre lo que pasó, y eso que he tenido a Kelly en ello todo el día.

Nos volvimos hacia Kelly. Era la mejor desenterradora de trapos sucios que teníamos.

—De haber sabido el motivo —dijo Kelly—, me habría esforzado más.

Glenn siguió con lo suyo.

—Solo disponemos de la información que salió publicada. Que fue un accidente de coche, que Jack y su hermano menor viajaban juntos y que Jack sobrevivió.

Mostró una foto de Jack y su hermano Drew en un estreno, trajeados, abrazados y sonriendo a las cámaras. Le dedicamos un momento de silencio.

Glenn continuó.

—No obstante, corren rumores de que era Jack quien conducía y puede que después de haber bebido. Kelly está trabajando para ver si puede confirmarlo.

Kelly arrugó la nariz y sacudió la cabeza, como si la cosa no fuera bien.

De modo que Glenn prosiguió.

—Lo que sí sabemos es que después del accidente la familia se distanció. En particular, parece ser que hay mal rollo entre Jack y el hermano mayor. No hemos encontrado nada que explique el motivo.

Proyectó una foto de la familia antes del accidente: unos padres de aspecto adorable con tres muchachos adultos. Era una foto hecha por un paparazzi en las gradas de un estadio.

—Por otro lado, aunque Stapleton ha declarado su intención de abandonar la profesión de actor, está obligado, por contrato, a hacer la secuela de *Los destructores*. Ha estado peleando en los tribunales por su rescisión y todavía no está claro quién ganará, pero desde entonces no ha salido de Dakota del Norte. Hasta ahora. Llega a Houston hoy. —Glenn miró su reloj—. De hecho, aterrizó hace veintitrés minutos.

—¿Finalmente sale de su escondite y elige Houston como destino? —preguntó Robby.

—Oye —replicó, ofendida, Kelly—, que no estamos tan mal. Robby meneó la cabeza.

—Nadie viene aquí por iniciativa propia.

Glenn recondujo la reunión.

—Jack Stapleton tampoco ha venido aquí por iniciativa propia.

—Es de aquí —intervino Doghouse, orgulloso de saberse algún dato.

—Exacto —dijo Glenn—. Jack Stapleton es de aquí y sus padres viven en un rancho cerca de Katy, junto al río Brazos. A su madre acaban de diagnosticarle cáncer de mama y Jack ha venido para estar con ella.

—De ahí que todo sea tan precipitado —dijo Doghouse.

Cierto. Normalmente dedicábamos semanas a prepararnos para algo así.

—En efecto —admitió Glenn—. Recibió el diagnóstico el lunes y la operarán el viernes por la mañana.

—Es un protocolo agresivo —dijo Amadi. Su padre era oncólogo.

Glenn asintió.

—Según tengo entendido, no es el cáncer más deseable. Pero no es invencible.

Todos reparamos en la doble negación.

—¿Cuánto durará la misión? —pregunté entonces.

—No está claro, pero al parecer Stapleton tiene intención de quedarse el tiempo que dure el tratamiento.

—¿Semanas? —pregunté.

—Como mínimo. Sabremos más cuando informen de ello a la familia.

Se me hacía extraño pensar en Jack Stapleton como alguien que tenía una familia o una vida fuera de su función principal de darnos a todos algo que comernos con los ojos.

Y, sin embargo, hete aquí. Jack Stapleton era una persona de carne y hueso. Con una madre. Que estaba enferma. Y una ciudad natal. Y acababa de aterrizar en Houston.

Glenn mostró a continuación una serie de fotografías de una casa moderna de tres plantas.

—Ha alquilado una casa en la ciudad próxima al hospital. No pudimos acceder a ella hasta hoy, pero aquí tenéis las fotos que aparecen en el anuncio.

Lo que la gente normal habría visto en esas fotos era una casa de lujo, nueva y moderna, de techos altos, grandes ventanales y jardines exuberantes. La puerta principal era de color azul claro con un *Ficus lyrata* junto a ella. Parecía sacada de *Architectural Digest*.

Pero nosotros contemplamos esas imágenes desde un prisma muy diferente.

El *Ficus lyrata* quedaba muy bien en la foto, pero carecía de importancia para los presentes en la sala, a menos que pudiéramos esconder en él una cámara de seguridad. El elevado muro que rodeaba la propiedad significaba que sería difícil de escalar para un acechador. El camino de entrada circular estaba demasiado cerca del edificio. Sería preciso podar esa enorme adelfa. La azotea era de fácil acceso para un francotirador. En las fotos nocturnas, la iluminación exterior destacaba más por la calidez que por la visibilidad.

Glenn nos hizo un recorrido de los dispositivos de seguridad.

—Cámaras por todas partes, incluso una en el recibidor que se activa con el movimiento. Un sistema de alarma avanzado y cerraduras de tecnología punta con acceso remoto. Aunque el representante de nuestro cliente dice que se olvida de usarlo.

Alarma roja. Cliente poco cooperativo.

Levanté la mano.

—¿Nos ha contratado él? ¿O ha sido cosa de su representante?

Glenn hizo una pausa. Y con esa pausa nos dio la respuesta.

—Un poco de todo —dijo al fin—. Técnicamente, nos contrató su representante, pero por insistencia del equipo del cliente. Y de la productora que va a hacer la secuela de *Los destructores*.

No era algo inusual que nuestros clientes tuvieran «equipos».

—¿Por qué ha insistido el equipo en que contrate un servicio de seguridad? —pregunté.

—Jack Stapleton ha tenido algunos acosadores en el pasado —explicó Glenn— y uno de ellos vive en la ciudad.

Hubo un asentimiento colectivo.

—De modo que la primera estrategia, naturalmente, será ocultar durante el máximo de tiempo posible que está aquí. No será muy complicado. Nuestro cliente es ampliamente reconocible…

Kelly soltó un:

—¡Ja!

—Pero —continuó Glenn— lleva mucho tiempo apartado de la escena pública, por lo que es posible que la gente no lo tenga presente. Y parece que en la actualidad se le da muy bien evitar ser el foco de atención.

Eso era bueno. Cuanta menos atención, mejor.

—Ha informado de que acompañará a su madre en la operación y en las visitas. Aparte de eso, tiene previsto actuar con discreción.

Yo intentaba mantenerme impasible, pero mi cerebro ya estaba revolviéndose y elaborando una estrategia. Había que conseguir los planos del hospital. Realizar una inspección previa de las instalaciones. Encontrar las mejores opciones de acceso y salida. Asegurar una zona de espera privada.

—¿Qué hay del antiguo acosador? —preguntó Doghouse.

Glenn asintió y proyectó una foto. Era el retrato policial de una mujer madura con un corte de pelo práctico, pintalabios rosa claro sobrepasando el contorno y, lo más destacable de todo, unos pendientes de aro con la cara de Jack.

—¿No tienes tú esos pendientes? —preguntó Doghouse a Kelly.

Kelly le arrojó el bolígrafo. Cuando rebotó en la mesa, lo recuperó.

Todos nos relajamos. Que su acosador fuera una mujer era una buena noticia. Las mujeres no solían matar a gente.

—Estuvo muy activa durante los dos años previos al estreno de *Los destructores* —explicó Glenn—, pero algo menos desde que el hermano murió y Stapleton se retiró a las montañas. —Mostró una lista en la pantalla—. A lo largo de cinco años le ha enviado cientos de cartas, algunas de ellas amenazadoras. Mucho acoso por internet, también, sobre todo intentando que saliera con ella mediante intimidación.

—El truco más viejo del mundo —dije.

Oí reír a Robby.

Glenn prosiguió.

—Viajó a Los Ángeles y dio con su casa. Jack se despertó una mañana y se encontró a la mujer durmiendo en su bañera abrazada a un muñeco con una foto de su cara sujeta con cinta adhesiva.

—O sea, lo habitual en una acosadora —señaló Taylor.

—Exacto —asintió Glenn—. Lo ha hecho todo, desde tejerle jerséis hasta amenazarlo con suicidarse si no la preñaba.

—¿No se le ha pasado ya el arroz?

—Según ella, no.

—¿Amenazas de muerte? —preguntó Amadi.

—No, que nosotros sepamos. Por lo menos no de ella. No hace mucho Jack fue objeto de una serie de insultos delirantes en un foro de admiradores con el nombre de usuario —Glenn consultó sus notas— WilburTeOdia321. Lo tenemos vigilado.

—Supongo que ya sabemos lo que Wilbur siente —dijo Kelly.

—¿Por qué el nombre de Wilbur no me suena amenazador? —preguntó Taylor.

—Porque Wilbur es el cerdo de *La telaraña de Charlotte* —respondí.

—Guau —dijo Kelly.

—Señoritas —dijo Glenn—, concéntrense, por favor.

—Si querías que nos concentráramos —repuso Kelly—, no haber empezado la reunión con un pase de diapositivas de semejante cuerpazo.

—Tienen las hormonas disparadas —dijo Doghouse.

Kelly le propinó un codazo.

—Ya te gustaría.

La sesión informativa fue mucho más breve de lo habitual porque acababan de darnos el caso. Ponernos al día y realizar todas las gestiones pertinentes no iba a ser fácil. Glenn nos dividió en equipos.

A Robby le asignó la tarea de analizar la cobertura mediática de Jack, incluido su Instagram, para averiguar cuánta información personal corría por ahí. A Doghouse le encargó hacer una evaluación física de la casa alquilada en la ciudad, lo que incluía planos y dispositivos, datos sobre la actividad delictiva en el barrio y una inmersión en el sistema de seguridad. Pidió a Amadi que reuniera el máximo de información posible sobre el rancho de los padres. A Kelly le tocó el trabajo de elaborar un informe sobre la asistenta recién contratada, y a Taylor, crear una carpeta completa con las actividades de la acosadora en el pasado.

¿Y a mí?

Glenn intentó enviarme al salón de belleza.

—Ni de coña —dije ante todos los presentes.

—Eres la agente principal de esta misión, Brooks. Tienes que estar a la altura del papel.

—En primer lugar —dije—, no he aceptado ser la agente principal.

Glenn hinchó las fosas nasales.

—Aceptarás.

Me miré el traje. No estaba tan mal.

Glenn continuó.

—Si necesitaras un burka, te conseguiríamos un burka, y si necesitaras un sari, te conseguiríamos un sari. Así pues, dado que te diriges a la elegante mansión de una estrella de Hollywood, vamos a hacerte un cambio de imagen.

—No necesito un cambio de imagen —declaré, y enseguida lo lamenté.

La sala al completo estalló en carcajadas.

—¿Piensas ser la sombra de Jack Stapleton con esa pinta? —me preguntó Robby.

Me toqué el pelo moreno, que empezaba a escaparse ya del moño, y bajé la vista hacia el traje pantalón de Ann Taylor comprado en un outlet de un centro comercial.

—Puede —dije.

Cuando estaba en una misión, vestía la ropa que esta requiriera. Había llevado de todo, desde vestiditos negros hasta cazadoras de cuero y conjuntos de tenis. Me había vestido de adolescente, de rockera punk y de institutriz mojigata. No me importaba ir de incógnito. Estaba dispuesta a hacer lo que fuera por encajar en el papel.

Pero vistiera lo que vistiera durante la misión, siempre volvía a mi traje pantalón de Ann Taylor. Con zapato plano, porque tenías que ser capaz de correr en cualquier momento. El calzado era crucial.

Seguía rechazando la idea del cambio de imagen cuando Robby dijo a Glenn:

—Deberías darle el curro a Kelly.

Kelly aulló encantada, aun cuando Robby carecía de autoridad para tomar esa decisión.

Glenn no llevaba bien que lo desafiaran. Se volvió hacia Robby.

—¿Qué has dicho?

Robby me echó una mirada para que todos supiéramos exactamente de quién estaba hablando.

—No es la persona adecuada.

—No eres tú quien decide eso.

Robby se encogió de hombros y dijo:

—Es mi opinión. —Y antes de darme tiempo a considerar que quizá tuviese razón, añadió—: No hay más que verla. No encaja en ese mundo.

Caray, Robby.

¿Así pensaba competir por el puesto de Londres? ¿Saboteándome?

Aparté la mirada del rostro petulante de Robby —que se me antojaba, de repente, mucho más hostiable de lo que me había parecido hasta entonces— y la giré hacia la derecha hasta posarla en Glenn.

—¿Estás diciendo que soy la agente principal en esto me guste o no?

—Eso es exactamente lo que estoy diciendo.

—¿Por qué?

—Porque si quieres aspirar al puesto de Londres, tienes que hacerlo y hacerlo bien. Si no lo das todo en esta misión…, Robby irá a Londres y tú te quedarás aquí, en Texas, trabajando en la oficina el resto de tus días.

Nos quedamos callados en un minicombate de miradas.

Entonces añadió:

—Deberías darme las gracias.

—Paso.

—Vas a hacerlo —dijo Glenn—. Y sin quejarte, ni plantarte, ni sentirte víctima, ni lloriquear porque la vida es injusta. La vida es injusta, no es nada nuevo. Sé muy bien lo que te hizo Robby y sé que este no es precisamente el viaje que esperabas…

—Porque no es un viaje —lo interrumpí.

—Pero es la mejor oportunidad que tienes, por lo que vas a sacarle el máximo partido. Y eso empieza por un puto armario nuevo para que no estés al lado del Hombre Más Sexy del Mundo pareciendo una becaria triste que necesita una ducha.

¿Creía Glenn que iba a dejarme amedrentar por sus insultos? A mí me resbalaban los insultos. Enderecé los hombros.

—¿Por qué te empeñas en que demuestre mi valía cuando ya sabes de lo que soy capaz?

—Sé de lo que era capaz la Brooks de antes. De la de ahora todavía no estoy seguro.

Vale. Lo medité. Yo tampoco lo estaba.

¿Era todo lo que quería? No. Pero era algo.

¿Estaba lo bastante desesperada para hacer lo que fuera?

—Está bien —dije.

—¿Está bien qué?

—Está bien, lo daré todo.

Glenn me miró por encima de sus gafas de lectura.

—Puedes estar segura.

—Pero —añadí, enarcando las cejas y haciendo una pausa para que Glenn supiera exactamente dónde trazaba la línea— ni muerta me hago un cambio de imagen.

Me gustaría decir que yo era una persona muy tranquila que no se dejaba aturullar por la fama. En una ocasión, Taylor se encontró a Tom Holland en un bar de Los Ángeles y, toda chula, encendió un cigarrillo para el amigo de Tom con un Zippo. Así, como si nada.

Yo no habría sido capaz.

Al examinar el dosier de Jack Stapleton tuve que reconocer, solo ante mí y ante nadie más, que estaba de todo menos tranquila.

Sobre el papel no era diferente de los demás clientes. Tenía una cuenta bancaria y tarjetas de crédito como el resto de la gente. Tenía dos coches en Dakota del Norte —un Wagoneer vintage y una pickup— pero había alquilado un Range Rover para su temporada en Houston. De niño había sufrido asma y actualmente tenía recetadas pastillas para dormir. Bajo «Enemigos conocidos» había varias páginas de fans enloquecidas que habían aparecido y desaparecido a lo largo de los años, pero eso era todo. Bajo «Amantes/Compañeras» aparecía Kennedy Monroe, y alguien, probablemente Doghouse, había escrito «para mojar pan» junto a su nombre.

Nada que llamara la atención.

Un dosier normal. Caray, una vida normal.

Vale. De acuerdo. Yo no era del todo inmune a los encantos de Jack Stapleton. Digamos que no era una fan como Kelly. No tenía su cara en mis calcetines. Pero había visto casi todas sus películas. Excepto *Miedo a la oscuridad*, que era un *slasher*, un género que no me iba. También me había saltado *Tren a Providence* porque me contaron que al final era sacrificado por los zombis, y ¿por qué iba a querer ver eso?

Pero había visto todas las demás, entre ellas *Una luna sin miel*, tantas veces que sin pretenderlo había memorizado la escena donde él confiesa que «Es agotador fingir que te odio». Su excelente interpretación en *Una chispa de luz* fue injustamente infravalorada. Y aunque *Ya te gustaría* fue puesta a parir por contener todos los clichés de las comedias románticas de la historia —incluida una carrera a la desesperada al aeropuerto—, estaban muy bien resueltos, por lo que era una de mis imprescindibles cuando tenía el ánimo bajo.

¿Y la manera en que Jack Stapleton besaba a Katie Palmer en *Inalcanzable*? Digna de un Oscar. ¿Por qué no se incluía en los Oscar la categoría de mejor beso? Jack Stapleton debería pasar a la historia solo por ese beso. La primera vez que lo vi casi me quedo tiesa. Vamos, que casi me muero de la emoción.

De modo que no era «no» importante que me hubiesen asignado la tarea de protegerlo.

Atención a la doble negación.

Él no no estaba en mi punto de mira. No no me afectaba pensar en él.

Jamás lo habría reconocido —menos aún a mí misma—, pero sentía una absolutamente normal, no patética, reconfortantemente leve, para-nada-inquietante pequeña adoración por él.

Me gustaba de la misma forma en la que te podría gustar el capitán del equipo de fútbol del instituto. No vas a salir con él. Sabes cuál es tu papel, y es el de escribiente del consejo estudiantil. Enlace entre los estudiantes y el servicio comunitario. Vicepresidenta del club de hojas de cálculo.

No es más que un pequeño lugar soleado donde dar rienda suelta a tus fantasías. A veces. De tanto en tanto. Entremedio de tus muchas otras cosas más importantes que hacer.

No hay nada de malo en ello, ¿no?

¿Acaso no están para eso las estrellas de cine? ¿Para que los demás fantaseemos con ellas? ¿Para añadir pepitas de colores al metafórico cupcake de la vida?

Sin embargo, ahora la realidad estaba a punto de colisionar con la fantasía. De ahí mi resistencia a aceptar el encargo: a mí me gustaba fantasear. No quería que Jack Stapleton se volviera real.

Además, ¿cómo podías proteger a una persona que te ponía nerviosa? ¿Cómo podías mantener la concentración con un auténtico dios-viviendo-entre-los-mortales a un metro de ti? Profesionalmente hablando, Glenn tenía una reputación que proteger, pero yo también. Si quería el puesto de Londres, debía dejarlo impresionado por completo, pero ¿qué iba a hacer si Jack Stapleton aparecía un día con la camiseta de béisbol azul marino y celeste que había llevado en *El optimista*?

Dios bendito. Mejor dimito ahora mismo.

Había visto a Jack Stapleton besar a personas ficticias, enterrar a un padre ficticio, suplicar un perdón ficticio y verter lágrimas ficticias. Lo había visto ducharse, cepillarse los dientes, acurrucarse bajo el edredón por la noche. Lo había visto descender en rápel por la pared de un acantilado. Lo había visto abrazar a un hijo pródigo. Lo había visto asustado y nervioso y enfadado, y hasta desnudo en la cama con el amor de su vida.

Nada de todo eso era real, por supuesto. Eso lo sabía. No estaba loca.

No era real, pero parecía real. Lo sentía como real.

Lo que quiero decir es que ya le tenía un cariño. ¿Esa distancia que mantienes siempre con los clientes? Él ya la había salvado, pese a no conocerlo en persona.

Y, aparte de eso, había algo en Jack Stapleton que simple y llanamente me gustaba. La forma de sus ojos, como dulce y sonriente. La naturalidad con que decía sus frases. La manera en que miraba a las mujeres que amaba.

Esa misión se me iba a hacer larguísima.

Pero —y aquí venía el discurso motivacional— no era imposible.

El tipo de la pantalla no sería la misma persona en la vida real. No podía serlo. El tipo de la pantalla decía cosas graciosas porque escritores graciosos le escribían las frases. El tipo de la pantalla ofrecía una imagen perfecta porque el departamento de producción lo peinaba y maquillaba y le elegía la ropa. ¿Y los abdominales de acero? No eran gratis. Probablemente dedicaba horas interminables a mantenerlos. Horas que podría haber invertido en algo mucho más productivo, como combatir la pobreza o rescatar mascotas sin techo o, no sé, leer un libro.

Puede que, si había piedad en el universo, no se pareciera en nada a como me lo imaginaba siempre.

Puede que fuera tan antipático como la mayoría de mis clientes.

Si fuera antipático sería de gran ayuda, pero también aceptaría tonto. Maleducado. Pánfilo. Pomposo. Narcisista. Cualquier cosa que lo degradara a la categoría de persona corriente, real y ligeramente irritante, como el resto de los mortales…, y me dejara hacer mi trabajo.

Habría preferido conservar la fantasía, por supuesto.

Pero la realidad también tenía sus ventajas.

5

Salto a: yo llamando al elegante timbre de la casa de Jack Stapleton en el distrito de los museos.

Con mi traje pantalón estándar. Sin el cambio de imagen que
tan valientemente había rechazado.

Ahora lamentando un pelín mi victoria.

Se trataba solo de una reunión de toma de contacto y tenía
decenas de ellas a mis espaldas. Normalmente acudía el equipo al
completo —agentes principales y secundarios— para conocer
al cliente en persona y reunir información. Pero el equipo tenía
demasiado jaleo en estos momentos para poder asistir, o sea que
hoy estaba yo sola.

Sola y hablándome para darme ánimos. «Tú puedes».

Una vez que aprendes a mirar el mundo desde la perspectiva
de la seguridad personal, no puedes mirarlo de otro modo. Por
ejemplo, yo no podía entrar en un restaurante sin evaluar el nivel
de amenaza en la sala, incluso estando fuera de servicio. No podía no reparar en la gente sospechosa, o en los vehículos que daban más de una vuelta a la manzana, o en las furgonetas vacías en
los aparcamientos, o en los «equipos de mantenimiento» que podían o no estar haciendo una reparación. En serio, no podía subirme a mi coche sin un proceso previo de tres pasos: buscar in-

dicios de forzamiento, buscar obstrucciones en el tubo de escape y buscar explosivos debajo del chasis.

En ocho años, ni una sola vez había llegado a mi coche y me había subido sin más. Debía de parecer una auténtica pirada, pero una vez que sabes lo terrible que es el mundo, no puedes no saberlo. Por mucho que quieras.

Yo ignoraba cuánto sabía Jack Stapleton acerca del mundo, pero parte de mi trabajo hoy, y en adelante, consistía en instruirlo al respecto. Tienes que conseguir como sea el compromiso del cliente, porque, sencillamente, no puedes hacerlo sola. En los inicios, hacerle entender que la protección es necesaria sin que entre en pánico es fundamental. Has de calibrar con exactitud cuánto es capaz de gestionar.

Al llegar a la puerta de Jack Stapleton, agarré una lista de cosas a tratar a fin de que pudiera cumplir con su parte del acuerdo de seguridad. También tenía algunas tareas básicas a realizar en persona que no podía hacer su ayudante en Los Ángeles: huellas dactilares, extracción de sangre, muestra caligráfica. Y una lista de preguntas que Glenn denominaba CMP —Cuestionario Muy Personal— para recoger información sobre tatuajes, lunares, aprensiones, hábitos extraños y fobias. Normalmente, también grabábamos un vídeo, pero en el caso de este hombre, por razones obvias, no era necesario.

En fin, que eso era todo lo que tenía que hacer. Ceñirme al guion.

Pero, guau, estaba supernerviosa.

Y eso incluso antes de que Jack Stapleton me dejara de piedra al abrir personalmente la puerta.

Sin camiseta.

Allí estaba. Abriendo la puerta. A una completa desconocida. Totalmente desnudo de cintura para arriba. ¿Qué clase de demostración de poderío era esa?

—¡Dios! —aullé dándome la vuelta y tapándome los ojos—. ¡Vístete!

Sin embargo, la imagen ya se había grabado en mi retina. Los pies descalzos. Unos Levi's gastados. Un collar de cuero que le rodeaba la base del cuello, justo por encima de las clavículas. Y ni siquiera tengo palabras para describir lo que estaba sucediendo en el torso.

Apreté los ojos un poco más.

¿Cómo demonios iba a trabajar con eso?

—¡Lo siento! —dijo—. He calculado mal. —Luego—: Ya puedes mirar.

Me obligué a bajar la mano y darme la vuelta…

Y vi a Jack Stapleton en proceso de embutirse en una camiseta, sus abdominales ondulando como si quisieran hipnotizarme.

Permíteme detener el reloj un segundo, porque no todos los días está una delante de la casa de Jack Stapleton, contemplando su glorioso cuerpo mientras hace algo tan absolutamente normal aunque tremendamente impactante como ponerse una camiseta.

¿Qué supuso para mí, te estarás preguntando, vivir ese momento? Puede que esto te dé una idea: mi cerebro dejó de funcionar. Vamos, que perdí la capacidad de hablar.

Sé que en algún momento me preguntó algo. Pero no soy capaz de decirte qué. Tampoco fui capaz de contestar.

Simplemente me quedé donde estaba, boqueando como una lubina.

«No es más que una persona», estarás pensando. «No es más que una persona que además es famosa».

Vale.

Ahora intenta meterte en ese momento y no quedarte muda de puro pasmo.

Te reto a ello.

¿Puedo añadir, además, que no esperaba en absoluto que fuera él quien abriera la puerta? Había dado por sentado que lo haría un ayudante, o un secretario, o un mayordomo británico con frac. Cualquier persona menos él.

Súmale a eso que era más grande de lo que parecía. Y parecía muy grande.

A su lado me sentía diminuta.

Y aquella no era mi dinámica de poder preferida.

Añadiré también —aunque quizá huelgue decirlo— que era... de carne y hueso. A diferencia de una representación en celuloide de sí mismo.

Era un ser vivo en tres dimensiones.

Y eso era una novedad.

Ahora que lo tenía delante, no estaba, ni de lejos, tan cachas como en *Los destructores*. Obviamente. Porque ¿quién puede mantener indefinidamente un régimen de entrenamiento de cinco horas diarias? Así que, en lugar de encontrarme ante una bestia de músculos hinchados, estaba ante abdominales corrientes, menos definidos, más sutiles, pero más elegantes.

Unos abdominales que no tenían que esforzarse en exceso.

Lo cual hacía que pareciera más humano. Lo cual tendría que haber sido algo bueno.

Pero más humano lo hacía más real. Y Jack Stapleton no debería serlo.

El Jack Stapleton real estaba menos bronceado que el que aparecía en los pósteres de sus películas. El Jack Stapleton real tenía el iris más gris que azul. El Jack Stapleton real tenía un pequeño corte que se había hecho al afeitarse. Sus labios aparecían un poco resecos, como si necesitaran cacao. Llevaba el pelo más largo que nunca —¿cuánto hacía que no se lo cortaba?— y le caía sobre la frente de una manera que te entraban ganas de apartarlo. Tenía una tirita en el dorso de la mano y lucía un reloj deportivo cutre y hecho polvo. Y, para colmo, llevaba gafas. No unas gafas modernas de Prada, sino de esas ligeramente torcidas que la gente corriente utiliza realmente para ver.

Por eso supe que no estaba soñando. Porque jamás se me habría ocurrido ponerle a Jack Stapleton unas gafas ordinarias torcidas.

Y, al mismo tiempo, hacían que estuviera mucho más y mucho menos guapo.

Agotador.

Bien, volvamos al punto de partida.

¿Dónde estábamos? Ah, sí:

Joder.

Amigos y vecinos, tengo delante a Jack Stapleton. Descalzo. En Levi's. Con un collar de cuero que me hizo redefinir mi opinión sobre los collares de cuero.

—Llegas pronto —dijo, interrumpiendo el atracón que se estaban dando mis ojos con él—. Me estaba vistiendo.

Yo seguía muda. Abrí la boca pero nada salió de ella. Podía oírme a mí misma queriendo decir «Llego puntual» en un tono profesional, incluso ligeramente irritado, pero no podía orquestar la requerida compresión del diafragma para hacer que eso ocurriera.

Recurriendo a todo mi poder de concentración, accioné la boca hasta cerrarla.

Algo era algo.

Jack Stapleton arrugó la frente un segundo y seguidamente dijo:

—Espera un momento. ¿Llegas pronto tú o llego tarde yo? —Miró su reloj—. Es que todavía estoy con la hora de las Montañas Rocosas. —Yo seguía concentrada en no boquear—. ¿Crees que Dakota del Norte está en la hora central? —Sin respuesta, pero le sostuve la mirada. Prosiguió—: Porque me pasa muchas veces. Dakota del Norte está en la hora central con excepción del suroeste, que es donde vivo.

Las conversaciones unidireccionales no parecían incomodarlo. Debía de ocurrirle a menudo.

Giró sobre sus talones y me hizo señas para que lo siguiera.

—Pasa —dijo adentrándose en la casa.

Cerré la puerta tras de mí y lo seguí hasta la cocina. «Tranquila —me dije—. ¡Es una persona como cualquier otra! ¡Se ha cortado afeitándose! ¡Ni siquiera está ya tan bronceado!».

—Por cierto, me gusta tu imperdible —dijo mientras caminaba.

Me toqué instintivamente el colgante de cuentas. Vaya, qué observador.

El imperdible debía de tener de talismán más de lo que yo creía, porque justo entonces, como por arte de magia, me acordé de cómo se hablaba.

—Gracias —contesté, aunque sonó más como una pregunta que como una respuesta.

Una vez en la cocina, Jack Stapleton se agachó y se puso a hurgar en el armario de debajo del fregadero, como las personas normales hacen a veces.

Imagínate. Son como nosotros.

—Soy nuevo en la casa —estaba diciendo mientras yo lo observaba—, por lo que no sé qué hay, pero dime qué necesitas e iré a comprarlo.

Se dio la vuelta y se incorporó con una cesta llena de productos de limpieza, cepillos, esponjas y bolsas de basura, que dejó con determinación sobre la encimera, frente a mí.

Fruncí el entrecejo.

—Para limpiar —dijo.

Negué con la cabeza.

Frunció el entrecejo.

—¿No eres la...?

Y entonces —agradeciendo mi recién recuperada capacidad de habla— respondí:

—Agente de protección ejecutiva.

Al tiempo que él decía:

—¿Asistenta?

«¿En serio? Aquí estoy, con mi mejor traje pantalón, y ¿cree que soy "la asistenta"?».

Puede que Robby tuviera razón. Puede que no encajara.

—No soy la asistenta —dije.

Arrugó la frente.

—Ah. —Y aguardó, en plan «Entonces, ¿quién eres?».

—Soy la agente de protección ejecutiva principal del equipo encargado de tu seguridad personal.

Parecía genuinamente desconcertado.

—¿Eres la qué de mi qué?

Suspiré.

—Estoy al mando de tu equipo de seguridad personal.

—Yo no tengo un equipo de seguridad personal.

Esto era nuevo.

—Ya lo creo que sí.

Nada más decir eso, me agarró del brazo por encima del codo —no lo bastante fuerte para que doliera pero sí lo suficiente para que no pudiera malinterpretar su significado— y me condujo de nuevo a la puerta. En realidad era una sujeción de la que sabía cómo soltarme, pero estaba tan flipada con lo que estaba ocurriendo que lo seguí como un corderito.

Una vez fuera, cerró la puerta con llave y retomó el asunto.

—¿Me estás diciendo que no eres la asistenta?

—¿Tengo pinta de asistenta?

Jack Stapleton se encogió de hombros, como diciendo «¿Por qué no?». Yo tendría que haberlo dejado ahí.

—¿Cuántas asistentas van a trabajar con una blusa de seda?

—¿A lo mejor tenías planeado cambiarte?

Vale. Suficiente. Suspiré hondo.

—No soy la asistenta.

Levantó el dedo, en plan «Dame un segundo», se dio la vuelta y echó a andar por el camino de entrada sacándose el móvil del bolsillo.

Recorridos unos metros, le oí decir:

—Oye, acaba de presentarse aquí una mujer afirmando que está a cargo de mi seguridad personal.

Un momento. ¿Dudaba de mí?

No pude oír la respuesta. Pero si podía oír a Jack Stapleton alto y claro.

—Decidimos que no. En dos ocasiones. —Estaba dando puntapiés a la grava del camino—. De eso hace años. —Una pausa—. No funcionará. Será un desastre. Tiene que haber otra manera.

Otra pausa.

Jack Stapleton y con quienquiera que estuviera hablando —¿Su mánager? ¿Su agente? ¿Su gurú?— siguieron dándole vueltas al tema. Ignoro si él no se daba cuenta de que podía oírlo o si le traía sin cuidado…, pero estaba protestando vehementemente por mi presencia en su vida.

Me escoció un poco, la verdad.

La discusión estaba alargándose tanto que al final me senté en el banquito junto al *Ficus lyrata*, tomando nota de que podría ser utilizado para romper la ventana situada detrás y de que habría que cambiarlo de sitio, venderlo o tirarlo. Sin otra cosa que hacer, evalué desganadamente la propiedad —distancia desde la calle, adecuada; ausencia de verja, subóptima; potencial daño craneal por una de las piedras que rodean el césped, letal—, más por costumbre que por otra cosa.

¿Había acudido alguna vez a una reunión de toma de contacto con un cliente que ignoraba que me había contratado? No. Esta era la primera. Me descolocaba pensar que no me quería allí.

La mayoría de la gente agradecía tu ayuda.

Para cuando la discusión tocó a su fin, habían pasado quince minutos. Jack Stapleton regresó con cara de cabreo, una expresión que yo, extrañamente, ya conocía. Había visto esa cara en *Algo por nada* después de que los camellos le hicieran frente.

También la había visto en *El optimista* después de que le robaran la victoria en el concurso de cocina. Acababa de conocer a este hombre, pero ya estaba familiarizada con el pequeño hoyuelo que aparecía inevitablemente en su mentón cuando se enfadaba de verdad. Y ahí estaba.

Cuando me levanté, también yo estaba un pelín cabreada. A estas alturas ya podríamos haber terminado. Yo podría haber estado ya en mi casa.

—¿No sabías que nos habían contratado? —le pregunté.

—Creía que habíamos decidido no hacerlo —contestó.

—Está visto que no.

—En realidad fui yo quien se opuso —dijo Jack—, pero la productora decidió tirar adelante.

—Pensaba que querías rescindir el contrato con ellos.

—Así es —dijo—, pero uno no siempre consigue lo que quiere. —Cierto—. Los abogados de la productora quieren que esta proteja sus activos.

—¿Eso es lo que eres?

Jack asintió.

—Absolutamente. No quieren problemas. Y quieren que siga vivo.

—Estoy segura de que todo el mundo quiere que sigas vivo —dije.

—Todo el mundo no —replicó—. ¿No es por eso por lo que estás aquí?

Así era.

Mientras yo asentía, Jack Stapleton me miró de verdad por primera vez desde mi llegada: su nueva asistenta-guion-guardaespaldas. Sentí su mirada a nivel físico, como rayos de sol en la piel. Yo lo había mirado a él tantas veces… Me resultaba increíblemente extraño que él me mirara a mí.

Dejó escapar un largo suspiro de derrota.

—Hablemos dentro.

Dentro, tal como atestiguaba su hoyuelo, siguió enfadado un buen rato, aunque yo confiaba en que fuera más con la productora que conmigo.

Nos sentamos frente a la mesa del comedor y abrí la carpeta fuelle que había sostenido contra mi pecho desde mi llegada. Al apartarla me sentí extrañamente desnuda.

Jack Stapleton tenía ahora los hombros hundidos.

—Haz lo que haces normalmente —dijo con resignación.

Respiré hondo.

—De acuerdo.

«Lo que hago normalmente». Mejor así. Había recuperado el timón.

—Soy Hannah Brooks —comencé—. He protegido a decenas de personas en toda clase de situaciones.

Era un párrafo introductorio que había memorizado. Lo utilizaba cada vez que conocía a un cliente nuevo. Me reconfortaba recitarlo, como si canturreara una vieja canción.

—La protección ejecutiva es un trabajo colaborativo —continué—. Nosotros estamos aquí para ayudarte a ti y tú estás aquí para ayudarnos a nosotros. Lo que tú necesitas de nosotros es competencia y asesoramiento y lo que nosotros necesitamos de ti es honestidad y responsabilidad.

Jack Stapleton no estaba mirándome. Estaba consultando sus mensajes.

—¿Estás mandando mensajes? —le pregunté.

—Puedo hacer las dos cosas —dijo sin levantar la vista.

—Bueno, no lo creo, pero vale.

Yo no podía hacer nada salvo seguir hablando. Fui ganando ímpetu a medida que recordaba quién era yo. Deslicé la guía que había traído para él por la superficie de la mesa. Impreso en la portada aparecía el principio de la firma. Lo leí en alto. «El objetivo de la seguridad personal es reducir el riesgo de actos criminales, secuestro y asesinato de nuestro representado mediante la aplicación de intervenciones específicas en la vida diaria».

Jack Stapleton levantó la vista.

—¿Asesinato? ¿En serio? Tengo una acosadora de cincuenta años que cría corgis para exhibiciones.

Pero ya no había quien me parara.

—La atención constante es el pilar de una seguridad personal eficaz —proseguí—. Además, las medidas de seguridad siempre deben ser acordes con el nivel de amenaza. Basándonos en la información de que disponemos actualmente, el nivel de amenaza en tu caso es relativamente bajo. De los cuatro niveles, blanco, amarillo, naranja y rojo, te hemos asignado el amarillo. No obstante, tenemos previsto que tu visita a Houston salga a la luz en algún momento, y, cuando eso ocurra, te ascenderemos al nivel naranja. La estrategia es tener los sistemas instalados para llevar a cabo dicha transición con rapidez. —Jack Stapleton frunció el entrecejo. Era mucha jerga de alto nivel viniendo de una asistenta. Continué—: Toda protección es un compromiso entre las exigencias del nivel de amenaza y la expectativa razonable del cliente de llevar una vida lo más normal posible.

—Hace años que renuncié a una vida normal.

—Nos gustaría que leyeras detenidamente esta guía y te familiarizaras con tus responsabilidades relacionadas con tu seguridad. Todo lo que puedas hacer para evitar ser un blanco fácil nos ayudará a nosotros a mantenerte a salvo.

—Insisto —dijo Jack—, esa mujer solo teje jerséis de Navidad con mi cara en ellos. De hecho, son bastante impresionantes.

Enderecé la espalda.

—Todos los secuestros y asesinatos exitosos suceden por un factor determinante y solo uno: el elemento sorpresa.

—Dudo mucho que alguien quiera asesinarme.

—Por lo tanto, lo primero que necesitamos de la persona a la que protegemos es concienciación. La mayoría de la gente va dormida por la vida, ajena a los peligros que hay por todas partes. Pero la gente bajo amenaza no puede permitirse ese lujo. Has de aprender a fijarte en las personas y en los objetos que te rodean y a dudar de ellos.

—Eres como un libro de texto parlante, ¿lo sabías?

—Llevo ocho años trabajando para Glenn Schultz y he ascendido a los rangos más altos de la organización. Tengo el certificado de Agente de Protección Personal, así como formación avanzada en contravigilancia, conducción evasiva, medicina de emergencia, armas de fuego avanzadas y combate cuerpo a cuerpo. No obstante, si hago bien mi trabajo, no necesitaremos nada de eso. Tú, yo y el equipo, trabajando juntos, podremos prever las amenazas y disolverlas mucho antes de que se produzca una crisis.

—Creo que te prefería como asistenta.

Lo miré a los ojos.

—No dirás lo mismo en el nivel de amenaza naranja.

Apartó la vista.

Respiré hondo.

—Percibo, por tu lenguaje corporal, que no te interesa demasiado leerte la guía, de modo que voy a hacerte un resumen de las principales directrices para los vip. —Enumeré los puntos con los dedos más deprisa de lo necesario simplemente para fardar—: No quedar con extraños en lugares desconocidos. No hacer reservas en restaurantes con tu nombre. No viajar de noche. No ir siempre a los mismos bares y restaurantes. Entrar en grupo siempre que sea posible. No conducir vehículos llamativos. Alertar a la policía de cualquier amenaza nueva. Mantener el depósito de gasolina lleno hasta la mitad como mínimo en todo momento. Mantener siempre las puertas del coche con el seguro puesto. Evitar detenerse en los semáforos moderando la velocidad. Establecer una palabra clave para indicar que todo va bien.

Había más, pero Jack Stapleton estaba sonriendo a algo en su Instagram. Dejé de hablar y esperé a que se percatara. Tras una larga pausa, levantó la vista.

—¿Qué es lo último que has dicho?

—Establecer una palabra clave para indicar que todo va bien.

—¿Cuál es la palabra clave?

Lo decidí ahí mismo.

—La palabra clave es «mariquita».

Jack dejó caer los hombros.

—¿No podemos utilizar algo un poco más agresivo? Por ejemplo, «cobra». O «bestia».

—El cliente no puede elegir la palabra clave.

En realidad, los clientes siempre elegían la palabra clave.

Pero eso es lo que pasa cuando miras el móvil mientras estoy hablando.

Jack arrugó la frente.

—¿Cómo esperas que me acuerde de tantas reglas? —preguntó.

—Léete el manual —dije—. Muchas veces. Usa un rotulador fluorescente.

Puede que mi tono fuera un pelín repelente.

Jack dejó el móvil en la mesa con un suspiro.

—Oye —dijo—, no tengo intención de ir a bares ni restaurantes. Tampoco voy a quedar con extraños en lugares desconocidos. Pasaré mi tiempo en casa o acompañando a mi madre al médico. —Otro suspiro—. Y si no me queda otra…, iré al rancho de mis padres, pero confío en que esas visitas sean breves y escasas. Eso es todo. No estoy aquí para divertirme o crear problemas o que me asesinen. Estoy aquí para ser un buen hijo y ayudar a mi madre.

—Genial —dije—. Eso facilita nuestro trabajo. —Empezó a alargar el brazo hacia el móvil. Añadí—: Ahora he de recoger tus huellas dactilares, una muestra caligráfica y una de sangre, y habremos terminado.

Me estaba olvidando del Cuestionario Muy Personal, pero dadas las circunstancias, lo estaba haciendo bastante bien.

—¿Una muestra de sangre? —preguntó.

Asentí.

—Estoy capacitada para hacer flebotomías. —Le miré los antebrazos—. Además, tienes venas gruesas como mangueras.

Escondió el brazo detrás de la espalda.

—¿Para qué necesitas la sangre?

—Para una analítica básica. Y para confirmar tu grupo sanguíneo.

Parpadeó con incredulidad. Me estaba gustando asustarlo un poquito.

Esto era mucho mejor que hacer de asistenta.

—Tu ayudante nos informó de que tu grupo sanguíneo es AB negativo —proseguí—, y, de confirmarse, estarás de suerte, porque es el mismo que el mío.

—¿Y por qué estaré de suerte?

—Nos gusta tener en el equipo a alguien que pueda actuar de donante de nuestro cliente —dije, sacando el torniquete de goma y restallándolo—. O sea que puede que acabes de conocer a tu banco de sangre particular.

6

Diez minutos después tenía todo lo que necesitaba y estaba recogiendo mis cosas, lista para largarme de allí.

Tanta guapura resultaba agotadora.

En serio. Era incesante. Era implacable. Era extenuante. ¡Y ni siquiera estaba mirándolo!

Él me estaba mirando a mí. Finalmente, me detuve para devolverle la mirada.

—¿Qué?

—No eres como esperaba —dijo.

Puse cara de sorna.

—Lo mismo digo.

—Para empezar, esperaba que fueras más grande —continuó.

—Ni siquiera sabías que iba a venir.

—No sabía que ibas a venir hoy precisamente, pero al principio teníamos planeado contratarte. Luego cambié de opinión.

—Y la productora volvió a cambiarla.

—Algo así. —Jack seguía escudriñándome y no puedo ni empezar a describir lo extraño que era ser la observada en lugar de la observadora. Prosiguió—: Supongo que esperaba a un tipo duro.

Yo no era un tipo duro. Yo era justo lo contrario de un tipo duro. Pero no pensaba decírselo.

72

—En este trabajo no se necesita ser un tipo duro.

—¿Y qué se necesita?

—Concentración. Formación. Atención. —Me di unos golpecitos en la cabeza como si estuviera señalando mi cerebro—. Lo importante no es ser duro, sino estar preparado.

—Aun así, tengo la sensación de que un guardaespaldas debería ser más grande. Tú eres diminuta.

—No soy diminuta —dije—. Lo que pasa es que tú eres enorme.

—¿Cuánto mides? ¿Uno sesenta y dos?

—Uno sesenta y siete, gracias. —Medía uno sesenta y cinco.

—¿Y qué harías si un tiarrón intentara pegarme?

—Eso nunca pasaría —respondí—. Nos anticiparíamos a la amenaza y te sacaríamos de la escena antes de que ocurriera.

—Pero ¿y si lo intentara?

—No lo intentaría.

—Hablemos hipotéticamente.

Suspiré.

—Está bien. Hipotéticamente, si lo intentara, que no lo haría, simplemente… lo reduciría.

—Pero ¿cómo?

—Practico jiu-jitsu desde los seis años y soy cinturón negro de segundo grado.

—Pero ¿y si el tipo fuera muy grande? —Jack abrió los brazos como un oso.

Afilé la mirada.

—Creo que no entiendes cómo funciona el jiu-jitsu. —Afiló la mirada en respuesta—. ¿No me crees? —pregunté—. ¿Te das cuenta de lo machista que es eso?

—No es machismo… —replicó—. Es… física. ¿Cómo puede alguien de tu tamaño reducir a alguien de mi tamaño?

—Eso no es física —dije—, es ignorancia.

—Demuéstramelo —dijo.

—¿El qué?

—Hazme jiu-jitsu.

—No.

—Sí.

Suspiré.

—¿Quieres que te reduzca? ¿Ahora?

—Bueno, en realidad no, pero creo que dormiría mejor si supiera que puedes hacerlo.

—¿Me estás diciendo que quieres que te haga daño? Porque si hago lo que me pides, ten por seguro que te dejaré sin aire y que podría dislocarte el hombro.

No era una buena idea. Pero imagino que Jack sí quería que le hiciera daño, porque me cogió de la mano y me arrastró por la puerta de atrás hasta una parcela de césped junto a la piscina.

—No es buena idea, no es buena idea —dije mientras tiraba de mí.

—¿Ves lo fácil que es para mí manejarte? —respondió.

Supongo que fue en ese momento cuando cedí. Nunca me ha gustado que me subestimen, y aun menos un tío que me ha tomado por la asistenta.

¿Quería que le hiciera daño? Muy bien, le haría daño.

Cuando llegamos al césped, me soltó y se alejó unos metros. Acto seguido, se dio la vuelta y se lanzó corriendo hacia mí.

Supongo que era inevitable.

Suspiré.

A esas alturas ya no había nada que decidir. Una vez que un tío de metro noventa empieza a correr directamente hacia ti, se acabaron las decisiones. Simplemente, haces aquello para lo que has sido entrenada.

En cuanto me alcanzó, le agarré la muñeca izquierda con las dos manos, tiré de ella hacia abajo y embestí su cadera con la mía. El truco aquí es conseguir un movimiento rodante. Tiras hacia abajo de su brazo y sus hombros al tiempo que impulsas hacia arriba la mitad inferior de su cuerpo y lo obligas a rodar sobre la parte alta de tus nalgas. Parece más difícil de lo que es en realidad.

Resumiendo: escondes la cabeza y te pasa por encima.

Eso sí es física.

En menos de un segundo estaba plano en el suelo. Gimiendo.

—Tú me lo has pedido, colega —dije.

Bajé la vista y sus ojos encontraron los míos. Y por primera vez desde mi llegada esbozó una sonrisa. Una gran sonrisa repleta de admiración.

—Por Dios, qué daño —dijo.

—Te lo advertí.

Se pasó el brazo por el vientre, resoplando. Un momento... ¿se estaba riendo?

—¡Eres un tío durísimo!

—No tanto.

—Eres increíble —dijo.

—Eso nunca lo he dudado.

Se despatarró y, extendiendo los brazos, contempló el cielo.

—¡Gracias, Hannah Brooks! ¡Gracias! —¿Por qué demonios me daba las gracias? Luego gritó a las nubes—: ¡Estás contratada!

Me negué a mostrarme sorprendida por algo que había hecho miles de veces. No era sorprendente. Era mero entrenamiento.

—Ya estaba contratada —dije.

—¡Pues te contrato de nuevo! ¡Te contrato dos veces! ¡Te contrato a bombo y platillo!

Sacudí la cabeza y entré en la casa para coger hielo.

Cuando llegó a la cocina minutos después, todavía resoplando, todavía rebosante de admiración, parecía que acabara de aprender una lección de vida fundamental.

Le puse una bolsa de hielo en el hombro sujeta con dos trapos de cocina atados, negándome a dejarme aturullar, en la quietud del momento, por la proximidad de su cuerpo.

—El hombro te dolerá unos días —dije.

—Ha valido la pena —respondió.

—Tómate un ibuprofeno antes de acostarte.

—Está bien, doctora.

—Y la próxima vez que te diga que soy buena en algo, no me obligues a hacerte daño para demostrártelo.

—Entendido.

Recogí mis cosas y me di la vuelta para despedirme, apretando la carpeta contra mi pecho como al principio, pero sintiéndome como una versión completamente nueva de la chica que había entrado en esa casa.

Nada como hacer volar a un hombre para levantar tu autoestima. Lo recomiendo.

—Mañana empezamos en serio —dije consultando el programa provisional que me había entregado Glenn—. Quieres ir al rancho de tus padres por la mañana, ¿cierto? —Jack asintió—. En estos momentos tenemos a un equipo estudiando la ruta —dije—. Normalmente disponemos de mucho más tiempo para prepararnos, pero iremos sobre la marcha. —Jack tenía la mirada gacha. No contestó—. Podemos llevar a un equipo para que examine el rancho mientras estamos allí, instale algunas cámaras y evalúe el terreno.

Parecía un buen plan, pero entonces Jack dijo:

—Me temo que no podrá ser.

Di un respingo.

—¿Qué no podrá ser?

—No podemos llevar un equipo de seguridad a casa de mis padres.

—¿Por qué no? —pregunté.

Inspiró hondo.

—Porque mis padres no pueden saber nada de esto.

—¿Nada de qué?

Señaló a su alrededor, en plan «Todo esto».

—De las amenazas, los acosos, la seguridad personal.

—¿Y cómo vamos a hacerlo si no?

Sacudió la cabeza.

—Mi madre está enferma, ¿sabes? Muy enferma. Y si se entera de esto, se preocupará mucho, aunque en realidad no haya nada de que preocuparse. Hace años que me acosan, a estas alturas estoy totalmente inmunizado. Pero a mi madre nunca le he contado nada y te aseguro que no voy a empezar justo ahora que van a operarla de cáncer.

—Pero… —dije. Y entonces me di cuenta de que no sabía qué decir.

—Mi madre se angustia por todo —dijo Jack—. Es la reina de la preocupación. Y los resultados de las pruebas no han salido… demasiado bien. Y desde que mi hermano murió… —Se miró las manos como si no supiera cómo acabar la frase—. Reconozco que tiene sentido que tenga una guardaespaldas, lo entiendo, pero mi madre lo vería como algo malo. He estado leyendo en internet sobre tratamientos, y el estrés puede influir mucho en los resultados. No puedo darle más preocupaciones de las que ya tiene. Si vamos a hacer esto, tenemos que asegurarnos de que mis padres no sepan quién eres.

—Pero… ¿cómo?

—Vuestra web dice «Soluciones creativas para todos los escenarios». —Giró el teléfono hacia mí para enseñármela.

—¿Eso es lo que has estado haciendo con el móvil? —inquirí.

Jack se encogió de hombros.

—Es una de las cosas que he estado haciendo con el móvil.

Le eché una mirada.

—Eso lo escribió el diseñador de la web.

—Tu jefe… ¿Cómo se llama? ¿Frank Johnson?

—Frío, frío. Glenn Schultz.

—Dice que una buena parte de la vigilancia puede hacerse de forma remota. —¿Estaba Glenn al tanto de todo esto y no me lo había dicho? Jack prosiguió—. Dice que tú puedes mantenerte cerca de mí y que un segundo grupo puede vigilar desde lejos.

—Pero si llevas una agente pegada a ti todo el día, ¿no despertará las sospechas de tu familia?

—En absoluto.

Me llevé las manos a las caderas.

—¿Por qué?

—En primer lugar —dijo Jack—, mis padres son muy majos e increíblemente ingenuos, y mi hermano mayor prácticamente no me habla. En segundo lugar, tienes pinta de todo menos de guardaespaldas. —Ladeó ligeramente la cabeza y me obsequió con su sonrisa más cautivadora—. Y en tercer lugar, pero no por eso menos importante —continuó—, vamos a decirles que eres mi novia.

Cuando regresé a la oficina, Glenn seguía en la sala de juntas y la mitad del equipo se encontraba con él. Estaban trabajando duro para poner en marcha el proyecto de Jack Stapleton.

Me dio igual.

—No —le dije a Glenn dirigiéndome con paso firme a la cabecera de la mesa de juntas—. Ni lo sueñes.

Glenn ni siquiera se molestó en levantar la vista.

—¿Estamos hablando de lo de «la novia»?

—¿Hay algo más de lo que hablar?

—No es negociable. Cosas más raras hemos hecho por nuestros clientes.

—Las habrás hecho tú —puntualicé.

—Has visto al hombre. ¿Tan terrible sería?

—No puedo creer que lo supieras y no me lo dijeras.

—Pensé que sería mejor que saliera de sus bellos labios.

—Pues no ha sido mejor, ha sido peor. Me ha pillado totalmente desprevenida. Jamás me he marchado así de la casa de un
cliente.

—Ese no es mi problema.

—Sí lo es. No me avisaste.

Glenn mantenía un tono pausado.

—No te avisé porque tiene mucha menos importancia de la
que le estás dando. El nivel de amenaza de Jack Stapleton es leve.
Lleva mucho tiempo apartado de la vida pública. La prensa no
sabe que está aquí. Paga bien. Más fácil, imposible.

—¡Pues hazle tú de novia! —espeté. Glenn hinchó las fosas
nasales—. O cualquier otra persona de esta sala.

La mano de Kelly salió disparada hacia arriba.

—Me ofrezco voluntaria.

—Genial. ¡Envía a Kelly! —dije—. O a Taylor.

—Tú eres la mejor opción —dijo Glenn—. Estamos hablando de un trabajo complejo.

—Acabas de decir que más fácil imposible.

—¡Es ambas cosas, fácil y complejo! Necesito a una agente
top. Y esa eres tú.

—No intentes camelarme —dije.

Glenn se inclinó hacia mí.

—Mira, Jack Stapleton está distanciado de su familia y apenas la ve. ¿Y qué si tienes que hacer un poco el paripé cuando
estén cerca? Tiene pinta de que no será muy a menudo.

—Glenn, su familia es la única razón por la que está aquí.

Sacudió la cabeza.

—De acuerdo con la información que tenemos, su relación
con su hermano mayor es del todo inexistente.

—¿Qué hay de los padres?

—Eso ya no está tan claro. Sea como sea, no pasa mucho
tiempo con ellos.

Me había quedado sin argumentos.

—Todo esto me da muy mal rollo.

Glenn me sostuvo la mirada.

—Has trabajado de incógnito otras veces.

—De cara al mundo exterior, no del cliente.

—La familia no es el cliente. Jack Stapleton es el cliente.

—Es lo mismo —repliqué.

—Aburrirte no te vas a aburrir, eso te lo garantizo —dijo Glenn.

—¿Hola? —dijo Kelly saludando a la sala con la mano—. He dicho que me ofrezco de voluntaria. Ni siquiera tienes que pagarme. De hecho, seré yo quien te pague a ti.

—Es poco ético —dije volviéndome hacia ella.

Pero el brazo de Kelly salió disparado hacia la foto de Jack Stapleton que seguía ocupando la pantalla digital.

—¿A quién le importa eso?

¿Era poco ético? La ética era un principio difícil de calibrar en este negocio. La seguridad privada había experimentado un gran auge en los últimos años, en parte porque el mundo era más peligroso para la gente rica y en parte porque esa misma gente estaba cada vez más paranoica. Los agentes provenían de toda clase de entornos con diferentes tipos de formación: exmilitares, expolicías e incluso exbomberos, como era el caso de Doghouse. La mayoría de los agentes trabajaba por cuenta propia. No había unas normas estandarizadas. Era como el Lejano Oeste: la gente hacía lo que fuera si creía que podía salir impune. Significaba más libertad, pero también más riesgo y muchas más artimañas.

En último término, únicamente respondíamos ante los clientes. Debíamos tenerlos contentos y la mayoría de las veces hacíamos todo lo que nos pedían. En una ocasión, un cliente me pidió que cubriera su factura del bar de siete mil dólares. En otra, hice paracaidismo con una princesa belga. En otra, me pasé una noche entera vigilando la pantera de un cliente.

¿Era lo de Jack Stapleton mucho más raro?

Al final, estabas al servicio del cliente. Por lo menos, si querías que te pagara.

Era como si todos los presentes en la sala lo vieran claro menos yo. Si Jack Stapleton quería una novia falsa, tendría una novia falsa. Y si yo quería trabajar para Jack Stapleton, eso tendría que ser.

—El caso es que representa una gran oportunidad para ti —continuó Glenn.

—Y dinero para ti.

—Dinero para todos.

Yo seguía meneando la cabeza.

—No podemos hacer un buen trabajo bajo estos parámetros.

—Será más difícil, sí —reconoció Glenn—, pero no olvides que su nivel de amenaza es casi blanco.

Le eché una mirada.

—Es amarillo.

—Pero un amarillo muy claro —intervino Kelly—. Casi como el de un sorbete de limón.

Glenn señaló a Kelly.

—Deja de poner colores cursis a los niveles de amenaza.

Dado que Glenn no me estaba tomando en serio, dije:

—Te veo el símbolo del dólar en los ojos.

Era una prueba. Para ver su reacción.

Te dije que sabía leer las caras, ¿verdad? Por la manera en que tensó la mandíbula, supe que se había ofendido. Fue entonces cuando empecé a ceder.

Glenn pensaba sinceramente que podíamos hacerlo.

—¿Crees que pretendo lanzarnos por un precipicio? —preguntó—. Aquí está en juego la reputación de todos, especialmente la mía. Yo digo que puede hacerse. Yo digo que hay estrategias para hacer que funcione.

Suspiré.

—¿Como cuáles?

—Para empezar, un equipo de apoyo remoto. Tecnología de vigilancia punta. Tenerte a ti como los ojos y los oídos en el interior con equipos de respaldo en el exterior las veinticuatro horas.

Podía entender su visión, supongo.

Glenn elevó entonces la apuesta.

—Si quieres tener la oportunidad de conseguir el puesto de Londres, tendrás que apuntarte al carro.

—O sea que voy a hacerlo me guste o no.

—Exacto. Aunque preferiría que te gustara.

Miré en torno a la mesa. Todo el mundo me estaba observando. Y lo cierto era que ya ni yo misma entendía por qué estaba montando todo ese pollo.

—Te propongo algo —dijo Glenn a continuación, sabedores los dos de que él tenía el poder—. Haz este trabajo sin rechistar y después te enviaré al destino que quieras. Tú eliges. Lo de Corea vuelve a estar en marcha. Si lo quieres, es tuyo.

Había estado esperando otra misión en Corea desde que la última fuera cancelada.

—Quiero Corea —dije.

—Adjudicada —dijo Glenn—. Seis semanas en Seúl. Cuencos interminables de fideos de alubias negras. —Sopesé la idea—. ¿Es eso un sí? —preguntó Glenn—. Entonces, ¿trato hecho? ¿Se acabó el berrinche?

Me disponía a decir sí, y nos disponíamos a cerrar el acuerdo… cuando escuché la voz de Robby detrás de mí.

—¿Hablas en serio? —dijo—. No funcionará.

La sala al completo se volvió hacia él. La elección del momento adecuado nunca había sido el fuerte de Robby.

Estaba contemplando al grupo como si estuvieran todos locos.

—¿Se os ha ido la pinza? Tiene que ser una broma.

¿Estaba preocupado por mi seguridad? ¿Estaba protestando por las tácticas intimidatorias de Glenn? ¿Estaba, quizá, celoso?

Estudié las capas de indignación de su rostro.

Y justo entonces me sacó de dudas. Extendiendo las manos hacia mí, como diciendo «¿La habéis visto bien?», Robby exclamó:

—¡Por favor, miradla! Nadie ni en un millón de años se creerá que esta persona que tenéis delante le ha quitado el puesto a la famosísima Kennedy Monroe como novia de Jack Stapleton.

Lo primero era lo primero. Podíamos resolver el tema de Jack Stapleton más tarde.

Salvé de un salto los diez pasos que me separaban de Robby, lo agarré por el nudo de la corbata con tanta fuerza que le quité de un plumazo la cara de gilipollas arrogante y lo arrastré por el cuello hasta la recepción con la esperanza de gritarle a solas. Pero, como es lógico, todo el mundo nos siguió.

Estaba demasiado cabreada para que eso me importara.

—¿De qué vas, tío? —inquirí, soltándolo mientras Robby tosía y espurreaba—. La última vez que te vi me dejaste. ¿Llevas un mes sin dar señales de vida y ahora apareces de nuevo aquí y te comportas como si el traicionado fueras tú? ¿Es así como piensas competir por Londres? ¿Con insultos y burlas de matón de instituto? ¿Qué ocurre —y ahí le clavé el índice en la frente— en tu minúsculo cerebro empapado de testosterona que no puedes dejar de meterte conmigo? ¡Delante del todo el mundo! ¡¿Qué?! ¡¿Pasa?! ¡¿Contigo?!

Nuestro público, agazapado detrás de los ficus, aguardó la respuesta de Robby. Antes de que pudiera abrir la boca, el ascensor tintineó y las puertas se abrieron.

Y salió Jack Stapleton.

Es imposible describir la dramática inspiración colectiva al ver al Destructor en persona entrando en nuestra oficina. Nada menos.

Yo, claro está, ya había conocido al Destructor. Había girado sus dedos sobre un tampón de tinta. Le había obligado a copiar la letra de la canción «Respect» de Aretha Franklin para obtener una muestra de su caligrafía. Le había pinchado con una aguja. Y quizá, o quizá no, le había dislocado el hombro.

De manera que su llegada no me impactó tanto como al resto.

Aun así, estaba impactada.

Misma camiseta, mismos vaqueros, pero ahora también llevaba una gorra y unas deportivas. Parecía lo bastante normal y corriente para humillar a la gente normal y corriente. Paseé la mirada por mis ojipláticos colegas: Amadi, primero de su promoción en el instituto y ahora padre afectuoso de tres niños; Kelly, la tejedora antiestrés que había hecho bufandas a todos los compañeros de la oficina; Doghouse, el exbombero que se había ganado su apodo porque acogía a cachorros sin hogar de manera compulsiva.

La presencia de Jack Stapleton en nuestra oficina hacía que ellos parecieran más reales. Y ellos hacían que él pareciera… irreal.

Esperamos a que hiciera algo. Entonces reparó en mi dedo clavado sobre la frente de Robby y dijo:

—¿Estás intimidando a un pobre compañero?

Bajé la mano.

—¿Qué haces aquí?

Me apuntó con su mirada, iluminó sus célebres ojos gris azulado y dijo:

—Hannah Brooks, te necesito.

De pie junto a la fotocopiadora, a Kelly se le escapó un balbuceo de placer.

Jack dio un par de pasos hacia mí.

—Necesito disculparme por no haberte explicado antes la situación. Y necesito decirte que entiendo tus dudas. Y —ahí cayó de rodillas sobre la moqueta— necesito pedirte que seas mi novia.

Los presentes en la recepción estaban quietos como estatuas.

—Ponte de pie —dije, intentando agarrarlo por los hombros y... ¿qué? ¿Levantar sus más de noventa kilos de músculos de hierro?—. No hace falta que hagas esto.

Pero era inamovible. Obvio.

—Necesito encarecidamente tu ayuda —continuó—. He de estar aquí por mi madre y no puedo permitir que se produzcan situaciones de peligro o riesgo o, ya sabes, de asesinato. No puedo hacer que este momento sea para ella más difícil de lo justo y necesario. Por favor, por favor, acepta el trabajo. Y por favor, ayúdame a protegerla ocultándole quién eres en realidad.

—¿Qué estás haciendo? —fue lo único que se me ocurrió decir.

Tomó mis manos entre las suyas.

—Estoy suplicando —respondió Jack—. Estoy suplicándote.

Su expresión era tan seria, tan quejumbrosa, tan intensa... que por un momento pensé que iba a echarse a llorar.

Y enmudecí. De nuevo. Por segunda vez en el día. Porque nadie llora como Jack Stapleton.

¿Te acuerdas de cómo lloraba en *Los destructores*? La mayoría de la gente recuerda el momento en que hace estallar la galería de la mina. Y, por supuesto, la escena en que se opera a sí mismo sin anestesia. Y el latiguillo «Nunca digas adiós». Pero lo verdaderamente grande de esa película era ver a un héroe de acción, en su momento más oscuro, pensando que había perdido a toda su gente y que les había fallado irreparablemente, y derramando lágrimas de dolor. Eso no se ve jamás, jamás. Es eso lo que convertía la película en un clásico. Es eso lo que la hacía mejor que el resto de las películas de su género: ese descarnado momento de vulnerabilidad viniendo del tío que menos te esperas. Hacía que todos quisiéramos ser mejores personas. Hacía que todos lo amáramos a él y al resto de la humanidad un poco más.

El caso es que la escena en la recepción se le parecía un poco.

Pero con ficus.

Al final no rompió a llorar, pero la mera insinuación bastaba.

Jack Stapleton —el auténtico Jack Stapleton— estaba de rodillas.

Implorando.

Verdaderamente, este debería haber sido el momento en el que comprendiera que Jack Stapleton se merecía toda su fama y más. Todo lo que estaba haciendo nos tenía, a mí y a los demás, fascinados. El hombre sabía actuar.

Inclinó hacia delante su cuerpo arrodillado y, juntando las manos, levantó la vista hacia mí.

—Te suplico que ayudes a mi madre enferma —dijo.

Por Dios.

Que una no es de piedra.

—Está bien —dije fingiendo una indiferencia merecedora de un Oscar—. Para de suplicar. Seré tu novia.

Dicho esto, lancé una mirada a la expresión boquiabierta del rostro ceñudo, asqueroso y despreciable de mi horrible exnovio.

Lo cual viví, para ser franca, como una victoria del bien.

Y de la humanidad.

Y, sobre todo, mía.

7

A la mañana siguiente, tomé la Interestatal 10 en dirección oeste con Jack Stapleton, a bordo de su reluciente Range Rover negro, para conocer a sus padres totalmente caracterizada como su novia falsa.

Glenn me había enviado a casa un vestuario de pega para la novia falsa, gentileza de una personal-shopper amiga suya. Estaban totalmente prohibidos los trajes pantalón.

Lo acepté. Y así es como acabé luciendo un vestido de bordados con sandalias y el pelo recogido en un moño desenfadado.

Supongo que siempre es difícil sentirse profesional dentro de un vestido de mangas acampanadas. Y además, era finales de octubre y estábamos a veintiséis grados en el exterior. Aun así, me sentía poco preparada, un pelín fresca, extrañamente desnuda y, cosa rara en mí, vulnerable.

Resumiendo, echaba de menos mi traje pantalón. Y, sin embargo…

Entendía por qué Jack quería hacer las cosas de esta manera. Cuando mi madre estaba enferma, me pasaba el día animándola, manteniendo vivas sus esperanzas e intentando que no cayera en el desaliento. Saber que Jack podía estar en peligro podría ser muy estresante para su madre. Bastante tenía ya con su enfermedad.

La noche previa había reflexionado sobre eso mientras conducía por la autopista —para hacer una rápida evaluación de la ruta hasta el rancho— y había llegado a la conclusión de que me parecía bien. Por lo menos en teoría.

Ahora que estaba sucediendo de verdad, ya no me lo parecía tanto. Iba en el asiento del copiloto toda tiesa y con las rodillas juntas, sintiendo que no era yo. Jack Stapleton, en cambio, iba repantigado en el asiento del conductor, controlando el volante con una mano y despatarrado como un campeón. Con el pelo insolentemente despeinado. Masticando chicle. Luciendo las gafas de aviador como si hubiera nacido con ellas puestas.

Nuestro destino era un rancho, por lo que había esperado un look de vaquero, pero vestía como si nos dispusiéramos a pasar un fin de semana en el cabo Cod: polo azul ajustado, chinos color piedra y mocasines sin calcetines.

Crecí en Houston, cierto. Quizá deduzcas por ello que había estado antes en un rancho, pero la verdad es que no. Había estado en la Torre Eiffel, en la Acrópolis, en el Taj Mahal y en la Ciudad Prohibida de Pekín, pero jamás había estado en un rancho de Texas.

Imagino que era porque había estado demasiado ocupada huyendo. Hasta hoy.

Me toqué la piel de las rodillas y me inquietó lo desnudas que estaban. ¿Tendría que haberme puesto vaqueros? ¿Debía preocuparme por las serpientes de cascabel? ¿Las hormigas rojas? ¿Los cactus?

Tenía unas botas de cowboy de un rojo señal-de-stop que mi madre me había regalado a los dieciocho años, diciendo que toda chica de Texas que se precie debía tener unas. Nunca había encontrado la ocasión de ponérmelas hasta ahora. No formaban parte de mi vestuario oficial de novia falsa, pero las había metido en la maleta de todos modos. Porque si no las lucía en un rancho, ¿dónde iba a lucirlas?

Tal vez debería ponérmelas, aunque solo fuera para protegerme de las tarántulas.

Advertí que Jack echaba un vistazo a mis manos a través de las gafas de sol.

—¿Estás nerviosa? —me preguntó.

Sí.

—No.

—Bien. La cosa no se alargará mucho. Mis padres se alegrarán de vernos, pero mi hermano me odia y se deshará de nosotros enseguida.

—Creo que necesitamos hablar de eso.

—¿De mi hermano?

—Sí.

—No.

—Cuantas más cosas sepa de él, mejor podré ayudarte.

—¿El servicio incluye terapia?

—A veces.

—¿Firmaste el acuerdo de confidencialidad?

—Por supuesto.

Jack lo meditó.

—Sigo sin querer hablar de ello.

—Como quieras —dije. Había estado tan nerviosa la primera vez que nos vimos que había olvidado hacerle el Cuestionario Muy Personal, y ahora me pareció tan buen momento como otro cualquiera. Saqué la carpeta «J. S.» de mi bolso—. Pero tengo que hacerte otras preguntas.

Todavía teníamos media hora de camino por delante. Jack no respondió, pero tampoco se negó. Empuñé un bolígrafo.

—¿Consumes algún tipo de droga de la que debamos estar al tanto?

—No.

—¿Vicios? ¿Juego? ¿Prostitutas? ¿Hurtos?

—No.

—¿Obsesiones? ¿Amantes secretas?

—En este momento, no.

—En lugar de un actor famoso pareces un monje.

—Me estoy tomando un descanso.

Anotado. Proseguí.

—¿Problemas para gestionar la ira? ¿Secretos oscuros?

—No más que el resto de la gente.

Nota mental: «una pizca evasivo ahí».

Regresé al cuestionario.

—¿Dolencias?

—Sano como un roble.

—¿Marcas?

Frunció el entrecejo.

—¿Marcas?

—En el cuerpo —aclaré—. Tatuajes, marcas de nacimiento, lunares. Pequeñas o grandes.

—Tengo una peca con la forma de Australia —dijo tirando del polo hacia arriba.

—¡Para! —dije—. Sé qué forma tiene Australia. —Escribí «peca Australia» y continué—. ¿Cicatrices?

—Unas pocas. Ninguna que merezca la pena mencionar.

—En algún momento tendré que hacer fotos de todo.

—¿Por qué?

Me negué a titubear.

—Por si necesitamos identificar tu cuerpo.

—¿Mi cuerpo muerto?

—Tu cuerpo vivo. Como en la foto de un rescate. No estoy diciendo que vayamos a llegar a eso.

—Me estás preocupando.

Continué.

—¿Otras anomalías físicas?

—¿Como qué?

La mayoría de la gente se limitaba a responder a las preguntas.

—No sé. ¿Dedos torcidos? ¿Dientes de más? ¿Cola vestigial? Piensa.

—No se me ocurre nada.

Vale. Siguiente.

—¿Problemas para dormir?

Esperé a que me pidiera un ejemplo, pero en lugar de eso, tras una pausa, simplemente dijo:

—Pesadillas.

Asentí, como diciendo «Entiendo».

—¿Frecuencia?

—Un par de veces al mes.

¿Un par de veces al mes?

—¿Recurrentes?

—¿Qué?

—¿Es siempre la misma pesadilla?

—Sí.

—¿Puedes contármela?

—¿Necesitas saberlo?

—Más o menos.

Agarró el volante como si estuviera barajando sus opciones. Finalmente, dijo:

—Me ahogo.

—Vale. —Solo eran dos palabras, pero parecían muchas. Siguiente pregunta—. ¿Fobias?

Una pausa.

Seguida de un asentimiento seco.

—A ahogarme —respondió. Lo anoté y me disponía a continuar cuando añadió—: Y a los puentes.

—¿Tienes fobia a los puentes?

Mantuvo el tono tirante y neutro.

—Sí.

—¿Los puentes como concepto o los puentes reales?

—Los puentes reales.

Vaya. Vale.

—¿Y cómo se manifiesta?

Se mordió el interior del labio mientras decidía hasta dónde contar.

—Dentro de veinte minutos llegaremos a un tramo de la autopista que pasa por encima del río Brazos, y cuando eso ocurra detendré el coche en la cuneta, me bajaré y cruzaré el puente a pie.

—¿Y el coche?

—Lo conducirás tú y me esperarás al otro lado del puente.

—¿Es así como cruzas siempre los puentes?

—Es así como prefiero cruzarlos.

—¿Y si viajas solo?

—Intento no viajar solo.

—Pero ¿si viajas solo?

—Si viajo solo, cojo aire y continúo, pero luego tengo que parar un rato en la cuneta.

—¿Por qué?

—Para vomitar.

Lo asimilé. Luego, pregunté:

—¿Por qué te dan miedo los puentes?

—¿Tengo que decírtelo?

—No.

—En ese caso, digamos simplemente que las infraestructuras de Estados Unidos no son tan sólidas como creemos. Ahí lo dejo.

No terminamos el cuestionario.

Al llegar al puente del río Brazos, Jack, efectivamente, detuvo el Range Rover en la cuneta, se apeó y cruzó el puente a pie. Yo cumplí mi parte y conduje hasta el otro lado.

Lo esperé apoyada en el parachoques del coche, meciéndome con las ráfagas de los camiones de dieciocho ruedas que pasaban zumbando por mi lado y observando la tensión de su cara y la concentración de su mirada mientras caminaba en línea recta de un extremo del puente al otro.

Guau. ¿Cuánta gente habría pasado en coche junto a un peatón cruzando a pie un puente de autopista sin saber que era la superestrella Jack Stapleton?

Cuando llegó, estaba blanco y tenía la frente bañada en sudor.

—No bromeabas —dije.

—Nunca bromeo con los puentes.

Se subió de nuevo al asiento del conductor, bajó las ventanillas y, acto seguido, volvió a meterse en el papel del tío relajado y despreocupado que lo tenía todo.

—Me has hecho muchas preguntas hoy —dijo entonces—, en cambio yo no te he hecho ninguna a ti.

—Y así seguiremos.

—¿No puedo hacerte preguntas?

—Poder, puedes… —dije encogiendo levemente los hombros, en plan «Yo no dicto las normas».

Sin embargo, la pregunta que me hizo me sorprendió.

Volviéndose hacia mí, me miró de arriba abajo.

—¿Has actuado alguna vez?

Teniendo en cuenta el lugar al que nos dirigíamos y la colaboración para la que acababan de reclutarme, era justo que respondiera.

Era la primera vez que me preguntaban algo así. Lo medité.

—He representado a animales de granja en algunas funciones de Navidad.

—O sea, no.

Intenté darle algo.

—Mi trabajo tiene una parte de actuación —añadí, intentando darle algo—. A veces me toca interpretar un papel en una situación dada, pero sobre todo he de mezclarme con la gente o parecer vagamente una asistente personal. —Jack asintió pensativo—. Pero nunca he tenido que hacer nada tan… específico como esto.

—Vale —dijo, todavía pensativo—. Les diré que eres mi novia y a partir de ahí todo será más fácil. Yo haré la mayor parte del trabajo. Además, ¿quién miente sobre lo de tener novia? En realidad, tú solo tienes que ser agradable.

—Ser agradable —dije, como si estuviera anotándolo.

—Exacto. No tienes que memorizar frases ni soltar soliloquios. Esto no es Shakespeare. Simplemente, actúa con normalidad y el contexto hará el resto.

—Entonces, ¿no tengo que comportarme como si estuviera perdidamente enamorada de ti?

Me miró de reojo.

—No, a menos que quieras hacerlo.

—¿Y si no se creen que soy tu novia?

No fui consciente de lo vulnerable que me haría sentir esa pregunta hasta que la hice. Jack, sin embargo, asintió firmemente con la cabeza.

—Se lo creerán.

—¿Por qué?

—Porque eres absolutamente mi tipo.

No pude resistirme.

—¿Las asistentas son tu tipo?

Me señaló con el dedo.

—Fue un error comprensible.

La verdad era que no tenía ni idea de cómo iba a pasar por la novia de Jack Stapleton. No me tragaba, ni por un momento, que fuera su tipo. Había hecho una búsqueda exhaustiva sobre él en Google y me había hartado de ver Barbies. Una de ellas se había hecho tanta cirugía estética que no pude evitar preguntarme si su madre echaba de menos ver la cara de su hija.

Por no mencionar a Kennedy Monroe.

—Oye —dije entonces—, ¿y qué pasa con tu novia real?

—¿Qué quieres decir con «novia real»?

Resoplé.

—Sospecho que tus padres podrían darse cuenta de que no soy Kennedy Monroe.

Jack soltó una carcajada y dijo:

—Mis padres no prestan atención a esas cosas.

—¿Estás diciendo que tus padres no saben que estás saliendo con Kennedy Monroe? ¡Aparecíais juntos en la portada de *People*! ¡Con jerséis a juego!

—Probablemente.

—Imposible. No hay nadie que no lo sepa.

Jack lo meditó y, seguidamente, se encogió de hombros.

—Si preguntan, les diré que rompimos, pero no preguntarán. Saben que nada en Hollywood es real.

¿Kennedy Monroe no era real? De repente, me dio corte preguntarlo.

Traté de imaginarme a alguien tragándose que Jack me preferiría a mí antes que a Kennedy Monroe. ¿Tan ingenuos eran esos padres? ¿Acaso estaban en coma?

La voz de Robby asegurando que era imposible que pudiera pasar por su novia resonó en mi cabeza y me odié por estar de acuerdo con él. Pero lo estaba.

Jack seguía rumiando.

—Creo que la mejor opción es que te limites a sonreír —dijo. No parecía tan difícil—. Simplemente sonríe. A ellos. A mí. Sonríe hasta que te duelan las mejillas.

—Entendido.

—¿Qué tal llevarías que te tocara?

¿Qué tal llevaría que Jack Stapleton me tocara?

—¿A qué te refieres con lo de tocar?

—Bueno, cuando estoy con mis novias… Tiendo a tocarlas mucho. Ya sabes, cuando alguien te gusta, tienes ganas de tocarlo todo el rato.

—Entiendo —dije.

—Eso podría añadir autenticidad.

—Estoy de acuerdo.

—¿Te parece bien si te cojo la mano?

La respuesta no era difícil.

—Sí.

—¿Puedo… pasarte el brazo por los hombros?

Otro asentimiento.

—Me parece aceptable.

—¿Puedo susurrarte cosas al oído?

—Depende de lo que susurres.

—Mejor te pregunto si hay algo que no quieres que haga.

—Prefiero que no te quites la ropa.

—No suelo quitármela —dijo— cuando estoy con mis padres.

—Quiero decir en general —aclaré—. Nada de desnudos sorpresa.

—Vale. Lo mismo te digo.

—Y no creo que sea necesario que me beses…

—Ya he pensado en eso.

¿Ya había pensado en eso?

—Podemos darnos besos falsos —dijo—. Si no hay más remedio.

—¿Besos falsos?

—Es lo que se hace en las películas. Parece un beso, pero las bocas no llegan a tocarse. Por ejemplo, podría agarrar tu cara entre mis manos y besarme el pulgar. —Apartó la mano del volante y se besó el pulgar a modo de demostración.

Ah.

—Vale.

—Pero mejor no intentamos nada de eso hoy.

—No.

—Requiere cierta práctica.

Practicar besos de mentira con Jack Stapleton...

—Entendido. —Luego añadí—: Y como es lógico, si por lo que sea tienes que besarme de verdad, no pasa nada. O sea, que me parece bien, si es necesario. Vaya, que no me enfadaré.

Dios, sonaba como una loca.

—Tomo nota —dijo sin más, como si estuviera acostumbrado a tropezar con esa clase particular de locura. Y probablemente así fuera. Continuó—: Lo que estoy intentando decirte con todo esto es que agradezco lo que estás haciendo por mi madre y por mí, y que no quiero hacerte sentir incómoda.

—Gracias.

—Intentaré no meter la pata, pero si la cago, dímelo.

—Lo mismo digo.

Aclaradas las cosas, subió la radio, descorrió el techo panorámico y se llevó un chicle de canela a la boca.

8

El rancho de los Stapleton se hallaba en medio del campo, a muchas carreteras laberínticas de la autopista. Tenías que pasar junto a plantaciones de maíz y algodón y prados llenos de vacas. Incluso había un terreno con auténticos *longhorns*.

Cuando llegamos, Jack dobló por un camino de grava con forma de media sonrisa que comenzaba en un guardaganados y atravesaba un prado abierto que parecía no tener fin.

—¿Qué superficie tiene este rancho? —pregunté, empezando a sospechar que no era pequeño.

—Doscientas hectáreas —dijo.

El tamaño, por la razón que fuera, lo hizo más real. Era un lugar de verdad. Esas alambradas eran auténticas. Allí vivían personas reales. Esto estaba ocurriendo de verdad.

Pero, al final, no ocurrió de verdad. Nunca llegamos a la casa.

El edificio se vislumbraba a lo lejos —de estuco blanco con un tejado de tejas rojas— pero cuando avanzábamos por el camino de grava divisamos, en el prado, a un hombre que por fuerza tenía que ser el hermano de Jack. No quiero decir que era una versión mediocre de Jack Stapleton, pero lo era. La misma mandíbula. El mismo porte. Llevaba botas vaqueras, una camisa a cuadros y una gorra azul con publicidad.

—¿Es tu hermano? —pregunté.

Jack asintió.

—Sí. Te presento al administrador del rancho de mis padres y mi archienemigo: Hank Stapleton.

Detuvo el coche en medio del estrecho camino y lo puso en punto muerto. Observamos a Hank sacar una bala de heno de una pickup y arrojarla junto a sus pies. Luego levantó la vista y nos vio.

Se quedó quieto y nos miró. No saludó con la mano. No echó a andar hacia nosotros. Simplemente se quitó los guantes de trabajo y nos observó con recelo, como si hubiera visto un coyote o algo por el estilo.

Y os diré algo: en cuanto esos dos se miraron, hasta el último músculo del cuerpo de Jack se tensó. De una manera de lo más animal.

¿«Distanciados»? Supongo que esa era la palabra.

Pensé en los rumores que Kelly no había conseguido confirmar. Sobre el accidente de coche. La posibilidad de que Jack hubiera estado conduciendo después de haber bebido. ¿Parecía que Hank Stapleton estuviera mirando a un conductor homicida ebrio que lo había tapado todo para salvar su carrera?

Sí. Podría ser. Desde luego, no estaba mirando a alguien que se alegraba de ver.

—Quédate aquí —me dijo Jack, y mientras bajaba del coche y caminaba hacia su hermano por el prado, la energía era digna de *Duelo a muerte en el OK Corral*. Casi podía oír la banda sonora del *spaghetti western*.

¿Iban a pelearse ahí mismo, con Jack calzando mocasines italianos sin calcetines como un urbanita? Coloqué los dedos en el tirador de la puerta, lista para salir corriendo si Jack me necesitaba, y esperé.

¿Era mi intención escuchar la conversación? Por supuesto que sí.

Bajé las ventanillas y apagué el motor. Al principio pensé que no podía oírlos, hasta que caí en la cuenta de que no estaban hablando. A menos que se pudiera describir el silencio hostil como un tipo de conversación.

Finalmente, Hank dijo:

—Veo que no vienes solo.

—Es mi novia.

Hank miró en mi dirección.

—No se parece mucho a Kennedy Monroe.

«No jodas». Me encogí.

Jack meneó la cabeza.

—Deja de leer *People*. Kennedy y yo lo dejamos.

—¿Llevas dos años sin venir por aquí y apareces con una novia nueva?

—Para intentar igualar los equipos.

—Que quede claro que yo no te quiero aquí.

—Que quede claro que ya lo sé.

—Mamá insistió. Y papá quiere lo que mamá quiere.

—Eso también lo sé.

—No necesito que se lo pongas más difícil de lo que ya lo tiene.

—Yo tampoco.

Un largo silencio. ¿Qué hacían?

Entonces, Hank dijo:

—De todas formas, puedes volverte a la ciudad. Hoy no está para visitas.

Jack se volvió hacia la casa. Luego, miró de nuevo a Hank.

—¿Eso lo dice ella o lo dices tú?

—Está acostada con las cortinas corridas, así que me parece que estamos acuerdo.

—¿Y papá?

—Con ella.

Cuando volvió a hablar, Jack tenía la voz tensa.

—Podrías habérmelo dicho antes de que viniera hasta aquí.

Una pausa.

—No tengo tu número. Ya no.

Después de eso puede que se dijeran otras cosas, pero me las perdí porque justo entonces, de repente, como sacada de una película de terror, una cara gigantesca apareció frente a mi ventanilla abierta.

Una gigantesca cara blanca de vaca.

La tenía tan cerca que podía notar su aliento húmedo, de otro mundo, en la piel. No era que la vaca me hubiera asaltado de la nada, pero el prado había estado desierto hasta ese momento y, de repente…, ¡bum!

¿Cuáles eran las intenciones de la vaca? Nunca lo sabremos.

Pero en un segundo ahí estaba su cara. Y un segundo después atravesó el hueco de la ventanilla y me lamió el brazo con su lengua áspera y verde.

Puede que gritara. O puede que no. Tengo un recuerdo borroso.

Lo que está claro es que emití un sonido de algún tipo, lo bastante fuerte para conseguir que la vaca, y por lo visto el rebaño al completo que tenía justo detrás, se alejaran unos pasos al galope antes de, aparentemente, quedarse sin energía, detenerse y volverse hacia mí.

Llegados a ese punto yo, metida en el Range Rover, estaba rodeada por todo un rebaño de vacas blancas de cuello caído y cara triste.

Y no voy a fingir que no me asusté.

Generalmente, no se considera a las vacas como criaturas aterradoras. Pero hete aquí un pequeño detalle en el que nunca reparas cuando las ves en los cartones de leche o en la tele o incluso en un prado lejano: Son. Enormes.

Consiguen que hasta Jack Stapleton parezca pequeño a su lado.

Así que, pese a encontrarme a salvo dentro de un lujoso todoterreno, podía oír el ritmo acelerado de mi corazón. Estaba atrapada. ¿Cuántas eran? ¿Cien? ¿Mil? Un montón. Todas ellas de brillantes ojos negros y pestañas asombrosamente femeninas, atravesándome el alma con su mirada.

Fuera cual fuese el sonido que había emitido, también sobresaltó a Jack. Se dio la vuelta y echó a correr hacia el coche, y la preocupación genuina que vi en su semblante solo hizo que mi pánico se incrementara.

En mi defensa, he aquí los hechos tal como yo los viví:

1 Fui atacada por una vaca.

2 Vale. Grité.

3 Jack Stapleton acudió corriendo.

¿No parece motivo suficiente de preocupación?

Cuando llegó a la linde del rebaño, Jack aminoró la marcha, ajustándola a un andar tranquilo, pero mantuvo los ojos fijos en mí. Se adentró en la masa de bestias y caminó parsimonioso entre ellas hasta alcanzar la puerta del conductor.

Subió.

—¿Qué ha ocurrido? —dijo mirándome de arriba abajo. Parpadeé en plan «¿Tú qué crees?»—. ¿Estás herida? ¿Qué ha pasado?

—¿Que qué ha pasado? —dije—. ¡Mira a tu alrededor!

Jack miró a su alrededor, pero no parecía ver nada.

—¿Qué estoy buscando?

—¿Que qué estás buscando? —pregunté antes de lanzar panorámicamente el brazo, como diciendo «Estamos rodeados de peligro».

La expresión de su cara empezó a cambiar.

—¿Te refieres a…? —Y sacudió la cabeza de manera casi imperceptible, como si estuviera rechazando su suposición incluso mientras la estaba haciendo—. ¿Las vacas? —Sosteniéndole la mirada, asentí—. ¿Las vacas? —insistió—. ¿Estamos hablando de las vacas? ¿Por eso has gritado?

Recalibré la situación.

—Por si no te has dado cuenta, estamos rodeados.

—Sí —dijo—, de vacas.

Advertí que su tono de voz empezaba a cambiar, pero ignoraba hacia dónde.

—Hay millones de ellas —dije.

—Hay treinta —dijo—, para ser exactos. Un rebaño.

—¿Están…? —No sabía muy bien cómo definirlo—. ¿Enfadadas?

Jack entornó ligeramente los párpados.

—¿Parecen enfadadas?

Mirándonos ahí de pie como pasmarotes, reexaminé mi lectura sobre ellas.

—Parecen un poco agresivas.

Jack se volvió fascinado hacia mí.

—¿Estás aterrorizada por estas vacas?

—Me niego a responder.

—¿Tú, que me hiciste volar por los aires sin el menor esfuerzo?

—Al lado de esas vacas pareces un enanito de jardín.

—Sabes que son criaturas amables, ¿no?

—Sé de gente que ha sido pisoteada por una. Puede ocurrir.

—Desde luego. Si tropiezas y te caes justo delante de una que ya está corriendo, puede ocurrir. Pero en la escala de agresividad… —Jack ladeó la cabeza y lo meditó—. No. Ni siquiera entran en la escala.

Sentí que debía defenderme.

—No soy la única que se ha asustado. Tú has venido corriendo como una bala.

—Porque has gritado.

—¿Y por qué creías que había gritado?

—En ese momento lo ignoraba. ¿Una víbora? ¿Un ataque de hormigas rojas? ¿De avispones gigantes? ¿Algo más aterrador que un puñado de vacas?

Pero ¿de qué parte iba a ponerme sino de la mía? Redoblé mi obstinación y dije:

—Una de ellas me ha atacado.

—Define «me ha atacado».

—Me ha lamido. Intencionadamente.

Jack estaba reprimiendo ahora una sonrisa.

—¿Te refieres a que ha intentado…? ¿Qué? ¿Comerte?

—Quién sabe cómo podría haber acabado la cosa.

—Pisoteada por una vaca, puede. Devorada por una vaca, imposible.

—La cuestión es que me ha lamido. Con su lengua verde. Ni siquiera sabía que las vacas tenían la lengua verde.

Una expresión divertida secuestró por completo la cara de Jack. Cerró los ojos y volvió a abrirlos.

—Las vacas no tienen la lengua verde. Es el bolo. —Lo miré sin comprender—. Es hierba —aclaró—. Es hierba regurgitada.

—¡¿Qué?! —Histérica, intenté limpiarme el brazo ya seco con el vestido. La escena hizo reír a Jack. Apoyó la frente en el volante y vi que le temblaban los hombros—. ¿Qué pasa? —dije—. Es asqueroso. —Los hombros le temblaron aún más—. ¿Qué te hace tanta gracia?

Se recostó en el asiento sin dejar de reír.

—Te dan miedo las vacas.

—Obvio. Nos superan en número. —Miré en derredor—. Estamos totalmente rodeados. ¿Qué hacemos ahora? ¿Nos quedamos a vivir aquí?

Pero Jack seguía desternillándose.

—Pensaba que era una araña bananera, como mínimo.

—¿Crees que una araña me asustaría?

—Está claro que nunca has visto una bananera.

—¿Puedes sacarnos de aquí, por favor?

—La verdad es que ahora me gustaría quedarme. Podríamos hacer un reality show. —Su rostro se relajó en una gran sonrisa—. Apuesto por las vacas.

Lo fulminé con la mirada hasta que puso el coche en marcha y avanzó despacio en medio del rebaño. Me tapé los ojos con la mano, pero al cabo de un segundo tuve que mirar. Las vacas estaban apartándose para dejarnos pasar, en plan «Como queráis».

Mientras salía del camino de grava y se adentraba en el prado, dibujando una accidentada U por encima de hormigueros y cardos, Jack todavía reía, enjugándose las lágrimas con una mano y conduciendo con la otra.

—Ay, Dios —dijo al regresar al camino, alejándose de la casa para regresar a la ciudad—. Muchas gracias.

—¿Gracias por qué? —pregunté.

Jack meneó asombrado la cabeza.

—Hoy no esperaba reírme.

9

Para cuando volvimos a casa de Jack, en la ciudad, estaba deseando que alguien me relevara. Todo lo referente al viaje al campo me había desestabilizado, desde el vestido que llevaba hasta el ataque vacuno. Esto de trabajar de incógnito no me iba a gustar.

El equipo había dedicado el día a terminar de pertrechar la casa de la ciudad y el garaje se había convertido en el cuartel general de la seguridad *in situ*. Las cámaras de vigilancia estaban instaladas y operativas —principalmente en el exterior, alrededor del perímetro, en los lugares donde era más probable que acecharan las acosadoras—, complementando las del patio, el recibidor y la puerta de atrás.

No pasaríamos allí todo el tiempo. Después de todo, Jack solo era nivel de amenaza amarillo. Yo haría jornadas regulares de doce horas y Jack estaría solo por las noches. Una vez más, le pediríamos que se leyera el manual y actuara con prudencia, y revisaríamos las grabaciones en busca de movimientos extraños. Diferentes miembros del equipo estarían localizables. Era el protocolo estándar.

De regreso en la casa de la ciudad pude volver a mi papel de siempre. Me quité el vestido, que notaba demasiado volandero para permitirme hacer bien mi trabajo, me puse un traje pantalón y me aposté fuera, delante de la puerta de Jack, en posición de descanso. Yo y el *Ficus lyrata*.

El plan era el siguiente: los días normales en la ciudad con Jack, yo sería la agente principal y no me separaría de él durante mi turno. Doghouse era el agente secundario y actuaría de refuerzo. Después estaba el equipo remoto integrado por Taylor y Amadi, que se ocupaba de la vigilancia remota ligera y, básicamente, controlaba las cámaras. Kelly no participaba. Glenn había decidido que los calcetines con la cara de Jack eran incompatibles con la misión. Robby tampoco formaba parte del equipo. No esperaba que Glenn dejara pasar una oportunidad de obligarnos a trabajar juntos en algún momento, porque era un gran defensor de los castigos. Sobre todo si era él quien los infligía. Sin embargo, no era mi trabajo poner en duda sus decisiones. La ausencia de Robby era bienvenida.

Los días que Jack y yo fuéramos a ver a sus padres, los equipos se intercambiarían: Taylor y Amadi serían los agentes principales, encargados de la vigilancia remota pesada junto con Doghouse, y yo sería la agente secundaria, dos ojos y dos oídos dentro de la casa y, sobre todo, atenta a que no se descubriera mi tapadera.

Huelga decir que prefería ser agente principal. También prefería ser capaz de hacer bien mi trabajo. ¿Cómo iba a competir por Londres si lo único que podía hacer era permanecer ociosa dentro de un vestidito de algodón?

Me gustaba estar de vuelta en la ciudad. Hacer guardia delante de una puerta no siempre es la manera más estimulante de emplear el tiempo, pero si lo comparaba con sentirme una inútil mientras era amenazada por un ejército de vacas, resultaba sorprendentemente reconfortante.

En un momento dado, Jack sacó la cabeza para preguntarme si quería un capuchino. Yo ni lo miré.

—No, gracias.

—¿Seguro?

—No me desconcentres.

Hacia el final de mi turno, Taylor y Robby se personaron en la propiedad para tomar notas sobre el diseño del jardín.

—¿Qué haces aquí? —pregunté a Robby—. Tú no estás en esta misión.

—Todos estamos en esta misión —dijo Robby—. Esto es un trabajo de equipo. Somos un equipo.

—Normalmente no funcionamos así.

—Normalmente no tenemos clientes tan famosos.

Me disponía a terminar mi jornada, y Taylor y Robby llevaban un rato ausentes, cuando decidí echar un último vistazo a las cámaras de vigilancia. Teníamos la pantalla instalada sobre una mesa improvisada, pero no me molesté en sentarme en la silla giratoria. Simplemente me incliné para hacer un barrido de las imágenes de las cámaras —una rápida comprobación antes de irme a casa— cuando percibí algo extraño.

En el ángulo inferior de la imagen correspondiente a la cámara «Piscina 1» vi lo que parecía la pernera de un pantalón y parte de un zapato. Se me erizaron los pelos de la nuca. Aumenté la imagen para examinarla mejor y ajusté el ángulo de la cámara hacia la derecha. Y entonces vi algo que jamás jamás habría esperado ver.

En el jardín de Jack Stapleton, junto a la casita de la piscina, parcialmente escondidos detrás de un palmito…, Robby, mi ex, y Taylor, mi amiga…

Estaban besándose.

Robby…, que me había dejado hacía un mes, la noche siguiente al funeral de mi madre…, y Taylor…, que había venido a casa inmediatamente después para consolarme mientras lloraba en su hombro… Estaban besándose.

Y lo que es peor, estando de servicio.

No puedo describir lo que supuso presenciar ese momento. Mis ojos intentaban apartarse de la pantalla pero solo podían mirar, estilo *La naranja mecánica*, cómo seguían y seguían, enredados y apretados el uno contra el otro, morreándose como dos odiosos adolescentes.

¿Recuerdas cuando no podía sentir nada por Robby? Pues eso me curó de golpe.

La palabra que mejor lo define es «pánico». Una sensación angustiosa y apremiante de que necesitaba apagarlo, o detenerlo, o encontrar la forma de que no estuviera ocurriendo. Añade a eso una dosis de rabia. Y de humillación. Y de incredulidad mientras intentaba, en vano, entender lo que estaba viendo.

Era una sensación física, abrasadora y virulenta, como si mi corazón estuviera bombeando ácido en lugar de sangre.

Hasta ese momento ignoraba que semejante sensación existiera.

Al cabo de unos instantes —¿pasados cinco minutos? ¿Cinco horas?— escuché una voz sobre mi hombro.

—Habría que despedirlos, ¿no crees?

Me di la vuelta. Era Jack Stapleton con la vista fija en la pantalla. Cuando lo miré, él me miró y su semblante pasó de la sorna a la preocupación.

—¿Estás bien? —me preguntó.

No sabía qué hacer con mi cara. Era como si los músculos no me funcionaran. Seguía con los ojos abiertos de par en par y no parecía ser capaz de cerrar la boca.

Jack, por supuesto, ignoraba lo desgarrador que estaba siendo ese momento para mí, y lo último que deseaba yo era que lo descubriera. Quería ocultarlo. Sonreír y sacudir la cabeza y decir «Menudos idiotas», como si fueran meros colegas a los que estaba juzgando por tontear en el trabajo.

Pero no podía sonreír. Ni sacudir la cabeza. Ni hablar.

Además, ¿qué hacía Jack aquí? ¿No debería estar dentro haciendo lo que fuera que hicieran las estrellas de cine?

Entonces caí en la cuenta de algo más cuando Jack tiró del puño de su camisa para cubrirse un poco la mano, la alzó y procedió a darme toquecitos con ella en las mejillas.

Estaba llorando.

O por lo menos mis ojos lloraban. Sin mi permiso.

Tras unos cuantos toques más, Jack apartó la mano para enseñarme que las lágrimas habían oscurecido el puño y, con una voz dulce que recordaba al del espectacular final de *Ya te gustaría*, dijo:

—¿Qué está pasando aquí?

Finalmente, sacudí la cabeza. Un logro histórico teniendo en cuenta mi estado.

Al parecer, la activación de los músculos del cuello también liberó los de la mandíbula y, finalmente, fui capaz de cerrar la boca. Con eso recuperé suficiente autonomía para apartar la vista.

—¿Estás llorando? —preguntó Jack, intentando seguirla.

Claro que estaba llorando. Era evidente que estaba llorando. Pero negué con la cabeza.

—Pensaba que eras un tipo duro.

—Ya te lo dije: no lo soy.

—Ahora te creo —dijo Jack.

—Es alergia —insistí.

—¿A qué eres alérgica? ¿A que tus compañeros se besen junto a mi piscina infinita?

Tendría que haber respondido: «Al polen». Un clásico.

En lugar de eso, mientras mi cerebro sufría un cortocircuito, noté que el ácido traspasaba mi corazón y me inundaba por dentro. ¿A qué era alérgica? Era alérgica a la decepción. Era alérgica a la traición. Era alérgica a la amistad. A la esperanza. Al optimismo. A la vida, al trabajo, a la humanidad en general.

De modo que contesté con un:

—Soy alérgica a todo.

Y me marché del garaje. Jack, por fortuna, me dejó ir.

No quería hablar, ni procesar, ni explorar mis sentimientos. Y aunque hubiese querido hacer alguna de esas cosas, ni en un millón de años las habría hecho con él.

No hablas de tu vida con los clientes. Nunca. Acabas sabiéndolo todo de tus protegidos, pero ellos nunca saben nada de ti. Y así debe ser.

El problema es que los clientes nunca entienden eso. Se semeja tanto a una relación real que cuesta guardar las distancias. Viajáis juntos, vais de copas juntos, esquiáis juntos, pasáis el rato en la playa juntos. Estás ahí para sus altibajos, sus peleas y sus secretos. Tu objetivo en sus vidas es crear seguridad para que puedan sentirse normales.

Si estás haciendo bien tu trabajo, entonces se sienten normales. Pero tú nunca te sientes normal. Tú nunca pierdes de vista tu propósito. Y para ello has de tener claro, en todo momento, que ellos no son tus amigos.

Puede que los amigos te sequen las lágrimas con el puño de la camisa, pero los clientes nunca deberían hacerlo. Por eso en ocho años no había llorado ni una sola vez delante de un cliente. Hasta hoy.

Para poder hacer tu trabajo has de mantener una distancia profesional. Y la única manera de hacer eso mientras pasáis juntos cada minuto de cada turno es no compartir jamás nada íntimo. Los clientes están todo el rato haciendo preguntas personales y tú simplemente no respondes. Finges que no los has oído o cambias de tema o —el recurso más eficaz de todos— rediriges la pregunta.

La respuesta a «¿Tienes miedo?» debería ser «¿Y tú tienes miedo?».

La respuesta a «¿Tienes novio?» debería ser «¿Y tú tienes novio?».

¿Ves qué fácil es? Siempre funciona. ¿Y lo mejor de todo? Ni siquiera se dan cuenta. Porque en la mayoría de los casos, cuando una persona te pregunta sobre ti, lo que de verdad desea es hablar de ella.

¿O no?

Era imposible describir el torbellino de emociones que daba vueltas en mi interior cuando eché a andar por el camino sin otro propósito en mente que llegar hasta mi coche y largarme a mi casa. Estupor, dolor, humillación, por supuesto. Y añadido a eso, una profunda decepción por dejarme pillar por un cliente en un momento tan vulnerable.

¿Existía una manera de arreglarlo?

Jack había visto las lágrimas, sí, pero ignoraba su significado.

Me iría a casa, me calmaría y entonces, solo entonces, si así lo sentía, me permitiría pensar en lo que acababa de presenciar.

O no.

Porque si acababa de presenciar lo que pensaba, significaba que en el breve periodo de un mes había perdido a las tres personas más importantes de mi vida.

Mi madre. Mi novio. Mi mejor amiga.

Y que ahora estaba totalmente sola.

Darme cuenta de eso amenazaba con doblarme las rodillas. Tenía que salir de allí. Tenía que llegar al coche. Pero justo entonces Robby —que ni siquiera era del equipo— apareció a unos metros de mí.

Al verme, dejó de caminar. Lo imité.

—Eh, hola —dijo.

¿Podía verme la cara? ¿Podía intuir que lo sabía?

—He acabado mi turno —dije, reuniendo todas las sílabas que pude encontrar—. Me voy.

—Genial. Creo que está todo bajo control.

Bajé de nuevo la cabeza para seguir andando.

—Oye… —dijo entonces Robby, dando un par de pasos raudos, como si fuera a interponerse en mi camino—. ¿Podemos hablar un momento?

—No —dije.

—Solo será un minuto —insistió, sorprendido por mi respuesta.

—Ni siquiera deberías estar aquí, Robby. No me obligues a informar a Glenn.

—Treinta segundos. —¿Estaba negociando?

—Estoy cansada —dije sacudiendo la cabeza.

Pero Robby me rodeó de un salto hasta cortarme por completo el paso.

—Es importante.

¿Iba a tener que luchar con él? Yo solo quería irme a casa, nada más.

—Hoy no —dije, empezando a prepararme para lo que fuera que necesitara hacer a fin de no tener esa conversación.

Sin embargo, justo en ese momento, Robby miró detrás de mí y noté un peso en el hombro.

Era Jack Stapleton. Rodeándome con su brazo, tal como le había dado permiso para hacer.

—Está muy cansada, Bobby —dijo Jack, estrechándome contra él.

—Es Robby —dijo él.

—A mí me da la impresión de que está deseando irse a casa —continuó Jack—. Tal vez sea por las palabras que ha dicho.

Robby, claro está, no podía ir contra el cliente. Me miró, pero aparté la vista.

—Seguro que no quieres que se queje a Glenn de ti, ¿verdad? —Jack se volvió hacia mí—. O si estás muy ocupada, podría hacerlo yo.

Más que verlo, sentí cómo los hombros de Robby se hundían en señal de derrota. Jack aguardó otro segundo, como diciendo «¿Ha quedado claro?». Luego, con paso decidido, me condujo por el camino hacia el coche mientras Robby nos seguía con la mirada.

Más adelante, con intención de meter a Robby en un apuro, informaría a Glenn de todo menos del morreo. Y me saldría el tiro por la culata.

Yo diría:

—Robby se presentó aquí por la cara y se unió a la misión.

Y Glenn diría:

—Me parece una gran idea.

Yo fruncirìa el entrecejo.

—¿El qué?

—Incluir a Robby en la misión.

—No creo…

—Todavía dudo entre los dos para lo de Londres, ¿sabes? —diría Glenn.

Naturalmente que lo sabía.

—En cualquier caso, Robby es el mejor en videovigilancia. Además, sabes que jamás dejo escapar una oportunidad de torturar a alguien.

—¿No me has torturado lo suficiente?

Un guiño de Glenn.

—Me refería a él.

¿Acaso Glenn no tenía ni idea? ¿O era un sádico? Puede que ambas cosas. El caso es que añadió a Robby al equipo y me atribuyó el mérito.

Pero esa noche, mientras Jack buscaba las llaves en mi bolso y le daba al botón de abrir, no vi venir eso. En realidad, no veía nada, aparte de lo que tenía justo delante: Jack conduciéndome hasta el lado del copiloto, abriendo la puerta, instalándome en el asiento e inclinándose para ponerme el cinturón de seguridad.

Olía a canela.

Una vez más, eso era algo que normalmente no le dejaría hacer a un cliente. Aunque esta misión era de todo menos normal.

Cuando Jack rodeó el coche hasta el lado del conductor, subió y puso en marcha el motor, no lo detuve.

Mientras nos alejábamos de su casa, farfullé un débil:

—¿Qué haces?

—Llevarte a casa.

—¿Y cómo piensas volver?

—Tomaré prestado tu coche y vendré a recogerte por la mañana.

¿Jack Stapleton estaba ofreciéndose a recogerme por la mañana?

—Parece mucho trabajo.

—No tengo mucho más que hacer estos días.

—Tu perfil dice que te gusta dormir hasta tarde. Tarde en plan las doce del mediodía.

—Puedo poner el despertador. —Una pausa—. ¿Ese tío es tu novio?

—¿Y ese tío es tu novio?

Uf. Estaba demasiado descompuesta para pensar con claridad.

Jack frunció el entrecejo y probó de nuevo.

—No estarás saliendo con él, ¿verdad?

—No voy a hablar de eso contigo.

—¿Por qué no?

Apoyé la cabeza en el respaldo del asiento y cerré los ojos.

—Porque no hablo de mi vida con los clientes.

Incluso decirle a un cliente que no hablaba de mi vida con los clientes era más de lo que le había dicho nunca a un cliente. Otro error táctico, sin duda, pero estaba demasiado atontada para que me importara.

—Solo dime que ese tío no es tu novio.

—Ese tío no es mi novio —repetí como un loro. Y a continuación, no sé si fue por una chispa en mi cerebro cortocircuitado, o por la comprensión repentina de que cumplir las normas no parecía llevarte a ningún lado, o por una corazonada de que nada tenía realmente importancia, después de todo…, pero, dos segundos después, añadí—: Ya no.

10

Hice mi debut interpretativo con la familia de Jack al día siguiente en el hospital.

Por casualidad.

Pero antes, teníamos que colar a Jack sin llamar la atención.

Su madre tenía una habitación vip donde él podría esperar durante la operación, por lo que debería haber sido un día sin incidentes.

El plan era que Jack llegara a la habitación sin llamar la atención —temprano, a las seis de la mañana— para poder ver a su madre antes de que se la llevaran a quirófano. Luego esperaría allí hasta que la operación terminara, mientras Doghouse y yo vigilábamos los vestíbulos del hospital y el resto del equipo se escapaba al rancho de los Stapleton para colocar cámaras de seguridad secretas. La cosa era sencilla. Lo único que Jack tenía que hacer era aguardar en esa habitación.

—No puedes salir de la habitación —le expliqué camino del hospital.

—¿Para nada?

—Para nada. No es tan difícil.

—¿No es un poco exagerado? —preguntó Jack.

—Si te hubieras leído el manual... —empecé.

—No me van los manuales.

—Estamos es una situación de alto riesgo —continué—. Existen muchas posibilidades de que te vean, te reconozcan, te hagan fotos...

—Entiendo.

—Una vez que te vean por aquí, todo será mucho más difícil, así que haz lo que se te pide.

—Entiendo —repitió Jack. Luego añadió—: Aunque deberías saber que estas cosas ya se me dan bien. —Me volví hacia él. Continuó—: Seguro que los tíos del petróleo a los que sueles proteger no están acostumbrados a esconderse. Yo, en cambio, llevo años haciéndome invisible.

—No debe de ser fácil ser tú —dije.

—Hay algunos trucos. Las gorras son sorprendentemente efectivas, y las gafas no parecen encajar con la imagen que la gente tiene de mí. También ayuda no mirar a los ojos a la gente. Así los demás tampoco te miran a ti. Pero el mejor truco es caminar sin alterar el paso. En cuanto cambias el ritmo, te ven.

—Sabes más que la mayoría de mis directivos —dije, permitiendo que mi voz sonara impresionada.

—¿Lo ves? Y ni siquiera me he leído el manual.

Lo recorrí con la mirada. Lo llevaba todo: la gorra y las gafas, además de una sencilla camisa gris. No obstante, pese a sus esfuerzos por parecer un tío corriente, seguía... brillando.

—Aunque esos directivos tienen una gran ventaja sobre ti —dije.

—¿Cuál?

—No les importan a nadie, excepto a mí y a los tipos malos.

Jack entrecerró los ojos y me escudriñó con la mirada.

—¿En serio te importan?

—Bueno, un poco —dije.

—Eso suena como un no.

—Me importa hacer bien mi trabajo.

—Pero no te importa la gente a la que proteges.

No debería estar diciendo nada de esto. ¿Dónde tenía la cabeza?

—No en el sentido convencional —respondí. Jack asintió y lo meditó. ¿Acaso quería importarme? Qué expectativa tan extraña—. Si la gente te importa es más difícil hacer un buen trabajo —añadí en mi defensa.

—Entiendo —dijo.

En cualquier caso, Jack tenía razón. Se le daba bien esto. Sabía exactamente cómo moverse por un espacio sin ser detectado. Entramos por la puerta de entregas y subimos por el montacargas. El pasillo estaba desierto y Doghouse y yo lo observamos llegar hasta la puerta y colarse en la habitación sin contratiempos.

Un obstáculo menos. El equipo de médicos y enfermeros de su madre había firmado un acuerdo de confidencialidad. Lo único que Jack tenía que hacer ahora era quedarse donde estaba.

Pero no se quedó donde estaba.

Justo antes del almuerzo, después de hacer guardia al final del pasillo el tiempo suficiente para saber que el suelo tenía doscientas siete losetas de un extremo al otro, vi a Jack salir de la habitación y echar a andar por el pasillo como si se dirigiera al mostrador de enfermería.

—¡Eh! —le grité-susurré—. ¿Qué haces?

Pero Jack no se volvió.

¿En qué estaba pensando? ¿No acabábamos de hablar de eso? No podía deambular por ahí.

Fui tras él.

—¡Eh! ¡Eh! ¿Qué haces? ¡Eh! ¡Ya hemos hablado de esto! No debes salir de la...

Justo entonces le di alcance y lo agarré del brazo. Se dio la vuelta para mirarme...

Y no era Jack. Era su hermano. Hank.

—¡Ah! —exclamé al verle la cara, le solté el brazo y di un paso atrás.

Mierda.

Ahora que lo tenía delante, estaba claro que Hank no era Jack. Era dos o tres centímetros más bajo. Y un poco más fornido. Y el pelo era uno o dos tonos más oscuro. Y las patillas eran más cortas. Y ninguno de esos detalles se me debería haber pasado por alto.

Para ser franca, el olor del hospital, y también la iluminación, me recordaban a cuando mi madre estaba enferma —de lo que no hacía tanto tiempo— y me sentía un poco descolocada.

Hank Stapleton me estaba mirando de hito en hito.

—¿Acabas de decirme que no puedo salir de la habitación?

—Lo siento —me disculpé—. Pensaba que eras Jack.

Hank ladeó al cabeza.

—¿Jack no puede salir de la habitación?

¿Qué podía decir?

—Dijo que no iba a hacerlo —dije—. No.

Hank ladeó la cabeza.

—¿Y quién eres tú?

—Soy Hannah —respondí, confiando en que pudiéramos dejarlo ahí.

Pero no. Meneó la cabeza y frunció el entrecejo, en plan «¿Y eso debería significar algo?».

Entonces hice lo que tenía que hacer.

—Soy la novia de Jack —dije, y juro que lo sentí como la mentira más falsa, menos convincente del mundo.

Pero he aquí el gran milagro: Hank se la tragó.

—Ah, sí —dijo mientras me miraba de arriba abajo, haciendo memoria—. A la que le dan miedo las vacas. —¿Cómo lo sabía? ¿Acaso me delató el grito? Continuó—: ¿Has venido a ver a mi madre?

Empecé a asentir con la cabeza al tiempo que se me helaba el estómago. No estaba lista. No me había preparado para conocer a su familia. Ni siquiera llevaba puesta mi ropa de novia. Aun así, solo existía una respuesta posible.

—Sí.

—Acaba de despertarse —dijo Hank—. Voy a buscar hielo picado.

—Ya voy yo —me ofrecí, deseando que volviera a la habitación. —Hank no era Jack, pero se le parecía lo suficiente para causar problemas. Además, necesitaba unos minutos para recomponerme—. Tú puedes volver al cuarto —dije—. He traído unas flores, pero me las he dejado en el coche. Así que... puedo llevarle yo el hielo. Es buena alternativa.

Era una mentira muy pobre, pero Hank se encogió de hombros y dijo:

—Vale.

Camino del mostrador de enfermería se lo expliqué todo al auricular de Doghouse.

—Voy a entrar —anuncié.

Acto seguido, hielo picado en mano, eché a andar hacia la habitación de Connie Stapleton, pero me detuve al ver mi reflejo en las puertas cromadas del ascensor.

¿Tenía pinta de novia? ¿De la novia de cualquiera, incluso?

Intenté mejorar un poco mi aspecto pese a no tener remedio. Me quité la americana y la escondí detrás de una planta. Enrollé las mangas de la blusa y me desabroché el primer botón. Me deshice el moño y sacudí la melena. Me alcé el cuello durante un segundo antes de decidir que estaba demasiado nerviosa para que diera el pego.

Tenía que hacer que esto funcionara.

Repasé mentalmente lo que sabía sobre los padres de Jack. Padre: William Gentry Stapleton, veterinario, actualmente jubilado. Lo llamaban Doc. Muy querido por todos los que lo conocían. En una ocasión rescató a un ternero del río. Casado con

Connie Jane Stapleton, que había trabajado como directora de colegio durante más de treinta años, ahora jubilada. Novios desde el instituto. Habían pasado cinco años en el Cuerpo de Paz, rescatado a caballos abandonados, pertenecido a un club de swing y eran, según decían todos, buena gente.

Llamé a la puerta con los nudillos y la abrí al tiempo que decía redundantemente:

—Toc, toc.

Los tres hombres Stapleton estaban sentados, cada uno en una silla, alrededor de la cama de Connie Stapleton. Ella estaba ligeramente incorporada, con un toque de carmín en los labios y su suave cabello blanco cuidadosamente cepillado. Parecía más compuesta de lo que cabría esperar en cualquier paciente recién operado dentro de un camisón de hospital.

Ella sí habría dado el pego con el cuello alzado. Si hubiese tenido un cuello que alzar.

Al verlos —gente real, de carne y hueso— empecé a pensar más de la cuenta. ¿Qué expresión tendría la novia de Jack? ¿De cariño? ¿De preocupación? ¿Qué pinta tenían tales expresiones? ¿Cómo se organizaban las facciones? ¿Cómo lo conseguían los actores? Opté por una media sonrisa con un medio ceño y recé para que resultara convincente.

Jack debió de leer el pánico en mi cara porque fue directamente a mi encuentro.

—Hola, cariño —dijo en un tono afectuoso impecable—. No sabía que ibas a venir.

—Traigo hielo —dije.

Jack me estaba mirando en plan «Pensaba que ibas a quedarte en el pasillo».

Me limité a parpadear, en plan «Cambio de planes».

Podía ver que estaba nerviosa.

Probablemente por eso me dio un beso.

Un beso ficticio, pero aun así.

Se acercó con paso firme, tomó mi mandíbula entre sus manos, se inclinó y plantó un beso para nada insignificante en su propio pulgar.

Y... se quedó ahí.

Tenía las manos calientes. Olía a canela. Podía notar su aliento acariciando el rubor rosado de mi mejilla.

Estaba tan atónita que dejé de respirar. Ni siquiera cerré los ojos. Todavía puedo verlo todo a cámara lenta. Ese divino rostro aproximándose poco a poco, y esa célebre boca apuntando directamente a la mía y aterrizando en ese célebre pulgar, colocado justo sobre la comisura de mis labios

Técnicamente no era un beso de verdad, pero se acercaba lo suficiente. Por lo menos para mí.

Cuando se apartó, las rodillas me fallaron ligeramente. ¿Sabía Jack que estaba a punto de desmayarme? Fue como si lo intuyera. Puede que aquello les pasara a todas las mujeres a las que besaba, de verdad o de mentira, porque me rodeó la cintura con el brazo. Y para cuando dijo:

—Quiero presentaros a Hannah, mi novia. —Estaba prácticamente sosteniéndome.

Todos se quedaron mirándonos.

—Hola —dije débilmente, derrumbándome contra él, pero levantando la mano libre para agitarla con timidez.

¿Esperaba que no me creyeran? Puede. Era evidente que éramos dos personas de mundos completamente diferentes. Si me hubiesen arrojado los periódicos y las gafas de leer y gritado «¡Largo de aquí!», no me habría sorprendido.

Justo entonces Jack dijo:

—¿A que es monísima? —y me frotó la coronilla con los nudillos.

A continuación, Hank se acercó para coger el hielo picado.

—Te ha traído hielo, mamá.

Inmediatamente después, Doc Stapleton —de aspecto pulcro

y elegante, con chinos y camisa Oxford azul— me cogió la mano, le dio unas palmaditas y dijo:

—Hola, cielo. Ven a sentarte en mi silla.

Negué con la cabeza.

—No me importa estar de pie.

—Es adorable —dijo Connie Stapleton, y la calidez de su voz me impulsó hacia ella. Me tendió la mano y, cuando se la cogí, era suave como el talco. Me dio un apretón y yo se lo devolví—. Por fin alguien real —dijo entonces. Y de repente, supe qué hacer con mi cara. Sonreí—. Sí —continuó Connie volviéndose hacia Jack—, ya me gusta.

La manera en que lo dijo —con tanta ternura inmerecida— me hizo sentir un poco cohibida.

Connie me miró a los ojos.

—¿Es Jack cariñoso contigo?

—Mucho —respondí. ¿Qué podía decir?

—Tiene un gran corazón —dijo—, pero no le dejes cocinar.

—Entendido —asentí.

Pidió a los muchachos que la ayudaran a sentarse. Estaba mareada y tenía un poco de náuseas, por lo que se lo tomaron con calma. Sin embargo, ella estaba decidida. Cuando estuvo lista, paseó la vista por los rostros que la rodeaban.

—Escuchad —dijo como si se dispusiera a plantear un asunto importante.

Y en ese preciso momento entró su oncólogo.

Todos nos levantamos para saludarlo y el hombre miró y remiró a Jack, como si le hubieran dicho que esperara encontrar a un actor famoso en esa habitación pero no se lo acabara de creer.

—Hola, Destructor —dijo con una sonrisa torcida—. Gracias por salvar a la humanidad.

—Gracias a usted por salvar a mi madre —respondió Jack, redirigiéndonos hábilmente hacia la realidad.

El médico asintió y examinó el historial.

—Los márgenes alrededor de los bordes del tumor han dado negativo —dijo—, lo que quiere decir que estaba muy contenido.

—Eso es fantástico, mamá —dijo Jack.

—Eso significa que podemos descartar la quimio —continuó el médico—. Sí que tendremos que hacer radio, pero no será hasta dentro de ocho semanas, cuando la herida quirúrgica haya cicatrizado. Ahora solo ha de ocuparse de descansar, permanecer hidratada y seguir las instrucciones del alta. —Se volvió hacia Connie—. La anotaremos en el programa de radio y a partir de ahí podrán tomarse un respiro hasta que llegue el momento de iniciarla.

Lo que todos querían que dijera era que Connie estaba bien, que iba a estar bien.

Finalmente, fue Jack quien se lanzó.

—Entonces, ¿el pronóstico...?

El médico asintió.

—El pronóstico es bastante bueno, aunque no hay garantías de nada. Si la zona cicatriza como es debido, después del ciclo de radio tendrá muchas probabilidades de estar bien.

De pie el uno junto al otro, Jack y Hank dejaron escapar sendos suspiros. Jamás se habría dicho que fueran enemigos mortales.

El médico ofreció algunos detalles más, corrió la cortina mientras examinaba la zona y volvió a salir.

—Casi se me olvida lo más importante —dijo.

Lo miramos con atención.

—¿El qué?

Señaló a Jack.

—¿Podemos hacernos un selfi?

Cuando se hubo marchado, Connie Stapleton entró en materia.

—No voy a pedirte que te quedes para la radioterapia, Jack —dijo.

—Puedo quedarme, mamá.

—Faltan ocho semanas para eso. Necesitas volver a tu vida.

—Mamá, no necesito...

Connie negó con la cabeza, interrumpiéndolo.

—Lo que sí voy a pedirte es otra cosa. —Jack entornó los ojos, como si hubiera debido verlo venir. Ella hizo una pausa. Aguardamos—. Han sido unas semanas difíciles. Para todos. Y me gustaría pasar unos días contigo antes de que te vayas.

Jack asintió.

—A mí también.

—El caso es que no sé cuánto tiempo me queda en este mundo —continuó—. Sufrir un cáncer te aclara muchas cosas en la cabeza y, después de pensarlo mucho, he decidido que hay una cosa, solo una, que deseo de verdad ahora mismo, y os necesito a todos para hacerla realidad.

—Parece algo importante —dijo Hank.

—¿Qué es, cariño? —preguntó el doctor Stapleton, inclinándose hacia ella.

Y en ese momento Connie nos obsequió con una sonrisa irresistible que decía «Por nada del mundo vais a poder negármelo».

—Quiero que Jack y su adorable novia nueva se queden con nosotros en el rancho hasta Acción de Gracias.

||

—¡Cuatro semanas! —fue cuanto fui capaz de decir en el coche mientras regresábamos a casa de Jack—. ¡Faltan cuatro semanas para Acción de Gracias!

—Tres y media, para ser exactos —señaló Jack.

Lo ignoré.

—Si no soy capaz ni de pasarme cuatro semanas haciendo cosas que me gusta hacer, no digamos fingiendo que soy tu novia.

—Gracias.

—Ya sabes a qué me refiero.

—Es su última voluntad —remarcó Jack.

—No se va a morir —dije.

—Eso no se sabe.

—Ninguno lo sabemos. Mañana podría atropellarte un autobús.

—A mí tampoco me entusiasma la idea, pero en cierto modo simplifica las cosas. Nos da un plazo claro. Cuatro semanas y se acabó. Yo vuelvo a Dakota del Norte y tú te vas… adonde tengas que ir.

—Corea, gracias. —El mero hecho de pensar en ello me produjo un profundo alivio. De hecho, las fechas encajaban a la perfección. La misión de Seúl empezaba a principios de diciembre.

—La cosa podría haberse eternizado. Objetivamente, esto es mejor. Es como resolver el asunto de un plumazo.

—Es resolver el asunto… durante cuatro semanas —lo corregí.

—Tres y media. Hablemos con tu jefe.

—Ya sé lo que dirá Glenn. Dirá que no puedo negarle a tu madre lo que pide. Que no es para tanto. Que los equipos remotos pueden ocuparse de todo, especialmente si estamos en un lugar aislado como el rancho. Lo llamará «prácticamente unas vacaciones pagadas» y querrá saber por qué exactamente es inaceptable tener que holgazanear en la residencia campestre de una estrella de cine famosa. Dirá que hay destinos peores que verse atrapada en un lugar remoto con un hombre guapo.

Si Jack reparó en que lo había llamado «guapo», lo disimuló muy bien.

—¿Y qué responderás?

Cerré los ojos.

—No lo sé.

—Tu jefe está en lo cierto. El rancho es una pasada. Tiene un huerto y una hamaca, y una zona salvaje cerca del brazo muerto del río. Podemos buscar fósiles en las orillas del Brazos y montar el caballo de circo retirado y pescar. Realmente sería como unas vacaciones pagadas.

—No me gustan las vacaciones —dije.

—Me refiero a que no tendrás la sensación de estar trabajando.

—Me gusta trabajar. Prefiero trabajar.

—Podrías relajarte.

—Yo nunca me relajo.

—Lo que digo es que hay cosas peores que tener que aguantarme.

—Estoy segura de que eres encantador, pero…

—Ha sonado sarcástico.

—Oye...

—Sé que es una petición extraña.

—No es extraña, es imposible.

—Ya has visto cómo se ha puesto. Se trata de mi madre, Hannah.

Era tan raro oír mi nombre saliendo de los labios de Jack Stapleton que durante un segundo me descolocó. Intenté recuperar el aplomo. Sin duda creía que si me lo pedía con la suficiente amabilidad, aceptaría. O tal vez si me pagaba una buena suma. Jack era un hombre que probablemente conseguía todo lo que quería. Si él no entendía por qué no podía ser, yo no sabía cómo explicárselo. Finalmente, opté por un:

—No te conozco.

—No soy tan malo.

—No puedo.

—¿Estás diciendo que no?

¿Alguien le decía alguna vez que no a Jack Stapleton?

—Sí, estoy diciendo que no.

Jack arrugó la frente como si se tratara de un concepto nuevo para él. De hecho, parecía tan desconcertado que mientras estudiaba su perfil dudé de mi decisión. Estaba diciendo que no, ¿verdad?

¡Joder, cuatro semanas! Era mucho tiempo sin salir a la superficie para coger aire. No habría forma de hacer mis cosas de trabajo habituales en ese entorno. Tendría que vestir ropa de novia y hacer cosas de novia y estar... atrapada detrás de esa fachada. Yo no podía mantenerme tan pasiva. Había estado embarrancada en el limbo tanto tiempo que necesitaba currar y hacer mi trabajo y terminarlo y largarme. Con cada mecanismo de adaptación que me exigía esta situación yo moría un poco más.

Podía notar cómo jadeaban mis branquias de tiburón.

Necesitaba hacer mi mundo más grande, no más pequeño. Necesitaba irme lejos, no encerrarme aún más en ese lugar. Necesitaba reactivar mi vida real, no apostar por una vida de mentira.

Hora de poner fin a la conversación.

—Podemos hablar con Glenn —dije—, pero sigue siendo un no.

—Es un sí —declaró Glenn incluso después de que yo me opusiera vehemente, apasionada y muy elocuentemente a los deseos de Connie Stapleton.

Estábamos reunidos en el garaje de Jack, el cuartel central de seguridad. Se había presentado todo el equipo —Robby inclusive—, con excepción de Taylor, a quien no había visto desde que la pillara besuqueándose con mi exnovio. Y a quien estaría encantada de no ver nunca más, si estuviera en mi mano..., pero ya me obsesionaría con eso luego.

Ahora mismo estaba ocupada librando una batalla perdida. No porque mi opinión no contara, sino porque no contaba más que las de los demás.

—Míralo como unas vacaciones pagadas —dijo Glenn.

—Lo dices como si eso fuera algo bueno.

—Creo que no hay nada que decidir aquí —intervino Amadi—. Hannah aceptó el trabajo. Es cierto que la situación ha variado, pero eso no cambia nuestra responsabilidad hacia el cliente.

—No acepté el trabajo voluntariamente —protesté.

—Cuánta negatividad —dijo Doghouse.

—Acepté protegerlo, no vivir con él —dije.

Mis objeciones ofendieron profundamente a Kelly.

—¿Tienes idea de cuánta gente vendería su alma por vivir un mes en ese precioso rancho con Jack Stapleton? Salió en *House Beautiful*.

—¿Qué esperáis que haga durante esas cuatro semanas si he de interpretar el papel veinticuatro siete?

—Eh... —dijo Kelly—. ¿Disfrutar?

Discutí y discutí, pero no pude convencerlos de lo agobiante que eso resultaría para mí. Todos, sin excepción, creían que sonaba divertido.

Se llegó a un consenso con pasmosa rapidez: yo no decía más que tonterías. Tenía que agradecer mi buena suerte. Y afrontar el reto. Y dejar de lloriquear.

Ante semejante unanimidad, no había mucho más que yo pudiera decir.

Glenn estaba disfrutando de lo lindo.

—Esta es tu oportunidad para demostrarme que eres merecedora de Londres —dijo.

Yo no le veía la gracia por ningún lado. Estábamos hablando de mi vida.

—¿Merecedora? —inquirí—. ¡Nada de esto demostrará nada! Solo es un encierro forzoso con...

—El Hombre Más Sexy del Mundo —terminó Kelly.

Glenn lo encontraba muy divertido.

—Estrategia, flexibilidad, innovación —dijo para responder a mi pregunta—. Y lo más importante: esa cualidad crucial de todo líder de estar dispuesto a sacrificarse por el bien del equipo.

—De acuerdo —claudiqué, pero me permití un pequeño puchero.

—Trata bien al pobre Jack —dijo finalmente Glenn—. Él no puede evitar ser guapo.

Después de perder estrepitosamente el debate por un voto contra todos los demás, decidí salir a que me diera el aire. Necesitaba un minuto.

Fue entonces cuando en el camino de entrada circular me crucé con Taylor, que llegaba tarde. Al verme, aminoró el paso hasta detenerse. Ahora que estaba al tanto de la situación, su lenguaje corporal me resultaba inequívoco: la mirada gacha de la culpa, los hombros tensos de la vergüenza, la respiración superficial de la traición. ¿Cómo no lo había visto antes? Había estado cegada por la calidez, la confianza y el cariño. Por la idea de lo que debería ser una amiga.

Es tan fácil ver lo que esperas ver…

La fulminé con la mirada, pero estaba demasiado oscuro para que se diera cuenta.

—¿Qué haces aquí? —le pregunté.

—Eh…, ¿venir a trabajar?

—Llegas tarde.

—Sí. El tráfico.

—¿Estás mintiendo?

—¿Mintiendo? No. Había mucho tráfico.

Ahora podía oírlo en su voz. Taylor sabía que algo pasaba.

—Están todos dentro —dije, ladeando la cabeza hacia el garaje—. En el cuarto de vigilancia. El cuarto donde supervisamos todas las grabaciones de las cámaras.

Frunció el entrecejo. Podía notar que yo estaba intentando decirle algo más allá de mis palabras.

—Menos tú —dijo, como si eso pudiera ser una pista. Punto muerto—. Estoy tomándome un descanso. —Le lancé otro cabo—. Pero he pasado mucho tiempo en ese cuarto. Supervisando cosas.

—Bueno, eres la agente principal…

—Es increíble lo que esas cámaras pueden captar. Cosas que jamás, ni en un millón de años si vivieras tu vida una y otra vez, esperarías ver.

Y entonces lo supo.

Lo vi en cuanto lo entendió. El pequeño destello de conmoción en sus ojos.

—Te refieres… —dijo.

—A ti. —Lo confirmé con un asentimiento—. Y a Robby.

—Oh.

—Sí.

—Eso…

—¿Eso fue lo que ocurrió en Madrid?

Taylor vaciló. Lo cual era fascinante, porque ahora ya no había escapatoria. Finalmente, dijo:

—Sí. —A continuación, como si eso pudiera redimirla—: ¡Pero fue sin querer!

Yo ya sabía lo que había pasado entre ellos, y pensaba que haberlo visto era la peor parte, pero estaba equivocada. La peor parte fue la confirmación.

—¿O sea que todas las veces que te llamé y te lloré porque tenía el corazón roto… estabas saliendo con la persona que me lo rompió?

Taylor bajó la mirada.

—Al principio no salíamos.

—Solo os acostabais.

—Pero no fue algo planeado. No del todo.

Era absurdo hablar siquiera de ello. Yo solo quería que Taylor supiera que lo sabía. Así todos podríamos concluir que era una persona horrible.

Pero entonces dijo:

—Estrictamente hablando, habíais roto.

Fruncí el entrecejo.

—¿Qué?

—Lo que quiero decir es que no te engañamos. Estrictamente hablando —dijo. Me negué a dignificar su comentario con una respuesta—. Lo siento mucho, en serio. Simplemente ocurrió. No sabíamos cómo decírtelo.

—¿Simplemente ocurrió?

—Ya sabes lo que pasa en las misiones.

—Ya lo creo que lo sé. Concretamente con Robby.

—No pretendíamos hacerte daño.

Otra vez el plural.

—¿Eres consciente de…? —No encontraba las palabras que pudieran definirlo. Finalmente opté por—: ¿La atrocidad emocional que has cometido?

—Ni que estuviéramos hablando de crímenes de guerra.

—Te has cargado nuestra amistad. Has hecho estallar por los aires la confianza que te tenía. Has destruido mi fe en la humanidad. Eres la Enola Gay de las mejores amigas.

Puede que estuviera exagerando un poco, pero no reculé, ni siquiera después de caer en la cuenta de que esta conversación no era muy diferente de cómo hablábamos cuando estábamos de broma. La gran diferencia ahora, obviamente, era el odio que me quemaba por dentro.

No obstante, había algo que necesitaba saber.

—¿De verdad no entiendes lo que has hecho? —le pregunté—. ¿O solo estás fingiendo que no lo entiendes? —La intimidé con la mirada—. En ambos casos te odiaré eternamente —continué—, pero en el primero te odiaré por ser idiota, y en el segundo, por ser egoísta. —Taylor bajó la vista—. No importa, conozco la respuesta, y es «egoísta» —continué—. Nadie puede ser tan idiota, ni siquiera tú.

Pensaba que decir algo cruel me haría sentir bien, pero me equivocaba.

—Escucha…

—Espero que Robby valga la pena —dije—. Acabas de echar por la borda nuestra amistad. Acabas de renunciar a todas las noches de peli, a todos los viernes de margaritas, a todos los intercambios de GIFs divertidos, a todas las fiestas de pijamas, a todos los días de Galentine, a todos los *road trips* que soñábamos hacer, a todos los abrazos y a toda la admiración, la ternura y el cariño que podrías haber recibido de mí. ¿Entiendes? Has renunciado a que te preste los vaqueros con los bolsillos de arco iris. Has renunciado a las recomendaciones de libros y a las felicitaciones de cumpleaños caseras y a ir a por tacos a las tantas de la noche. Y has renunciado a la mejor vecina que has tenido nunca, porque ten por seguro que voy a mudarme.

Noté que la voz me temblaba. Estaba intentando hacerle sentir mal enumerando todo lo que había perdido.

Pero, naturalmente, yo también lo había perdido.

—Y tú lo sabías —continué—. Sabías que había sido un cabrón conmigo. Sabías lo que me hizo, sabías que me dejó justo después de perder a mi madre. —Hice una inspiración larga y trémula—. Eso es lo que me mata, que has renunciado a todas las cosas buenas y sanas que teníamos… y no solo por un hombre, sino por uno malo.

—Lo siento —dijo Taylor.

—Me da igual que lo sientas.

—No quiero perderte —dijo Taylor con la voz temblorosa también.

—Te dejará —auguré—. Ha dejado a todas las mujeres con las que ha estado. ¿Lo sabías? Él siempre es el que abandona, nunca el abandonado. Y luego vendrás a buscarme y a suplicarme que te perdone, pero no lo haré. ¿Quieres saber por qué? Porque no puedo. Porque hay cosas que, una vez rotas, no se pueden reparar.

Estaba decidida a que esa fuera mi frase final. Estaba decidida a dejarla plantada en el camino con solo el eco de mis palabras. Empecé a alejarme.

Pero ella volvió a hablar.

—Te equivocas —dijo. Me di la vuelta—. No va a dejarme. Dejó a esas otras mujeres porque no había encontrado a la adecuada.

Guau. Qué arrogancia.

—¿Crees que tú eres la adecuada?

—Sé que tú no lo eras.

Uf.

Y ese, justo ese, es el problema de intimar con otras personas. Cuanto más te conocen, más daño pueden hacerte.

—Robby nunca te quiso —dijo entonces— porque no le dejaste.

¿Cómo se atrevía a ponerse de su parte?

—No sabes de lo que estás hablando.

—Pregúntaselo algún día. Lo intentó.

No me sorprendía que Robby intentara hacerse pasar por la víctima en esto, pero sí me sorprendía que Taylor lo creyera.

Mucho debía de necesitar verme a mí como el problema.

Entonces se encogió de hombros y me miró fijamente a los ojos.

—Estás muy segura de que la culpa es solo de Robby.

—¡Por supuesto! ¡Y tú también deberías estarlo!

—Y te niegas a ver tu parte.

¿Cómo podía estar sucediendo esto? Taylor tendría que estar defendiéndome a mí. Tendría que sentirse indignada y maltratada en mi nombre. Para eso eran las amigas.

—¿Cómo puedes hacerme esto? —pregunté con la voz quebrada—. Eras mi mejor amiga.

Pero Taylor negó con la cabeza.

—Nunca fui tu mejor amiga. Era tu amiga del trabajo. Y el hecho de que no conozcas la diferencia… es justamente tu problema.

12

En fin. Así fue como acabé mudándome al rancho de doscientas hectáreas de los padres de Jack Stapleton, en contra de mi buen juicio.

Claro que tampoco tenía elección.

Pero comparado con vivir al lado de Taylor, de pronto ya no me parecía tan horrible. Comparado con quedarme en el cuádruplex con sus paredes de papel de fumar, comiendo cereales y escuchando a Robby y a la Peor Persona del Mundo hacer gofres al otro lado, comparado con oírlos a los dos viendo películas de terror en el sofá de Taylor, o encargando comida, o dándole que te pego toda la noche en el dormitorio... Comparado con todo eso, irme a vivir con el Destructor era, decididamente, una mejora.

Tras mi pelea con Taylor, llamé a mi casero desde el coche para cancelar mi contrato de alquiler.

Encontraría otro lugar por internet y lo alquilaría sin verlo. Contrataría una empresa de mudanzas para que empaquetaran mi apartamento entero, ropa sucia inclusive, y lo trasladaran todo. Me largaría a una misión de trabajo y no volvería a poner los pies en ese sitio nunca más.

Y me aseguraría de que mi nuevo hogar tuviera una chimenea

que funcionara, para así poder desempaquetar, encontrar todas las cosas que Taylor me había regalado a lo largo de los años —la camiseta de Wonder Woman, el diario con la frase ERES MÁGICA en la tapa, el libro de fotografías de los erizos más monos del mundo— y arrojarlas una a una al fuego a fin de reducirlas a cenizas.

Una purga. Una limpieza. Un puñetero nuevo comienzo.

La mañana que Jack y yo nos mudamos al rancho de los Stapleton, era Jack quien estaba de mal humor. Como si el que tuviera motivos fuera él.

Adiós a esa energía decididamente despreocupada que llevaba puesta la mayor parte del tiempo como si fuera una colonia. Conducía con los hombros tensos, la mandíbula apretada y la presión arterial —juro que podía leerla desde mi asiento— por las nubes.

Apenas me dirigió la palabra en todo el trayecto. Era el silencio más ensordecedor que había oído en la vida.

Solo entonces, viajando por la autopista en el coche de Jack, caí en la cuenta de que Taylor en cierto modo me había hecho un favor: había convertido ir al rancho de los Stapleton en una especie de evasión. No era la evasión a la que había aspirado, pero serviría por el momento.

Darme cuenta de eso me levantó bastante el ánimo.

Para cuando llegamos al puente del Brazos y Jack bajó del coche para cruzarlo a pie, parecía casi mareado. Y para cuando llegamos a la casa, el aire en torno a él rezumaba sufrimiento.

Puede que aquello fuera una evasión para mí, pero quizá lo contrario para él.

Kelly no había bromeado sobre lo de *House Beautiful*. La casa era una hacienda del estilo español de la década de 1920, con el tejado de tejas rojas y buganvillas rosas por todas partes. Aparcamos en el camino de grava y al salir del coche un golpe de brisa nos envolvió y agitó mi vestido veraniego en torno a las rodillas. Fue una sensación agradable, de hecho. Supongo que la ropa de novia tenía sus ventajas.

—Es idílica —dije refiriéndome a la casa.

Jack no respondió.

De repente veía más claro eso de «Míralo como unas vacaciones pagadas».

Aquel, sin embargo, no era el lugar donde Jack había crecido. Más tarde me contaría que sus abuelos habían vivido allí cuando él era pequeño y que, una vez fallecidos, el rancho se había convertido en residencia de fin de semana. Sus padres no se mudaron de manera permanente hasta su jubilación, y fue entonces cuando su madre creó el huerto y su padre convirtió la mitad del viejo granero en un taller de carpintería.

Estoy casi segura de que Jack no pronunció una palabra más de lo necesario mientras me enseñaba la propiedad.

Yo estaba totalmente fascinada con las paredes de estuco, las vigas de los techos, las puertas arqueadas, los suelos de losetas rojizas y la colección que tenía su madre de figuritas de gallinas en el aparador. También con los azulejos decorativos de los cuartos de baño y la cocina. Ventanas por doquier, y sol, y flores de buganvilla en todas las vistas. Había un huerto que parecía no tener fin cerca de un porche lateral adornado con madreselva, y un porche con mosquitera más grande que una sala de estar en el otro lado. Era como una casa encantada de otra época.

Era un día de finales de octubre y todas las ventanas estaban abiertas. La cocina tenía cortinas de algodón a cuadros a media altura de los cristales, una panera y una radio antigua sobre la encimera. Sobre la mesa había un juego de salero y pimentero con forma de mazorcas. El padre de Jack tenía un tocadiscos en el extremo de la encimera, y Jack abrió los armarios superiores para mostrarme —en lugar de platos, como cabría esperar— una extensísima colección de discos ordenados por décadas.

El ambiente era cautivador.

Salvo, quizá, para Jack.

Lo seguí por la sala de estar, dotada de tres sofás alrededor de una gigantesca chimenea de estuco, y por un pasillo que conducía a los dormitorios.

El pasillo estaba cubierto —prácticamente empapelado— de fotos de familia enmarcadas. Y la mitad, como mínimo, era de tres muchachos con grandes sonrisas de conejo mirando a la cámara. Jack y yo nos detuvimos a mirarlas como si ninguno de los dos las hubiera visto antes.

Toqué una foto de un joven Jack sobre los hombros de un joven Hank mientras este sujetaba al hermano más pequeño boca abajo por los tobillos.

—¿Estos sois tus hermanos y tú? —pregunté. Jack asintió mientras sus ojos viajaban por la pared—. Parece que lo pasabais muy bien.

Jack asintió de nuevo. Luego, tan bajito que apenas lo oí, dijo:

—No había estado aquí desde el funeral.

Mantuvo la mirada en las fotos, de modo que yo también.

La mayoría eran instantáneas. Los niños de pequeños corriendo por un campo de lupinos. Jugando con las olas en la playa. Comiendo nubes de algodón de azúcar más grandes que sus cabezas. Y de más mayores: altos y flacuchos vestidos de fútbol. Haciendo el pino. Columpiando peces al final de una vara. A lomos de un caballo. En lo alto de una pista de esquí. Jugando a cartas. Haciendo canastas. Arreglados para el baile de graduación. Gesticulando.

Eran fotos normales y corrientes.

Y muy emotivas.

Justo cuando me descubrí pensando que podría pasarme la tarde admirándolas, Jack inspiró hondo, abrió la puerta de su habitación e irrumpió en ella como si no pudiera soportarlo un segundo más. Lo seguí.

La habitación de Jack era como el resto de la casa: el mismo suelo de losetas, las mismas paredes de estuco, las mismas puertas francesas con vistas a las alegres flores rosas, las mismas puertas arqueadas. Pero su cuarto tenía un aire más masculino. Más de cuero. Olía a hierro y tenía una vieja silla de montar en un recodo, y un sillón Eames frente a la ventana.

—¿Es tu cuarto? —pregunté, para cerciorarme.

—Es nuestro cuarto —respondió Jack. Claro. Íbamos a compartir habitación. Los dos éramos personas adultas, después de todo. Adultos en una relación ficticia—. Puedes quedarte con la cómoda —dijo él, y dejó su maleta en el suelo, junto a la silla de montar.

—Podemos compartirla —dije.

Jack se encogió de hombros.

—No importa.

Acto seguido, contemplé la cama.

—¿Es de matrimonio?

Jack arrugó la frente, y comprendí que nunca se lo había planteado.

—Puede.

—¿Cabes en ella?

Un atisbo minúsculo de sonrisa.

—Me cuelgan los pies por abajo.

Se me había pasado por la cabeza que existía una gran probabilidad de que la habitación solo tuviera una cama.

Y ahí estaba.

—Dormiré en el suelo —dije.

Jack ladeó la cabeza como si no se le hubiese ocurrido en ningún momento que uno de los dos pudiera elegir el suelo.

—Puedes dormir en la cama —dijo, y al principio pensé que me la estaba cediendo, hasta que añadió—: No me importa compartirla.

Le eché una mirada.

—No importa.

—¿Eres consciente de que el suelo es de baldosas?

—Estaré bien. —Desde luego, era mejor que mi ropero.

—Entiendo que puedas sentirte incómoda, pero te prometo que no te tocaré.

No quería reconocer que me sentía incómoda. Eso era información clasificada.

Lo señalé como diciendo: «¿Tú te has visto?».

—Ni siquiera cabríamos los dos.

Ahora Jack esbozó una sonrisa burlona auténtica, y me alegré de haber conducido la conversación hacia un tema menos doloroso.

—He logrado encajar a otras chicas en ella.

—Prefiero el suelo —dije para zanjar la cuestión.

—No pienso permitir que duermas en el suelo.

—No pienso dormir en tu cama.

—No te pongas quisquillosa.

—Creo que estoy siendo de todo menos quisquillosa.

Lo meditó.

—Es cierto. Gracias —dijo. No esperaba que me diera las gracias—, pero te quedas con la cama —prosiguió.

—No la quiero —dije.

—Yo tampoco.

—Muy bien, dormiremos los dos en el suelo.

Jack me examinó como si fuera un bicho raro.

—¿Me estás diciendo que, aunque yo duerma en el suelo, tú también dormirás en el suelo?

Puede que esa fuera mi única zona de autonomía durante un mes.

—Sí —contesté—. Dormiré en el suelo te guste o no.

—¿Prefieres dormir en un suelo duro y frío a conmigo?

—Apuesto a que no te ocurre a menudo.

Jack sonrió como si estuviera impresionado.

—Jamás.

—Seguro que te sienta bien experimentarlo por una vez —dije.

Jack se encogió de hombros, en plan «Puede». Luego —y es posible que un caballero lo hubiera peleado un poco más— dijo:

—Como quieras.

Resuelto el tema, miré a mi alrededor.

A decir verdad, ignoraba por completo lo que este trabajo iba a significar para mí. Casi todas mis responsabilidades habituales habían sido trasladadas al equipo remoto, que había alquilado una casa justo al otro lado de la carretera como base de operaciones. Desde allí harían la videovigilancia, controlarían el perímetro de la propiedad, supervisarían las redes sociales y harían todas las cosas que yo hacía normalmente.

Además, estábamos en el nivel de amenaza amarillo. Y nos encontrábamos en medio de la nada, en una casa rodeada de doscientas hectáreas de pastos. Así que ni siquiera había mucho que hacer. Aparte, quizá, de rastrear la ubicación del ganado.

O sea que bien podría ser un nivel de amenaza blanco.

«Unas vacaciones pagadas», decían todos. Sin embargo, había una razón por la que yo nunca me tomaba vacaciones. ¿Qué se suponía que iba a hacer durante todo el día? Técnicamente, estaría trabajando. Solo que no tendría… tareas que realizar.

Antes de que pudiera entrarme el pánico, llamaron a la puerta tan fuerte que sonó como una escopeta.

Los dos dimos un brinco.

—Jack, tengo que hablar contigo —dijo Hank al otro lado.

No fue hasta que toda la tensión de Jack regresó bruscamente a su lugar cuando caí en la cuenta de hasta qué punto bromear sobre cómo íbamos a dormir lo había relajado. Le cambió hasta la postura. Enderezó la espalda y salió del dormitorio.

¿Debía seguirlo?

No había sido invitada.

En un trabajo normal, cuando estaba de servicio jamás perdía de vista a mi cliente. Aunque este trabajo era de todo menos normal.

Todavía indecisa, regresé a la cocina, pero me detuve al pasar junto a la puerta trasera. Jack y Hank estaban al otro lado, en el porche de las mosquiteras. No podía verlos, pero podía oír sus voces por la ventana abierta de la cocina.

Estaban hablando de mí.

—Al final lo has hecho —dijo Hank—. Te has traído a esa chica.

—En el hospital parecías estar de acuerdo.

—En el hospital parecía estar de acuerdo con muchas cosas.

—¿Qué quieres que haga? Fue mamá quien la invitó.

—Porque pensaba que no vendrías sin ella.

—Y estaba en lo cierto. No habría venido sin ella.

—Estás haciendo las cosas más difíciles para mamá y ni siquiera te importa.

—Eres tú el que las está haciendo más difíciles, y eso me importa mucho.

—¿No crees que ya tiene bastante con lo que tiene?

—Estoy aquí únicamente porque ella me lo pidió.

—Mamá quiere verte a ti, no a una extraña.

—Hannah no es una extraña. Es mi novia.

Me encogí un pelín al oír la mentira.

—Es una extraña para nosotros.

—No por mucho tiempo.

—Dile que se vaya.

—Ni puedo ni pienso hacerlo.

—Dile que se vaya si no quieres que os eche a los dos.

—Atrévete a hacerlo. Y a contárselo luego a mamá.

—Esto es un asunto familiar, un asunto privado. Lo último que mamá necesita en estos momentos es tener que entretener a una muñequita de Hollywood.

A continuación, escuché un forcejeo seguido de un golpe sordo. Me acerqué a la ventana para mirar y vi que Jack había empujado a Hank contra la pared.

—¿Te parece la típica chica de Hollywood? —preguntó Jack.

Es una pasada ver a dos hombres hechos y derechos discutir por ti. Aunque sepas que no es una discusión real. Y aunque sepas que la discusión es en realidad por otra cosa.

Contuve el aliento.

Durante un segundo, pensé que Jack iba a defenderme.

—Hannah es lo más anti-Hollywood que he visto en mi vida —dijo entonces en un tono bajo y amenazador—. ¿Has visto a mis otras novias? ¿Has visto a Kennedy Monroe? No se parece a ninguna de ellas. No se autobroncea, no lleva extensiones ni se tiñe el pelo. Es una chica normal y corriente. Es lo más común que hay.

Guau. Vale.

—Pero es mía —añadió entonces—. Y se queda.

Yo todavía estaba asimilando lo de «lo más común que hay».

Se oyó otro forcejeo cuando Hank empujó a Jack hacia atrás. Retrocedí para que no me vieran. Eso hizo, obviamente, que yo tampoco pudiera verlos.

—Muy bien —dijo Hank—. Veo que tendré que hacerle la vida imposible hasta que decida irse voluntariamente.

—Si le haces la vida imposible a mi Hannah…

«¡Mi Hannah!».

—Yo te la haré imposible a ti.

—Ya lo haces.

—El problema aquí lo tienes tú, no yo —dijo Jack.

Pero Hank siguió intentando salirse con la suya.

—Te estoy diciendo que no la quiero aquí. Aunque no recuerdo la última vez que te importó lo que otros quisieran.

—Tú no la quieres aquí, pero yo la necesito aquí. Y tú también, aunque no seas consciente de ello. Así que relájate, joder.

Deduzco que después de eso uno de los dos decidió largarse, porque a continuación oí cerrarse con vehemencia la puerta mosquitera del porche. Instantes después, volví a oírla.

Por la ventana de la cocina vi a Hank dirigirse a grandes zancadas hacia su camioneta y a Jack largarse en dirección opuesta, por el camino de grava, hacia una arboleda.

Yo no quería hacer otra cosa que... esconder mi cara normal, corriente y absolutamente común. Para siempre.

Pero Jack era mi cliente. Y este era mi trabajo.

De modo que lo seguí.

13

Cuando le di alcance, dejó de caminar, pero no se dio la vuelta.

—No me sigas.

—Tengo que seguirte.

—Estoy dando un paseo.

—Ya lo veo.

—Necesito estar solo unos minutos.

—Eso no importa.

—¿Te has tomado en serio lo de que eres mi novia o qué? No me sigas.

—¿Te has tomado tú en serio lo de que soy tu novia? No estoy siguiéndote porque quiera, sino porque eres mi trabajo.

Jack echó de nuevo a andar por el camino de grava, dirigiéndose con paso firme a ningún lugar, o eso me parecía a mí. Tras dejar que se adelantara unos treinta metros, respiré hondo y lo seguí.

Jack no bromeaba cuando dijo que iba a dar un paseo. Seguimos las rodadas de un camino que atravesaba un prado, salvamos un guardaganado, dejamos atrás un granero de metal herrumbroso y descendimos por una prolongada colina hasta un terreno cubierto de trepadoras.

¿Iba vestida para una excursión como esa, con mi vestidito

sin mangas y los tobillos desprotegidos? No. Cada treinta metros tenía que sacudirme las piedrecillas de las sandalias, lamentando profundamente no haberme puesto las botas.

¿Sabía Jack que lo estaba siguiendo? Sí. Cada vez que llegábamos a una verja, retiraba la cadena y me esperaba. Una vez que yo la cruzaba, ponía de nuevo la cadena sin decir palabra y reanudaba la marcha, y yo aguardaba educadamente a que se restableciera la distancia entre nosotros. Incluso tenía la deferencia de caminar por la rodada contraria a la que estaba usando él.

A medida que el camino se adentraba en el bosque, la vegetación iba invadiéndolo y la hierba iba ganando altura, y justo cuando estaba intentando recordar qué aspecto tenía la hiedra venenosa, llegamos a una alambrada desvencijada y comida por el óxido.

Al otro lado el bosque clareaba dando paso a un vasto cielo azul, y comprendí que habíamos alcanzado el río.

Mientras me acercaba, Jack me miró de arriba abajo.

—¿Crees que vas vestida para la ocasión?

Me miré las piernas desnudas.

—Tengo unas botas en la casa.

—Debiste ponértelas.

—Tomo nota.

Jack sacudió la cabeza.

—Nunca bajes al río con los tobillos descubiertos.

—Confieso que desconocía esa regla —dije—. Tampoco sabía que íbamos a bajar al río.

Jack se dio la vuelta y miró a lo lejos. El camino terminaba en la alambrada. Desde allí hasta el río solo había hierba alta, y maleza, y zarzas, y cardos. Sin olvidar la hiedra venenosa.

Jack se agachó y me dio la espalda.

—Sube. Te llevaré.

—Estoy bien, gracias.

Todavía encorvado, procedió a enumerar todas las cosas en esa hierba que podrían atacarme:

—Cadillos, armadillos, ortigas, hormigas coloradas, hiedra venenosa, zarzamoras, viudas negras, arañas ermitañas, cabezas de cobre, serpientes de cascabel, mocasines de agua... —Aguardó a que repensara mi respuesta. Titubeé, así que añadió—: Por no mencionar jabalíes, linces y coyotes.

En realidad, ya me había convencido en «armadillos».

—Está bien —dije, y me monté.

Jack pasó los brazos por debajo de mis piernas y se levantó tan deprisa que me mareé, de modo que me agarré fuerte a su cuello. Acto seguido, reanudó ese andar zancudo marca Jack Stapleton que ahora conocía tan bien.

Ir a caballito era más agradable que caminar, la verdad. A lo mejor se ofrecía también a llevarme de vuelta.

En la orilla del río el bosque desaparecía, y también la tierra. Jack se detuvo en la cresta de la ribera mientras contemplábamos el río a nuestros pies y su interminable playa de arena.

—¿Es el Brazos? —pregunté.

—Sí.

—Es más ancho de lo que imaginaba. Y... más marrón.

Jack no respondió. Simplemente siguió ladera abajo hasta alcanzar la playa. Una vez allí, me dejó en el suelo y echó a andar hacia el agua. Se dirigía vagamente hacia el norte, de modo que decidí dirigirme vagamente hacia el sur y darnos a los dos un poco de espacio.

Me encontraba probablemente a unos sesenta metros del agua. Mientras me acercaba admiré los diferentes tipos de guijarros que salpicaban la arena: marrones, negros y rayados. También trocitos de huesos de animal, madera petrificada e incluso fósiles. Por no mencionar troncos de deriva, alguna que otra maraña de alambre oxidado y una generosa cantidad de latas de cerveza viejas. Podía entender por qué Jack había querido venir aquí. Frente a nosotros, al otro lado del río, se extendía una ribera alta sin nada salvo hierba y cielo, y a nuestro alrededor soplaba la brisa inagotable que produce el correr del agua, generando la sensación de que estábamos a kilómetros y kilómetros de la civilización.

Algo que, naturalmente, así era.

Al llegar a la orilla, me quité las sandalias. Hacía calor y tanto correr para no quedarme atrás me había dejado un poco sofocada. De cerca, el agua se veía más transparente y cuando metí los pies experimenté un gran alivio. Estaba fría y formaba refrescantes remolinos. Me daba tanto gusto en los tobillos que no tardé en adentrarme un poco más.

Me levanté el bajo del vestido. En realidad, no planeaba mojarme más allá de las rodillas. Solo iba a refrescarme durante un minuto, en serio. Un par de pasos más y luego me daría la vuelta. Pero entonces sucedieron varias cosas al mismo tiempo.

Al dar mi siguiente paso oí un sonido, como si Jack estuviera gritando mi nombre, pero estaba tan amortiguado por el viento que no podía asegurarlo. Me volví a mirar y en ese momento... el suelo del río desapareció.

Mi pie encontró... nada donde aterrizar, por lo que perdí el equilibrio y caí al agua. Siempre impresiona zambullirse en agua fría cuando no lo esperas, pero en ese río había algo todavía más estremecedor.

Había corriente. Una muy fuerte. Tanto que cuando me sumergí no regresé a la superficie con un par de patadas como esperaba... porque el agua tiraba de mí hacia abajo.

Todo sucedió muy deprisa.

Estaba agitando los brazos y, segundos después, mi cabeza se hundió.

Todavía me entran escalofríos cuando recuerdo lo cerca que estuve de ahogarme.

Pero antes de que pudiera entrarme el pánico noté algo duro como el metal rodearme el brazo y tirar de mí hacia arriba.

Jack.

Me sacó del agua y me atrajo hacia él como una especie de máquina, agarrándome por la cintura y apretándome con un «buf» contra su pecho. Luego me arrastró hasta la orilla tan deprisa que tropezamos y caímos sobre la arena.

¿Aterrizó sobre mí como si estuviéramos en *De aquí a la eternidad*? Sí.

¿Fue igual de romántico? Eh... No.

En cuanto pudo, se levantó y se alejó a grandes zancadas, dejándome empapada, atónita y tosiendo sobre la arena.

Cuando recuperé el aliento, dije:

—¿Qué ha sido eso? ¿Una corriente?

—¿Estás de coña? —inquirió con el tejano calado hasta los muslos—. ¿Acabas de meterte en el Brazos? ¿En serio?

Me levanté y traté en vano de sacudirme la arena mojada de las piernas.

—¿No... debía meterme?

—¡Nadie debe meterse! ¿Es que no sabes la cantidad de gente que se ahoga en este río cada año?

—¿Por qué debería saberlo?

—¡Porque todo el mundo lo sabe! ¡Nunca nades en el Brazos!

—En primer lugar, no estaba nadando. En segundo, no, no es algo que todo el mundo sabe.

Pero Jack estaba fuera de sí ahora.

—¿Y por qué? ¿Por qué no puedes nadar en el Brazos? Porque el fondo es arenoso y la corriente crea remolinos, y los remolinos cavan cuevas en ese fondo arenoso y la corriente gira alrededor de ellas como tornados líquidos, y si eres lo bastante desafortunada o estúpida para quedar atrapada en uno, olvídate.

—Sabes mucho sobre el tema... —empecé al tiempo que tosía un poco más.

—Así que —continuó Jack como si no estuviese hablando siquiera— cuando los idiotas deciden nadar o pescar o vadear en estas aguas, antes de que se den cuenta han sido engullidos por la corriente. ¡Familias enteras mueren intentando salvarse entre sí, uno detrás de otro!

¿Acababa de llamarme idiota? Intenté decidir si era peor que ser una chica sin nada especial.

—O sea que no era una corriente. —Contemplé el agua, tan tranquila vista desde allí. Todavía podía notar su tirón como un imán líquido mortal. De repente sentí que me subía un escalofrío por las piernas y los brazos—. Qué susto —dije, casi para mí.

Mi calma pareció enojarlo todavía más.

—¿Qué «susto»? —gritó Jack—. ¡Pues claro que ha sido un puto susto! ¿En qué demonios estabas pensando?

—No lo sé —dije volviéndome hacia él—. ¿Tenía calor? ¿El agua estaba fresquita?

—¿Tenías calor? —repitió como si me hubiera preguntado por qué bebía gasolina y le hubiese dicho que porque tenía sed—. ¿Es que quieres morir? ¿Es eso? Porque por eso el río se llama «Brazos», porque se refiere a los brazos de Dios. La gente cree que el nombre proviene de los viajeros sedientos que estaban agradecidos de encontrar agua, pero en realidad es porque se ahogaba tanta gente en él que es donde «Dios recoge sus almas».

Uf. Vale. Esto empezaba a ponerse macabro. Era consciente de que Jack estaba transmitiéndome un importante consejo de seguridad, pero yo estaba visiblemente medio ahogada y tiritando. ¿Era necesario gritar?

No sé tú, pero cuando alguien me levanta la voz mucho yo acabo haciendo lo mismo. ¿Jack quería darme voces? Muy bien, yo también podía. Podía tirarme el día gritando.

—¡¿Por qué me estás gritando?! —vociferé.

Otra primera vez para mí: gritarle a un cliente.

—¡Porque casi te matas! —gritó Jack.

—¡No ha sido a propósito! —grité yo.

—¡Eso da igual una vez muerta! —gritó Jack.

—¡La gente se mete en el agua constantemente! —grité yo—. ¡Es algo de lo más normal!

—¡No en el Brazos!

—¡Pero eso no lo sabía!

—¡Y si tú te hundes, yo me hundo también porque tengo que ir a por ti!

—¡Pues no vayas a por mí!

—¡La cosa no funciona así! ¡Si tú te mueres en el río, yo me muero en el río! ¡Y no quiero morirme en el puto río!

Por un instante enmudecí. No sabía qué responder a eso. Y durante ese instante me di cuenta de algo más: estaba temblando. Mucho. Desde algún lugar profundo de mi ser.

Probablemente de miedo.

Aunque no me parecía que fuera eso, pero quizá había olvidado qué sensación producía el miedo.

Normalmente, el antídoto del miedo era estar preparada, pero yo no había estado preparada para nada de lo sucedido esa semana, desde ver cómo mi trabajo se transformaba en algo que ni siquiera reconocía hasta irme a vivir con un montón de desconocidos, perder a mi mejor amiga, acabar en medio de una bronca entre Jack y su hermano, ser descrita como una chica «normal y corriente», estar a punto de ahogarme y, ahora, que me gritaran como no me habían gritado en años.

Eran muchas cosas.

De repente, no pude más.

—¿Qué crees que soy? —inquirí—. ¿Especialista en los ríos navegables de Texas? ¿Cómo voy a saber que este es un «río de la muerte»? Estaba haciendo mi vida tan tranquila, intentando largarme a Londres o a Corea o a cualquier lugar que no sea Texas, cuando de repente me veo obligada a mudarme a un rancho y actuar en esta locura de reality show contigo y tu familia. Yo no quería este trabajo, no lo pedí, ¡y ahora estoy atrapada en él cuatro interminables semanas! Así que no estaría mal que me avisaras si estoy a punto de matarme a mí o a otra persona sin querer...

Y justo aquí se me quebró la voz.

Justo aquí perdí el impulso del cabreo y me desmoroné. Para cuando terminé de decir «en lugar de gritarme como un capullo», mi voz me sonaba rota incluso a mí.

Me quedé inmóvil, y también Jack, mientras los dos asimilábamos que acababa de llamar capullo a mi cliente. Me habría gustado largarme en ese preciso instante en un gesto de amor propio, pero todo me temblaba, las piernas inclusive. Alcé instintivamente la mano para tocarme el imperdible. Quería un chute rápido de esa pequeña chispa de consuelo que obtenía cuando acariciaba las cuentas.

Pero no estaba.

No había nada en mi cuello. La gargantilla había desaparecido.

—Oye —dije bajando la vista—. ¿Dónde está mi imperdible?

—¿Tu qué?

Me palpé las clavículas, como si pudiera encontrarlo si seguía tocando.

—Mi imperdible con las cuentas. No está.

Empecé a buscar por la arena.

—¿El imperdible de colores que llevas siempre? —preguntó Jack, olvidándose de que estábamos discutiendo y poniéndose a buscar también.

—Se me ha debido de caer —dije.

Recorrí la playa desandando todos mis pasos. Al bajar tenía calor, pero ahora, después del susto del río, sentía lo contrario. Estaba empapada, tenía frío y no podía dejar de tiritar. No me importaba.

Mientras buscábamos, Jack cambió por completo de actitud.

—Lo encontraremos —dijo—, no te preocupes. —Luego añadió—: Se me da muy bien encontrar cosas.

Levanté la vista y me percaté de lo vasta que era la playa en comparación con el imperdible. Era infinita. Jamás lo encontraríamos.

Y entonces hice lo que cualquier persona haría, imagino, en esa situación.

Empecé a llorar.

Jack no dudó ni un segundo. Salvó la distancia que nos separaba y envolvió con sus brazos mi cuerpo empapado, tembloroso e inusitadamente inestable y los mantuvo ahí un minuto. Después dio un paso atrás, se quitó la camisa de franela, me la puso, me abrochó los botones y volvió a abrazarme.

—Lo siento —dijo, y ahora estaba oyendo su voz amortiguada a través de su pecho—. Siento que hayas perdido tu imperdible y siento que hayas estado a punto de ahogarte y siento haberte gritado. Debí avisarte. La culpa es enteramente mía. Me asusté, eso es todo.

¿Me estaba acariciando el pelo? ¿Estaba Jack Stapleton acariciándome el pelo? ¿O solo era el viento?

Me abrazó así durante un buen rato, allí, en esa playa. Me abrazó hasta que mis lágrimas se secaron y dejé de temblar. Otra primera vez: la primera vez que un cliente me abrazaba y la primera vez que yo lo permitía.

Y pese a lo enfadada que todavía estaba con él, no me importó.

Por lo visto, Jack tenía buena mano para eso.

Jack acabó llevándome a caballito hasta la casa. Al principio solo iba a cargarme hasta lo alto de la ribera y a través de la hierba crecida hasta el camino de grava, pero cuando llegamos allí, siguió andando.

—Ya puedes bajarme —dije con las piernas colgando.

—Es mi entrenamiento del día.

—Puedo caminar. Estoy bien.

—Me gusta llevarte. Puede que empiece a hacerlo siempre.

—Sé caminar.

—No lo dudo.

—Entonces bájame.

—Va a ser que no.

—¿Por qué?

—Básicamente, porque está oscureciendo y muchas cosas que pican salen al anochecer. No podrás ver dónde pisas. Y llevas las piernas al descubierto, como una aficionada.

—Ya hemos quedado en que no es culpa mía.

—Por tanto, lo que estoy haciendo ahora es protegerte del peligro como un caballero.

—Ah.

—Además, me siento mal por haberte hecho llorar.

—No me has hecho llorar.

Jack hizo una pausa tipo «Lo que tú digas». Luego, añadió:

—Y es divertido.

—¿En serio que no me vas a bajar?

—En serio.

Como es lógico, por el camino no pude evitar evaluar aspectos sobre la seguridad de la propiedad. Era la actividad por defecto de mi cerebro. Tracé mapas mentales del terreno, incluidos posibles escondrijos para malhechores, posibles salidas de emergencia y las zonas a vigilar.

Todo eso, claro está, antes de que Jack me contara que sus padres nunca cerraban las puertas de noche.

—¡Qué dices! ¡Tienes que obligarlos a cerrarlas!

—Llevo años intentándolo.

Mal asunto. Tendría que resaltarlo en el informe de esta noche.

Y aun así, muchas de mis preocupaciones habituales estaban inusualmente mudas allí, sobre la espalda de Jack Stapleton. Quizá fuera el ritmo de sus pasos. O el roce aterciopelado de su camisa de franela sobre mi piel. O la solidez de su hombro bajo mi barbilla. O ese olor a canela que parecía seguirlo a todas partes.

O simplemente quizá fuera difícil preocuparse por algo cuando te llevaban a caballito.

Notaba los músculos de su espalda desplazarse y tensarse con cada paso, especialmente cuando íbamos cuesta arriba. Notaba su respiración a través de su caja torácica. Notaba el calor de su cuerpo donde hacía contacto con el mío.

No voy a mentir. Era agradable. Demasiado, quizá.

—Puedes bajarme, en serio —dije.

Ni caso.

—Ya casi hemos llegado —dijo Jack.

Así pues, supongo que no tenía más opción que quedarme allí y disfrutar.

14

Menudo primer día.

Esa noche, según lo prometido, dormí en el suelo. Jack encontró una esterilla de yoga en el armario del pasillo y yo doblé un par de mantas encima.

Todo bien. Todo bien. Estaba cómoda estando incómoda.

Por lo menos no estaba durmiendo en un armario.

Había dormido en millones de sitios raros —vestíbulos, azoteas, incluso en un ascensor averiado en una ocasión—, pero lo que no había hecho era dormir en una habitación con Jack Stapleton.

Me resultaba un pelín chocante, para ser sincera.

¿Te gustaría saber qué hace Jack Stapleton con la almohada cuando duerme? No descansa la cabeza en ella como la gente normal. Se la coloca debajo, verticalmente, como una tabla de surf, y la cubre con su cuerpo.

¿Y quieres saber qué utiliza de pijama? Un pantalón de chándal holgado y una camiseta criminalmente ajustada.

Pero ¿qué hace con su ropa sucia cuando se pone el pijama? La deja tirada en el suelo del cuarto de baño.

Entré cuando me llegó el turno de cambiarme y me encontré sus botas embarradas, sus calcetines enrollados, la camiseta que había llevado todo el día y los vaqueros todavía mojados —con el cinturón todavía insertado en las trabillas y el calzoncillo todavía dentro— extendidos ahí, en el suelo, con una forma casi humana. Era como una alfombra de piel de oso hecha con la ropa sucia de Jack Stapleton.

Vaya, que tuve que pasar por encima de ella para llegar al lavamanos a fin de cepillarme los dientes.

Cuando salí del cuarto de baño, Jack estaba sentado en el borde de la cama. Levantó la vista.

Lo miré en plan «Hay que ver». Él arrugó la frente en plan «¿Qué?». Así que señalé el suelo del cuarto de baño.

—¿Te importa ocuparte de eso? —pregunté, pero Jack se limitó a ladear la cabeza—. Oye, este es un espacio compartido. No puedes dejar tu mierda tirada por el suelo —dije, pero Jack estaba demasiado ocupado recorriéndome con la mirada—. ¿Hola?

—¿Piensas dormir con eso?

Bajé la vista.

—Eh…, sí.

—¿Siempre duermes con eso?

Levanté la vista, sorprendida.

—A veces.

—Ni siquiera sabía que todavía se hacían.

Volví a bajar la vista.

—¿Los camisones?

—Es que —dijo Jack, y ahora me estaba mirando como si fuera una curiosidad— pareces una niña victoriana.

—Es un camisón —declaré—. Es una prenda de dormir humana normal.

—No.

—La gente utiliza camisones, Jack.

—No como ese.

—Oye —dije—, yo no me estoy burlando de lo que tú llevas puesto.

—Lo que yo llevo puesto es normal.

Arrastré los pies hasta el espejo y me miré. Algodón blanco. Manga corta. Un pequeño volante por debajo de las rodillas.

—No parezco una niña victoriana. Una niña victoriana llevaría encajes y lazos. Y un gorrito en la cabeza.

—Pero te acercas bastante.

—Solo intentaba traer ropa de dormir de novia.

—Jamás he visto a una novia vestida así.

—Seguro que tus novias duermen solo con un tanga.

—Como máximo. —Jack dejó ir un suspiro exagerado y dirigió la vista al techo, como si estuviera recordándolo con cariño.

Volví a examinar mi reflejo.

—De todos mis pijamas, este me pareció el más profesional —dije en mi defensa.

—Un momento…, ¿es tuyo?

—Pues claro que es mío. ¿Crees que lo he robado?

—Sí, a una abuela de noventa años.

Ahora estaba molesta de verdad. Jack me había llamado muchas cosas hoy, desde «normal y corriente» hasta «idiota» y «chica sin nada especial». ¿Me estaba llamando ahora «abuela»? ¿En mi cara?

Por algún motivo, la mejor réplica que se me ocurrió fue:

—Tú no estás en condiciones de criticar, míster Ropa-Por-Todo-El-Suelo.

Pretendía ser un insulto, pero Jack simplemente empezó a reír. A reír de verdad, con temblor de hombros y todo.

—Terrible —dijo—. Creo que es el peor insulto que he oído en mi vida.

—No tiene gracia —espeté.

—Lo siento —dijo dándome la espalda y hundiendo la cara en la colcha—, pero sí que la tiene.

—¡Oye! —dije—. A nadie le apetece ver tus calzoncillos.

—En realidad —dijo incorporándose y poniéndose serio—, la gente paga mucho dinero por ver mis calzoncillos.

—No tus calzoncillos sucios. ¡Tirados en el suelo del cuarto de baño!

—Te sorprenderías —Me obsequió con un pequeño asentimiento de cabeza de «Créeme lo que te digo».

—Pues yo no estoy entre esa gente —repliqué, sintiendo que necesitaba dejarlo claro.

—Lo sé, y eso es algo que me gusta de ti.

¿Estaba intentando escaquearse de recoger su desorden con adulaciones? Probé de nuevo.

—Deja que te pregunte algo. ¿Crees que soy tu criada?

Cuanto más serio intentaba ponerse, más se resistía su cara.

—Me quedó claro que no el primer día.

—En ese caso, ¿qué te parece si quedamos en que yo no te haré interactuar con mi ropa sucia y tú no me harás interactuar con la tuya?

—Vale —dijo tratando de mantener un semblante grave—. Trato hecho.

Y entonces le entró la risa tonta.

A Jack Stapleton le entró la risa tonta.

Se desplomó sobre la cama.

—Venga —ordené caminando hasta él y empujándolo por el hombro para echarlo de la cama—. Ve a recoger tu ropa sucia.

Al ver que se resistía, empujé más fuerte y Jack se apartó de golpe a propósito y yo caí al suelo, sobre mi nido.

No importaba. Después de todo, era hora de acostarse.

—Y no dejes suelto el tapón de la pasta de dientes —dije—. ¿Cuántos años tienes? ¿Cinco?

—Es mi cuarto de baño —dijo.

—Ahora es nuestro cuarto de baño.

Para cuando Jack salió del baño, yo ya había apagado las luces y tropezó conmigo de regreso a su cama.

—¡Cuidado!

—Perdona.

Se metió debajo de la sábana y asomó la cabeza por el borde para charlar conmigo como si estuviéramos en una fiesta de pijamas.

—Puedes dormir en la cama, en serio.

—No, gracias.

—Me sabe mal que duermas sobre las baldosas.

—Pues no lo pienses.

—Podríamos construir un muro de almohadas entre los dos.

—Estoy bien.

—¿Y si mi madre entra y te ve durmiendo en el suelo?

No había visto a su madre desde nuestra llegada.

—¿Tiene la costumbre de entrar en el dormitorio de su hijo mayor sin llamar?

—La verdad es que no.

—Y aunque lo hiciera, podríamos decirle que estábamos discutiendo. Lo cual es cierto.

—No estamos discutiendo —dijo Jack—. Estamos jugando.

—¿No me digas?

La luna asomó por detrás de las nubes e iluminó ligeramente la habitación. Ahora podía ver la cara de Jack por encima de mí. Seguía mirándome.

—Gracias —dijo entonces.

—¿Por qué?

—Por venir aquí y hacer esto pese a no querer hacerlo. Y por no ahogarte hoy. Y por llevar ese camisón ridículo.

Rodé sobre el costado para ignorarlo, pero seguía notando su mirada.

Al rato, dijo:

—Que sepas que suelo tener pesadillas. Te pido perdón de antemano por si te despierto.

—¿Qué debo hacer si tienes una pesadilla? —pregunté.

—Ignorarme —dijo Jack.

Era más fácil decirlo que hacerlo.

—Lo intentaré.

15

Jack no estaba cuando me desperté por la mañana. Su cama era un revoltijo de sábanas y mantas, como si hubiera pasado la noche haciendo submarinismo ahí dentro.

¿Dónde estaba? El manual dejaba bien claro que debía permanecer conmigo o cerca de mí en todo momento. No debía largarse a hurtadillas mientras yo dormía.

Me vestí —esta vez con vaqueros y botas— y salí a buscarlo.

En la cocina, en lugar de a Jack, encontré a sus padres en medio de una escena adorable. Su madre estaba sentada a la mesa con un albornoz de felpa y su padre delante de los fogones con el delantal floreado de su esposa, quemando beicon. Había humo por todas partes. La campana estaba puesta, pero demasiado-flojo-demasiado-tarde y el hombretón agitaba en vano su dobladillo de volantes para disiparlo

¿Debería Connie Stapleton estar riéndose de ese modo? Era la primera vez que la veía desde la intervención. ¿Era bueno para los puntos?

Eso sí, ella estaba conteniéndose más que él, porque Doc Stapleton estaba doblado de la risa. Se tomó un minuto para serenarse. Luego sacó las tiras carbonizadas de la sartén y las puso delante de su mujer, consciente de que deberían tener un color muy diferente.

—La culpa es del fogón —declaró Doc.

—Estoy de acuerdo —dijo Connie, dándole unas palmaditas en el dorso de la mano. Y con una generosidad admirable, rompió un trozo de beicon achicharrado, se lo llevó a la boca y dijo—: No está tan mal.

Como si el beicon quemado estuviera injustamente desacreditado.

Me sentí muy cortada, ahí de pie en el hueco de la puerta, mientras caía en la cuenta de algo sorprendente: esas dos personas estaban felizmente casadas. Todo su lenguaje corporal —sus caras, su manera de reír— lo confirmaba.

Eran felices.

A veces se oye hablar de casos como este. En teoría existen, pero yo nunca había visto algo así. Era como vislumbrar un unicornio.

Empecé a retroceder. No tendría que estar ahí.

Justo entonces Doc levantó la vista y reparó en mí. Connie siguió la dirección de su mirada.

—¡Anda! —exclamó, cálida y acogedora—. ¡Ya estás levantada!

Imposible escapar ahora.

Consciente de todo por lo que Connie acababa de pasar, y consciente también de que yo era en realidad una absoluta intrusa, de repente deseé que Jack estuviera allí para amortiguar el momento.

En ese preciso instante, como si me hubiese escuchado, la puerta de la cocina se abrió y Jack entró —con sus vaqueros, su camisa a cuadros y su cabello alborotado por el viento— con las gafas ligeramente torcidas.

También llevaba una bolsa de golf colgada del hombro.

—Ah, estás despierta —me dijo como si no hubiera nadie más en la estancia.

Doc observó detenidamente a Jack.

—¿Lanzando pelotas de golf al río?

—Cada mañana —contestó Jack asintiendo con la cabeza.

—¿Pelotas de golf? —pregunté—. ¿En el río? ¿No es malo para el medio ambiente?

Jack negó con la cabeza.

—Qué va. —A continuación, se acercó a su madre y le dio un beso—. Hola, mamá, ¿cómo te encuentras?

—Voy mejorando —dijo ella, alzando la taza de café como si brindara.

Jack pareció percatarse de mi incomodidad. Caminó hasta mí, me cogió de la mano, me llevó a la mesa del desayuno, me sentó, se sentó a mi lado y me pasó el brazo por los hombros.

Creo que a eso lo llaman «hacerse con el control de la situación».

Permanecí muy quieta, alucinando de hasta qué punto la orden que me estaba dando de relajarme y ser natural tenía el efecto contrario.

Jack respondió a mi rigidez con la actitud opuesta. Rodillas separadas. Brazo lánguido y pesado. Voz suave como el batido de chocolate.

—Estás preciosa hoy —dijo. Y apenas había caído en la cuenta de que me estaba hablando a mí cuando hundió la cara en la curva de mi cuello y aspiró una bocanada entera de mi olor—. ¿Por qué hueles siempre tan bien?

—Es jabón de limón —respondí, un pelín mareada—. Es aromaterapia.

—Sí que lo es —dijo Jack.

Yo sabía lo que estaba haciendo, naturalmente. Estaba compensando mi mala actuación. Estaba claro que yo sufría algún tipo de pánico escénico y Jack estaba actuando por dos para suplir mi ineptitud.

Era muy bueno. La calidez de su voz, la intimidad de su lenguaje corporal, la manera en que me miraba, como si quisiera darme un mordisco…

Con razón yo había visto *Ya te gustaría* tantas veces.

Había encontrado muchos inconvenientes a la idea de venir aquí. Me preocupaba el aburrimiento de estar de servicio sin nada que hacer. Me preocupaba la dificultad de intentar hacer mi trabajo fingiendo que no lo estaba haciendo y cómo eso podría afectar a mi rendimiento. Me preocupaba no ser una actriz convincente.

Sin embargo, no se me había ocurrido preocuparme en lo referente a Jack.

En esos breves minutos desde su llegada, mientras él trabajaba para instituirnos como una pareja auténtica y enamorada delante de sus padres…, eso es exactamente lo que sentí que éramos.

Lo que quiero decir es que también yo me lo tragué.

Sentí que se alegraba de verme. Sentí que disfrutaba estando cerca de mí. Sentí que le gustaba.

Jack parecía exacta, convincente y conmovedoramente un hombre enamorado.

Oh, oh.

¿Cómo iba a resistir cuatro semanas sin cometer un error traumático? Ni siquiera era capaz de resistir cuatro minutos.

Justo entonces, Hank apareció en la cocina, dejando que la puerta mosquitera retumbara tras de sí. En lugar de sentarse a la mesa, se apoyó en el borde de la encimera y fulminó con la mirada a los tortolitos.

Eso me ayudó. Podía concentrarme en él.

Connie ni siquiera reparó en Hank. Se inclinó hacia nosotros y dijo:

—Contadnos cómo os conocisteis.

Lo habíamos ensayado.

Jack echó una mirada a Hank antes de dirigir toda su atención a su madre. Acto seguido, se sirvió una taza de café y dijo en un tono simpático:

—Hannah es fotógrafa. Vino a mi casa de la montaña para fotografiar a nuestro célebre alce albino.

Lo miré de reojo. La improvisación del alce albino era un poco exagerada.

Tampoco Hank se lo tragó. Cruzó los brazos.

—¿Tenéis un alce albino? —preguntó Doc.

Jack asintió.

—Es muy escurridizo. —Me señaló—. Hannah quería hacer un reportaje fotográfico sobre él, pero no llegó a verlo.

—Una pena —dijo Connie.

—La ayudé a buscarlo durante días —continuó Jack, guiñándole un ojo a su madre.

—Qué amable —dijo Doc.

—No fue amabilidad —repuso Jack—, fue puro egoísmo. —Hank soltó una risotada. Jack lo ignoró—. Lo nuestro fue amor a primera vista.

Se volvió entonces hacia mí y me dedicó la mirada más enamorada y embelesada que había visto en mi vida. Luego me recogió un mechón de pelo detrás de la oreja.

—Buscaba cualquier excusa para estar cerca de ella. —Se reclinó en la silla y colocó las manos detrás de la cabeza, como si estuviera rememorando—. Vi a esta chica enérgica y bajita salir de su Land Rover con quinientas cámaras y lo supe.

Fruncí el entrecejo.

—¿Me has llamado bajita?

—En el buen sentido, Retaco —dijo Jack. Entorné los párpados—. En el sentido de adorable —insistió—. En el sentido de irresistible, de cómo-puedo-conseguir-que-esta-señorita-quede-atrapada-en-mi-cabaña-de-la-montaña. —A continuación, se volvió hacia sus padres, me agarró con una llave de cabeza que revolvió mi ya revuelto moño y dijo—: Pero mirad qué mona es.

—No soy bajita —dije con impotencia.

Sin embargo, la madre de Jack estaba totalmente absorta. Se inclinó hacia delante.

—¿Qué es lo que más te gusta de ella?

Jack me soltó y dejó que me recostara de nuevo en la silla.

—Me gustan esos pequeños mechones que siempre se le escapan del moño. Y la cara de morros que pone cuando se enfada. De hecho —dijo como si se le acabara de ocurrir—, me gusta cómo se enfada. Y se enfada mucho.

—¿Te gusta cómo se enfada? —preguntó Doc Stapleton como si a su hijo le faltara un tornillo.

—Sí —dijo Jack—. La gente no suele enfadarse contigo cuando eres famoso. Al principio es genial, pero con el tiempo empiezas a tener la sensación de estar viviendo en un planeta sin gravedad. —Reflexionó sobre ello unos instantes. Después, se volvió hacia mí—. ¡Pero Retaco no! Un calcetín en el suelo y la cara de morros está garantizada. Me encanta. —Lo fulminé con la mirada por debajo de las greñas. Señaló mi cara con admiración—. ¿Lo veis?

Connie se lo estaba pasando en grande. Se volvió hacia mí.

—¿Y a ti qué es lo que más te gusta de Jack?

No me había preparado para esa pregunta, pero de pronto me vino una respuesta a la cabeza.

—Me gusta que me dé constantemente las gracias por todo. Incluso por cosas por las que jamás habría esperado que alguien me diera las gracias.

Miré a Jack y pude ver que sabía que había dicho algo cierto.

Me observó unos segundos, aparentemente abandonando su personaje. Luego agarró de la mesa una servilleta de papel arrugada, la lanzó al cubo de la basura como si fuera un tiro libre y falló.

Nos quedamos mirándola donde había aterrizado.

Entonces Hank me preguntó:

—¿Qué es lo que menos te gusta de él?

—¿Lo que menos? —Tampoco me había preparado para esa pregunta. Pero me brotó otra respuesta como por arte de magia—. Muy fácil: que deja su ropa sucia tirada por el suelo. —Luego añadí—: Como si se produjera el Rapto y al primero que se llevaran fuera a Jack.

Medio segundo de silencio y luego todos —Hank inclusive— estallaron en carcajadas.

Cuando se serenaron, Connie le dijo a Jack:

—Cariño, ¿no me digas que sigues haciendo eso?

Pero mientras hablaba, Hank se puso otra vez serio, como si no hubiese sido su intención reírse y ahora lo lamentara. Se encaminó a la puerta de la cocina y posó la mano en el pomo.

—¿Te vas? —inquirió Connie en un tono de «¿Ahora que empezábamos a divertirnos?».

—Tengo trabajo —dijo Hank. Connie le echó una mirada, como si no se lo creyera, y Hank se explicó—. Hoy empiezo con el barco.

A juzgar por la reacción de Connie, se trataba de algo serio.

Aquello también captó la atención de Jack.

—¿El barco? —preguntó.

Connie asintió.

—La semana pasada le dije a tu padre que si no se ponían ya con la reconstrucción del barco, lo vendería en eBay.

Jack asintió y se volvió hacia Doc.

—¿Quieres que te ayude?

Pero Hank giró raudo sobre sus talones, como si no pudiera creer lo que Jack acababa de decir.

—¿Qué?

El ambiente en la estancia se puso tenso, pero Jack mantuvo su actitud cordial y relajada.

—Estoy ofreciendo mi ayuda para reconstruir el barco —dijo Jack, sosteniéndole la mirada—. Es preferible eso a que mamá lo venda en eBay, ¿no?

—No —replicó Hank.

—Cariño —dijo Connie a Jack—, sé que tu intención es buena…

Doc soltó un suspiro nervioso.

—No creo que sea buena idea, hijo.

Dado el consenso general, Jack puso las manos en alto.

—Solo pretendía ayudar.

Hank dio un paso al frente.

—Pues no lo hagas.

Abandonando todo intento de afabilidad, Jack se quedó inmóvil.

—No hables del barco —dijo Hank clavándole una mirada furibunda—. No te acerques al barco. No toques el barco. Y por lo que más quieras, no vuelvas a ofrecerte para ayudar a reconstruirlo.

Jack se levantó y se acercó a él.

—¿Cuándo vas a olvidarlo, tío?

Estaban frente a frente, retándose con la mirada, cuando Hank reparó en la gargantilla de cuero que pendía del cuello de Jack. Sus ojos se clavaron en ella.

—¿Qué llevas puesto?

—Lo sabes muy bien.

—Quítatela.

Jack negó con la cabeza.

—Jamás.

Hank alargó el brazo, como si quisiera arrancársela, pero Jack lo frenó.

—No me toques, tío.

—Quítatela —le exigió de nuevo Hank.

Un segundo después se estaban peleando. No exactamente a puñetazos, pero agarrándose, desequilibrándose, estrellándose contra los armarios de la cocina. El forcejeo propio de la gente que no tiene costumbre de pelear.

Doc Stapleton y yo nos levantamos de un salto para separarlos. Doc tiró de Hank y yo le retorcí los brazos a Jack sobre la espalda, como una profesional, antes de temer que eso me delatara y transformarlo en un abrazo torpe. Tras romperles el impulso, ambos retrocedieron jadeando y echando fuego por los ojos.

Y entonces Connie gritó:

—¡Ya es suficiente!

Ambos bajaron la mirada.

—¿Has visto lo que lleva puesto? —le preguntó Hank.

—No me importa lo que lleva puesto —dijo Connie—. Me importa lo que estáis haciendo.

—Jamás pondrá un pie en ese barco.

—Solo se ha ofrecido a ayudar —dijo Connie. A renglón seguido, por si Hank no lo había entendido, repitió—: Ayudar.

—No quiero su ayuda.

—Sí la quieres. Mucho más de lo que crees. —Una pausa—. Cuando me enteré de que estaba enferma, ¿sabéis cómo me sentí? —Prosiguió Connie—. Me sentí feliz. Pensé: «Bien». Pensé: «Puede que el cáncer sea un motivo suficiente». Puede que esto, al fin, nos obligue a todos a darnos cuenta de que no podemos seguir perdiendo el tiempo. Y cuando os vi a todos después de la operación y vi que la cosa fluía, pensé que, a lo mejor, solo a lo mejor, íbamos a encontrar la manera de estar bien todos juntos. Pero supongo que me equivocaba. —Los chicos mantuvieron la cabeza gacha. Connie observó a Hank durante unos instantes, como si estuviera rumiando algo. Luego le dijo—: Quiero que también tú te mudes aquí.

Hank levantó la vista.

—¿Qué?

—Quiero que te instales en tu viejo cuarto y te quedes hasta Acción de Gracias.

—Mamá, yo ya tengo mi...

—Lo sé —lo interrumpió Connie.

—No va a ser...

—Estoy de acuerdo —dijo Connie—, pero no sé qué más hacer y no hay tiempo para averiguarlo.

Hank clavó la mirada en el suelo, frotando un punto con su bota.

—Tráete tus cosas antes de la cena —continuó Connie—. Vosotros dos vais a encontrar la manera de llevaros bien... o de mataros en el intento.

16

Había mucho que procesar ahí.

Después de que los hermanos se largaran en direcciones opuestas y Doc ayudara a Connie a volver a la cama, me descubrí sentada en el columpio bajo el roble, tomando conciencia de algo muy sencillo.

Tenía que dejarlo.

No por los problemas de salud de Connie. Había lidiado antes con gente enferma. Tampoco por la misteriosa bronca entre los hermanos. Todas las familias tienen secretos.

Era por Jack.

Había confiado en que convivir con él en la vida real fuera decepcionante, en que sin un estilista y un guionista que le diera las frases perdiera todo su atractivo. Por mucho que me resistiera a dejar ir la fantasía, sabía que era la única manera de hacer bien mi trabajo.

Había contado con que la realidad fuera peor que la fantasía. Pero la realidad… era mejor.

Ahí estaba el problema. Por muy fascinante que fuera la versión cinematográfica de Jack, el hombre real —el que dejaba la ropa por el suelo y se burlaba de mi camisón y me llevaba a caballito y tenía pavor a los puentes— era mejor.

Y poco importaba si era por esos ojos sonrientes, o porque no podía recurrir a ninguna de mis rutinas para distraerme, o porque ya me había dejado cautivar por él mucho antes de saber que iba a conocerlo en persona... El hecho era que ninguna de mis defensas habituales estaba funcionando.

Cuando él me miraba como si estuviera enamorado, yo me derretía por dentro. Todo lo que leía en su semblante cuando actuaba... lo sentía como real. Él estaba fingiendo todos esos sentimientos, pero yo estaba sintiéndolos. De verdad.

E independientemente de cuál fuera tu nivel de competencia, o de cuánto te importara tu reputación profesional, o de lo que tu jefe te hubiera ordenado que hicieras, o de cuántas normas pudieras saltarte impunemente..., no podías —bajo ningún concepto— sentir atracción por tu cliente.

Era la norma básica de la protección ejecutiva.

Si tenía que confesárselo todo a Glenn, lo haría. Él respetaría mi decisión de hacer lo correcto y pondría al cliente por delante.

O, por lo menos, yo confiaba en que así fuera.

Dejarlo.

Supondría el fin de la misión y, probablemente, también el fin de mi carrera, pero no había otra salida.

El amor nos confunde. El amor nos nubla el juicio. El amor nos hace perder la cabeza de deseo.

O eso dicen.

A mí no me había ocurrido con Robby..., pero —y solo ahora caía en la cuenta de ello— tal vez lo que sentía por él no fuera amor. Porque lo que me estaba sucediendo con Jack Stapleton, fuera lo que fuese, era mucho más desestabilizante.

No lo entendía, pero sí que tenía algo claro: era lo bastante complejo para simplificar las cosas.

Necesitaba salir de allí.

Bajé del columpio y eché a andar por el camino de grava hacia la casa-cuartel de vigilancia. Entraría, llamaría a Glenn y renunciaría. Fácil.

Sin embargo, me hallaba a medio camino cuando oí un sonido inconfundible.

El disparo de un rifle.

Me detuve en seco. Me di la vuelta.

Otro disparo.

Provenía del otro lado del granero.

Eché a correr en esa dirección, salté la valla y oí otro disparo.

¿Qué estaba ocurriendo? ¿Quién estaba disparando? ¿Acaso la criadora de corgis había dado con nuestro paradero y se le había ido la olla? ¿Había seguido a Jack hasta alguna de las gargantas de esas doscientas hectáreas alejadas de todo?

Mientras corría como una bala por el campo, tropezando con hormigueros y cardos, elaboré una lista mental de posibilidades sobre lo que iba a encontrarme y toda una colección de planes de contingencia para manejar cada una de ellas.

¿Por qué, oh, por qué Glenn no me había autorizado a llevar pistola? «No la necesitarás», me había prometido.

Demasiado tarde ahora.

Independientemente de lo que encontrara en esa garganta, tendría que pensar con rapidez y hallar una solución.

Con suerte.

Sin embargo, lo que allí encontré no fue una criadora de corgis chiflada, ni a un Jack Stapleton ensangrentado, sino al dulce y amable Doc Stapleton, patriarca de la familia, con un rifle de palanca en las manos. Disparando botellas.

Para cuando llegué al borde de la garganta, estaba lo bastante cerca para que me oyera. Se dio la vuelta mientras yo descendía. Aminoré el ritmo hasta detenerme y me doblé hacia delante con las manos en las rodillas, resoplando y esperando a que los pulmones dejaran de arderme.

Cuando finalmente levanté la vista, Doc me estaba mirando como si no pudiera entender qué hacía allí.

—Oí los disparos —dije corta de resuello—. Pensé que…
—Di marcha atrás—. Me asusté.

Doc soltó un pequeño bufido y dijo:

—Esta gente de ciudad.

Vale. No podía rebatirle eso.

Me incorporé, todavía jadeando, y me acerqué. Alineadas sobre unas piedras contra una curva de la garganta había botellas de cristal, puede que una veintena. Verdes, marrones, transparentes. En el suelo, a los pies de las piedras, había un auténtico lago de cristales rotos.

—Los disparos —continuó Doc mientras yo contemplaba la escena— significan algo muy diferente en el campo.

Que él supiera. Pero asentí.

—Así que estás practicando tiro al blanco.

Doc me tendió el arma.

—¿Quieres probar?

Contemplé el rifle. La respuesta, por supuesto, era no. No, no iba a ponerme a disparar botellas justo ahora que me encontraba camino de dejar mi trabajo. No, no iba a pasar ni un minuto más de lo necesario en este rancho de pirados. Ni a delatarme en el último momento haciendo una exhibición de mis habilidades.

No, no y no.

Por otro lado, necesitaba un minuto para recuperar el aliento.

Y puede que hasta me sentara bien disparar a algo ahora mismo.

Justo entonces, Doc dijo:

—Si no aciertas, no pasa nada —dando a entender, por su tono, que yo estaba dudando porque no sabía disparar. —Seguía resistiéndome al pequeño desafío cuando añadió—: Además, este rifle es un poco difícil de manejar para una mujer.

A ver.

Cinco minutos tenía, ¿no?

Alargué las manos hacia el rifle y dejé que me lo tendiera. Luego permití que me diera una lección. No le mentí, no exactamente. Simplemente permanecí calladita mientras Doc me instruía sobre los conceptos básicos del arma que sostenían mis manos.

—Esto es la culata —comenzó— y esto de aquí es el cañón. Esto es el gatillo. Entre disparo y disparo tienes que tirar de esta palanca para recargar. —Señaló la boca del rifle—. Las balas salen por aquí. Asegúrate de mantenerla apuntando al suelo hasta que estés lista para liarla.

«¿Las balas salen por aquí?». El deseo de ponerlo en evidencia subió por mi cuerpo como el agua llenando un vaso.

—Apunta a ese grupo de allí —dijo Doc señalando una hilera de botellas de cerveza viejas—. Si consigues darle a una, te doy un dólar.

Guau. Nada me motivaba tanto como ser subestimada.

Entonces decidí hacer algo más que darles a las botellas: iba a darles con estilo. Rápida y relajada. Como una campeona. Y desde la cadera.

—Bien, señorita —dijo Doc—, simplemente hazlo lo mejor que puedas.

«¿Lo mejor que pueda?». De acuerdo.

Retiré el seguro, adopté una postura cómoda, apoyé la culata en el hueso de la cadera y apreté el gatillo con un «¡BANG!».

El rifle tenía un retroceso potente, pero la primera botella desapareció en medio de una nube de arena. Sin embargo, no me detuve a disfrutarlo. Un segundo después de apretar el gatillo, empujé y recogí la palanca con un gratificante «ca-chanc» y apreté de nuevo el gatillo.

Otro «¡BANG!» y otra botella convertida en polvo.

Seguida de otra, y de otra, y de otra. BANG-ca-chanc, BANG-ca-chanc, BANG-ca-chanc, ¡BANG! Hice estallar botella tras botella a lo largo de toda la hilera. Terminé en menos que canta un gallo.

Me volví hacia Doc con un último chasquido de palanca —cachanc— suave y femenino. Puse el seguro, me quité el rifle de la cadera y le dije, mientras él me observaba boquiabierto:

—Me ha encantado.

Acababa de desvelar demasiado sobre mí, y a esas alturas ya debería estar camino de Houston, pero había merecido la pena.

En ese momento divisé algo en lo alto de la garganta.

Era Jack observándonos. Y, a juzgar por la mirada de admiración detrás de esas gafas ligeramente torcidas, lo había visto todo. Se llevó los dedos a la sien en señal de respeto y yo respondí con un pequeño asentimiento.

Ahora había llegado el momento de largarme.

17

Lo primero que vi al entrar en el cuartel central de vigilancia fue a Robby y a Taylor con las manos en los bolsillos traseros del otro. Antes de que la escena pudiera grabarse a fuego en mi memoria, tosí. Se separaron de un salto, pero… fue demasiado tarde. No pude ignorar la imagen residual que se me quedó en la retina.

—¿Dónde está Glenn? —pregunté.

—En la ciudad —respondió Taylor.

Al tiempo que Robby preguntaba:

—¿Dónde está el cliente?

—Necesito hablar con Glenn —dije.

Sentado a otra mesa, Doghouse levantó el auricular de un teléfono fijo y me lo tendió. Me acerqué, lo cogí, marqué el número de Glenn y me preparé mentalmente para dejar la misión —justo aquí, delante de mis dos archienemigos— mientras ignoraba las preguntas que se agolpaban en mi cabeza. ¿Me gritaría mi jefe? ¿Se alegrarían Robby y Taylor de mi fracaso? ¿Estaba tirando por la borda la posibilidad de Londres?

Me notaba el cuerpo tenso como una cuerda de guitarra.

Saltó el buzón de voz.

—Menos mal que has venido —dijo Robby mientras yo colgaba—. Ha habido bastante actividad en la propiedad de Stapleton.

Sacudí la cabeza.

—¿Lo dices por los disparos? Era su padre practicando tiro al blanco.

—No —dijo Robby—, me refiero a su casa de la ciudad. —Se volvió hacia las pantallas—. Ponlo, Taylor —dijo, todo profesional. Como un embustero.

Lo que apareció en las pantallas me hizo dar un paso hacia ellas. Seguido de otro más.

—¿Qué cojones? —dije.

—Lo sé.

Eran imágenes de las cámaras instaladas alrededor de la casa de Jack en Houston. Alguien había cubierto todas las ventanas de la planta baja con corazones y con el nombre «Jack» con pintura de aerosol rosa.

Examiné las diferentes grabaciones desde diferentes ángulos.

—Todas las ventanas de la planta baja, ¿eh? —pregunté y Robby asintió—. ¿Sabemos si fue la Mujer Corgi?

—Estamos un noventa y nueve por ciento seguros de que sí —dijo Robby.

Taylor cambió a la grabación de una mujer en plena acción.

—¿Es ella? ¿Conseguimos su identificación facial?

Robby negó con la cabeza.

—No, pero dejó algunos regalos.

—¿Regalos?

—Sí, en el porche —explicó Robby. Luego añadió—: En bolsas de regalo.

—¿Qué contenían?

Robby consultó los mensajes de su móvil.

—De acuerdo con Kelly: un jersey tejido a mano con una imagen increíblemente fotorrealista de la cara de Stapleton, un álbum de fotos de su nueva camada y una serie de desnudos.

—¿Una serie de desnudos? —pregunté—. ¿Desnudos de quién? ¿Del cliente?

—Desnudos de la criadora de corgis. —Por Dios—. También dejó una nota escrita a mano en la que daba a Jack la bienvenida a Houston y le recordaba que su reloj biológico seguía corriendo y que preferiría que la fecundara durante la primavera, si encajaba en sus planes.

Robby me tendió una tablet para que pudiera pasar las fotos que Kelly había enviado.

—Bien —dije pensando en alto—, ¿significa esto que estamos en nivel de amenaza naranja?

—Teniendo en cuenta los cachorros y los corazones, yo creo que seguimos en nivel amarillo.

—Los desnudos son un pelín amenazadores.

—Tienes razón.

—Pero no lo ha amenazado —intervino Taylor—. Por lo menos, ella no.

—Aparte de... —Pensé en cómo demonios llamarlo—. ¿La fecundación bajo coacción?

—Esa parte es preocupante —convino Robby.

—Y el hecho de que ahora sepa que Jack está en Houston, también —dijo Taylor.

—Y que conozca su dirección —añadí.

Psicoanalizamos a la Mujer Corgi durante un rato, tratando de evaluar el peligro que representaba, y, seguidamente, modificamos los protocolos para la casa de Houston. Kelly ya había archivado el informe policial e iniciado los trámites para una orden de alejamiento. También era necesario cambiar el Range Rover por un coche de otra marca y color.

Para cuando abandoné el cuartel general empezaba a oscurecer.

No había llegado a la verja de los Stapleton cuando Robby me gritó:

—¡Eh, Glenn al teléfono!

Me había olvidado de Glenn. Sin embargo, se había hecho tarde. Connie se habría levantado de su siesta y necesitaría algo en el estómago antes de la próxima ronda de medicamentos.

—¿Sabes qué? —dije—. Ya lo llamaré más tarde.

Y así fue como, sin darme cuenta, decidí quedarme.

Subía por el camino de grava mirando a un lado y otro por si aparecía alguna res cuando vi a Jack salir corriendo de la casa para recibirme. Sin romper el paso, me dio alcance y me estrechó entre sus brazos.

—¿Dónde te habías metido? —preguntó apretándome con fuerza—. Estaba preocupado.

—Tuve que ir al cuartel central.

Notaba los latidos de su corazón. Parecía un poco acelerado.

Por un segundo pensé que era real. Me dejé llevar como se hacía en los momentos reales… Hasta que decidí que debía cerciorarme antes de disfrutarlo demasiado.

—¿Qué haces? —pregunté con el rostro pegado a su hombro y la voz amortiguada por su camisa.

—Mis padres están mirando —dijo Jack.

Ah. Entendido. Le devolví el abrazo, pero ahora no lo hacía de verdad.

Cuando finalmente me soltó, regresamos a la casa cogidos del brazo, también de mentira.

—Por cierto, no puedes escaparte al río por las mañanas sin mí.

—¿Por qué no?

—Si te hubieras leído el manual, sabrías que no debo separarme de ti ni un momento.

—No pienso leerlo.

—Además, ¿qué haces lanzando pelotas de golf al río? Acabarás atragantando a un delfín.

—Se disuelven en el agua.

—Eso es falso.

—¿Tan malo es querer una o dos horas para mí?

—Sí.

—Tú quédate durmiendo y no te preocupes.

—Tengo que preocuparme. Forma parte de mi trabajo.

—Te propongo algo —dijo entonces Jack—. Dejaré de escaparme al río cuando me digas qué canción es esa que siempre andas tarareando.

—¿De qué hablas?

—De la canción que tarareas todo el rato. ¿Cómo se llama?

—Yo no tarareo nada.

—Ya lo creo que sí.

—Creo que, si tarareara una canción, lo sabría.

—Pues está visto que no.

Fruncí el entrecejo.

—¿Tarareo algo…? —Traté de recordar alguna ocasión en la que lo hubiera hecho.

—Cuando estás en la ducha —dijo Jack como si eso pudiera refrescarme la memoria—. También cuando te sirves el café, y cuando caminas. A veces cuando te cepillas los dientes.

—¿Qué…? No sé si creerte.

Jack arrugó la frente.

—¿Crees que me lo estoy inventando?

—Solo digo que creo que me daría cuenta.

Nos quedamos callados mientras nos aproximábamos a la casa, y se me pasó por la cabeza introducir la mano en el bolsillo trasero de su pantalón, a modo de pequeño homenaje al desamor y a mis dos ex y a lo cruel que era la vida.

Aunque probablemente me estaría extralimitando si lo hiciera.

Después de cenar me llevé a Jack al fondo del jardín para informarlo en privado sobre la situación corgi.

Al lado del granero había un corral de caballos con un banco donde podríamos sentarnos. Saltamos la valla y nos instalamos cerca del abrevadero mientras ponía a Jack al corriente de lo sucedido sin que nadie pudiera oírnos.

Hablar a los clientes sobre las amenazas es un arte. Un equilibrio delicado que busca informarlos sin alarmarlos. O, más exactamente, alarmarlos lo justo para obtener su atención, cooperación y compromiso sin meterles el miedo en el cuerpo.

Jack no se alarmó lo más mínimo. De hecho, en cuanto pronuncié la palabra «desnudos», empezó a reír.

—Oye —dije—, no tiene gracia.

Jack se recostó en el banco y alzó la cara hacia las estrellas con los hombros temblando. A continuación, se inclinó hacia delante y hundió la cara en las manos.

—Lo siento —dijo al rato, enjugándose las lágrimas—. Es por los desnudos. Y los mensajes. Y la frase... —Pero la risa era más fuerte que él—. Y la frase... —probó de nuevo, pero fue incapaz de conseguir terminar—. Y la frase —dijo más fuerte en esta ocasión, como dándose la orden de serenarse—, la frase «si encaja en tus planes».

Esta vez se desplomó hacia delante con todo el torso convulsionando.

Es superdifícil no reírse cuando tienes a alguien partiéndose el pecho delante de ti. «Esto es serio», me recordé. «Mantén la concentración». Entonces dije, toda profesional:

—Probablemente deberías echar un vistazo a todo.

—Los desnudos, no —dijo, riendo más fuerte—. No me obligues a verlos.

—Tienes que tomarte esto en serio —dije, tratando de serenarlo con mi tono de voz.

—El jersey me lo quedo —declaró secándose los ojos—. A mi madre le encantan.

Negué con la cabeza.

—Hemos requisado todo como prueba.

Eso le hizo estallar de nuevo. Se dobló en dos, corto de aire.

—Nunca he conocido a nadie que se ría tanto —dije al rato. Él seguía.

—Yo nunca me río. Llevo años sin reírme.

—Ahora mismo te estás riendo.

Al oír eso se incorporó, como si no se hubiera percatado.

Qué irónico. Decirle que estaba riendo fue lo que hizo que dejara de hacerlo.

—Supongo que sí —respondió, como si no pudiera creerlo—. Vaya.

—Te ríes todo el rato —dije, sorprendida de que no supiera eso de él—. Te ríes de todo.

—Especialmente de ti —señaló.

Le eché una mirada en plan «Gracias».

Me observó con detenimiento, como si estuviera cayendo en la cuenta de que lo que acababa de decir era cierto.

—No puedes ignorar esas amenazas —le advertí, lista para embarcarme en un apasionado sermón sobre cómo las amenazas pequeñas podían crecer hasta convertirse en amenazas grandes.

Sin embargo, justo entonces algo inesperado me hizo perder el hilo de mis pensamientos.

Un caballo entró en el corral donde estábamos sentados.

Un caballo.

Un caballo blanco y castaño acababa de cruzar la verja abierta del corral y se dirigía hacia nosotros. Como caído del cielo. Lo juro. Un caballo sin ensillar.

Me puse rígida y Jack lo notó.

—No me digas que también te dan miedo los caballos.

—No —respondí por principio—, pero ¿qué hace aquí?

—¿Que qué hace aquí? Vive aquí.

Lo observé mientras se acercaba. Para ser exactos, mientras se acercaba a Jack. Se detuvo delante de él y bajó el hocico aterciopelado hasta la altura de su nariz. Debía reconocer que con los caballos pasaba lo mismo que con las vacas: parecían mucho más pequeños en la tele.

La cara de esa cosa tenía el tamaño de una maleta.

Había visto los caballos, por supuesto…, desde lejos. En su recinto. Donde parecían… menos grandes.

Jack me había explicado el primer día que sus padres habían adoptado media docena de caballos viejos sin hogar que necesitaban un lugar agradable donde vivir.

«Han montado una especie de residencia para caballos», había dicho.

Lo cual era genial, en teoría.

Todo es muy divertido hasta que tienes un par de gigantescos orificios nasales justo delante de la cara.

—Hola, amigo —dijo Jack al caballo, levantando la mano para acariciarle el hocico—. Esta es Hannah. No la muerdas.

Entonces se levantó y regresó con una bolsa de granos de avena. Se sentó de nuevo a mi lado, metió la mano en la bolsa y sacó un puñado. Abrió la palma y el caballo hundió en ella sus labios vellosos y aspiró hasta el último grano.

—Te toca —dijo Jack a continuación, ofreciéndome la bolsa.

—No, gracias.

Jack ladeó la cabeza.

—Eres la persona con el trabajo más peligroso que conozco y te dan miedo los labios de un caballo.

—No son los labios, son los dientes —dije, y Jack empezó a reírse—. ¿Lo ves? Ya estás riéndote otra vez.

—¿Lo ves? —replicó, como si yo tuviera la culpa—. Eres tú la que me hace reír.

Jack dio al caballo el siguiente puñado. Luego se volvió hacia mí y se puso a cacarear como una gallina.

—Está bien, vale —dije finalmente.

Metí la mano en la bolsa, la cerré alrededor de un puñado de granos de avena y la acerqué al caballo.

—Mantén la mano plana —me aconsejó Jack—, para que no te coma los dedos.

—No estás ayudando —dije mientras el animal paseaba los labios por mi palma hasta dejarla limpia.

—¿A que hace cosquillas? —preguntó Jack.

—Es una manera de describirlo.

—Se llama Clipper —me explicó entonces—. Es un caballo de circo retirado. —Yo miré a Clipper con renovado respeto—. Lo adoptamos cuando yo aún iba al instituto —continuó Jack—. Tenía solo ocho años. Sufrió una lesión lo bastante grave para tener que retirarse…, pero por lo demás estaba estupendo. Pasé el último curso haciendo piruetas con él. —Le dio unas palmaditas en el cuello—. Ahora ya está viejo.

—¿Qué clase de piruetas? —pregunté.

Sin decir palabra, Jack cogió un cabestro del cuarto de arreos y lo pasó por la cabeza de Clipper. Luego me hizo señas para que lo siguiera mientras conducía al caballo hasta la verja y entraba en el potrero.

Me detuve en la verja y observé a Jack darse impulso y saltar sobre el lomo desnudo de Clipper, y el caballo, como si supiera lo que tenía que hacer, pasó al trote y de ahí a un galope suave.

La cerca que rodeaba el potrero tenía forma ovalada y siguieron el perímetro. Jack sujetaba el ramal con una mano, pero en realidad no necesitaba guiarlo.

—¿Cómo es que nunca has hecho una película de vaqueros? —quise saber.

—Curioso, ¿verdad? En mi currículum aparece que monto a caballo.

—¿Necesitas un currículum?

—No, pero aun así.

—¡Pues deberías hacer una! Es un desperdicio de tu talento.

—De acuerdo —dijo Jack—. Si algún día hago otra película,

será de vaqueros. —Me disponía a preguntarle si algún día haría otra película cuando anunció—: Prepárate.

Y dicho esto, se inclinó hacia delante y agarró sendos mechones de pelo de la base de la crin de Clipper... y ni siquiera sé cómo describir lo que hizo a continuación. Sin que el caballo rompiera el galope, Jack se arrojó por el costado izquierdo, aterrizó en el suelo con los dos pies, rebotó de nuevo hacia arriba, cruzó por encima del lomo del caballo, descendió por el costado derecho y realizó el mismo rebote. Y así continuó, derecha e izquierda, rebotando de un lado a otro como si fuera un eslalon gigante.

Yo estaba tan atónita que ni siquiera podía hablar. Solo podía boquear.

Tras una vuelta completa, Jack se sentó de nuevo en el lomo de Clipper y se volvió hacia mí para ver mi reacción. Clipper seguía corriendo a medio galope.

—¿A que mola? —dijo Jack.

—¡Ten cuidado! —fue lo único que pude farfullar.

—Esto no ha sido nada —dijo entonces Jack, que parecía complacido con mi preocupación—. Ahora verás.

Y antes de que pudiera detenerlo, sujetando todavía el ramal, Jack apretó las manos contra las cruces de Clipper, se inclinó hacia delante y plantó las deportivas sobre el lomo del caballo. Luego, lentamente, mientras Clipper mantenía el galope, se puso de pie.

¡Se puso de pie!

Con las rodillas dobladas y los brazos abiertos, como un surfista.

Y Clipper que no paraba de dar vueltas por el potrero.

—Increíble, ¿eh? —dijo Jack al ver que mi pasmo mudo se alargaba—. Todo lo hace Clipper. Mantiene el paso estable y no se asusta por nada. Puedes hacer cualquier cosa. Colgarte de su cuello, hacer el pino...

—¡No hagas el pino! —grité.

—No —dijo Jack—, haré algo mejor.

Y sin darme tiempo a responder, Jack se puso de cuclillas —sin que el caballo perdiera el paso ni un segundo—, retrocedió y realizó un salto mortal hacia atrás desde la grupa, soltando el ramal en el proceso y aterrizando de pie.

—¡Ay, Dios! —grité, y no en el buen sentido.

Jack hizo una reverencia, se volvió hacia mí disfrutando de mi pánico y dijo:

—Llevaba muchísimo tiempo sin hacerlo. Mañana tendré agujetas.

—¡Se acabaron los saltos mortales! —declaré, como si estuviera estableciendo una norma.

Jack parecía muy satisfecho de sí mismo.

—Me tienes dándote un espectáculo privado.

—No es necesario —dije—. No quiero que me des ningún espectáculo.

Pero Jack estaba acercándose a Clipper, que se había detenido en cuanto él aterrizó en el suelo y estaba mirándonos ahora con sus largas y oscuras pestañas.

Recogió el ramal y echó a andar con el caballo hacia mí.

—Tu turno —dijo.

—No, gracias.

—Mira que eres miedica. ¿Cómo es posible con el trabajo que tienes?

—No sé montar —dije mientras Jack seguía acercándose—. Sé hacer otras cosas. Sé conducir marcha atrás en la autopista. Sé bajar de un tejado en rappel. Sé pilotar un helicóptero.

Por lo general, ¿me gustaban los retos nuevos? Ya lo creo que sí, pero ya tenía suficientes habilidades. O puede que simplemente no quisiera hacer más el ridículo delante de Jack.

—Entonces, esto será pan comido —me aseguró él.

Negué con la cabeza.

—No hace falta.

Jack y el caballo estaban ahora justo a mi lado.

—Solo un paseíto —me engatusó—. Sin piruetas. Algo tranqui. Te encantará. Solo tienes que sentarte, yo llevaré el ramal.

Contemplé al caballo. Luego contemplé a Jack.

Él cruzó los dedos y se inclinó para ofrecerme sus manos como estribo.

—Agarra un buen puñado de crin y dame tu pie —dijo.

Titubeé.

—Co, co, co... —cacareó Jack en voz baja.

Suspirando, subí el pie hasta sus manos.

—¿Por qué cacarear como una gallina te funciona conmigo? ¿Por qué todo lo que haces te funciona conmigo?

No tuve tiempo de preocuparme por haber confesado más de la cuenta porque Jack ya estaba impulsándome desde el costado del caballo.

—Eso es —dijo trasladando las manos a mis caderas y aupándome el trasero mientras yo pasaba la pierna por encima del lomo—. ¿A que no era tan difícil?

Me alegré mucho de haberme puesto vaqueros.

Intenté sentarme derecha, como había hecho Jack, hasta que me percaté de la enorme altura que me separaba del suelo. Era como estar sobre un trampolín.

Me recosté sobre la barriga y me abracé al cuello de Clipper.

—¿Puedes pilotar un helicóptero —dijo Jack—, pero no puedes sentarte sobre un caballo?

—Los helicópteros tienen cinturones de seguridad —me defendí.

—Esto no es ingeniería aeroespacial.

—Relájate, jinete. Que tú seas el Simone Biles de la gimnasia ecuestre no significa que los demás tengamos que serlo también.

Me volví hacia Jack, que había empezado a reírse. Otra vez.

—Deja de reírte —dije.

—Deja de hacerme reír —dijo él.

Empezamos entonces a caminar, y lo cierto es que no fue tan terrible. El paso de Clipper era muy tranquilo. Yo seguía agarrada a su cuello y Jack seguía sujetando el ramal.

—¿Cómo es que no te has montado antes en un caballo? —preguntó él por encima del hombro, después de un minuto de silencio.

—Sí he montado —dije—. Una vez cuando era niña, en unas vacaciones.

A lo mejor fue el ritmo reconfortante del paseo. O el olor equino y salobre. O el ligero chacoloteo de los cascos sobre la tierra del potrero. O el movimiento del cuello de Clipper al balancear la cabeza de un lado a otro. O su peso sólido oscilando debajo de mí. O su bufido al soltar una sonora exhalación. O incluso, para ser sincera, el hecho —cada vez que echaba una ojeada— de ver a Jack delante, sujetando el ramal de una manera tan relajada, casi delicada, y caminando a un ritmo tan reconfortante.

Pero el caso es que dije:

—Fueron las últimas vacaciones que pasamos juntos antes de que mi padre se largara. De hecho, se marchó en mitad de las vacaciones. Discutieron, él se fue y no volví a verlo.

—¿No volviste a verlo? ¿Nunca?

Negué con la cabeza.

—Nunca, aunque tampoco lo busqué.

—¿Crees que algún día lo harás?

—No —respondí. Me percaté de que Jack estaba dudando si preguntar por qué—. Nos iba mejor sin él —dije.

No era cierto, evidentemente. Nos iba mucho peor sin él. Y esa era justamente la razón por la que nunca quedaría con él para tomar un café y hablar de trivialidades. Cuando nos destrozó la vida, renunció a todos sus derechos en el futuro.

—Guau —dijo Jack.

—Ya —dije, y en ese momento Clipper se detuvo.

Cuando levanté la vista, el semblante de Jack era todo empatía, como si no solo hubiera oído sino sentido lo que acababa de contarle.

Jamás le había contado a nadie esa historia. De hecho, casi la había olvidado.

El semblante de Jack mientras me escuchaba era tan franco, y tan comprensivo, y parecía transmitir de una manera tan contundente que estaba «de mi lado» que, en ese momento, pese a todas mis reglas, el recuerdo se compartió solo. Yo no era dada a compartir. No compartía cosas ni con los no clientes, y menos aún si eran dolorosas. No obstante, de repente entendí por qué la gente lo hacía. Producía un gran alivio. Era como sumergir los pies en agua fría un día caluroso.

Y eso fue una auténtica revelación para mí.

De repente tenía la sensación de que podía pasarme la noche compartiendo cosas con Jack.

Mirando atrás, quizá lo hubiera hecho, pero un desastre me salvó de ello.

Porque, justo en ese momento, oímos unos gritos apremiantes cerca de la casa.

Jack desabrochó el cabestro y me ayudó a bajar antes de que pudiéramos siquiera distinguir las palabras. Echamos a correr en la dirección de la voz y saltamos la valla para cruzar el jardín.

Era Hank gritando en la oscuridad.

—¡Jack! ¡Jack! —Y luego—: ¿Dónde estás? ¡Jack!

Cuando llegamos, se volvió hacia nosotros con los ojos desorbitados.

—¿Qué ocurre? —jadeó Jack.

—Es mamá —respondió él—. Se ha desmayado.

18

En el campo no pides una ambulancia. Vas directamente al hospital.

Mientras cruzábamos el jardín a la carrera, Jack me gritó «¡Coge las llaves!» y fui capaz de acercar el Range Rover hasta el porche lateral justo cuando él salía con su madre en brazos. Hank y Jack instalaron a Connie en el asiento de atrás al tiempo que Doc subía por el otro lado para sostenerle la cabeza en su regazo.

Mientras Hank corría hasta su camioneta y Jack se montaba en el asiento del copiloto, Doc preguntó:

—¿No conduces tú?

—Créeme, mejor que lo haga Hannah.

El hospital estaba a veinte minutos y yo no tenía ni idea de cómo se iba. Los hombres tuvieron que indicarme el camino con: «¡A la izquierda después del tractor! ¡A la derecha en los *longhorns*! ¡No te saltes el stop!». Aun así, llegamos en quince minutos.

Los dejé en la entrada de urgencias y no fue hasta que el Destructor cruzó las puertas con su madre inconsciente en brazos cuando caí en la cuenta de que no llevaba gorra. ¿Cómo iba a ocultar su rostro mundialmente famoso sin ella? Las gafas torcidas no bastarían.

Llamé a Robby desde el aparcamiento y lo puse al corriente. Le ordené que llamara a admisiones para conseguirnos una sala de espera privada y que nos trajera «artículos para incógnito» lo antes posible.

—¿Como qué?

—¡Yo qué sé! ¿Un sombrero? ¿Un periódico grande? ¡Échale imaginación!

Cuando entré me pasé por la tienda de regalos, pero estaba cerrada.

Para cuando di alcance a Jack, ya era demasiado tarde. Hank y él estaban discutiendo en el pasillo junto a la sala de espera y todo el mundo estaba mirando-haciendo-ver-que-no-miraba.

—Yo me ocupo a partir de aquí —estaba diciendo Hank.

—Ni siquiera sabemos qué le pasa.

—Vete a casa y te llamaré cuando sepa algo.

—La cosa no funciona así.

—La cosa funciona como yo diga.

—Me quedo.

—Te vas.

—No eres quién para decidir eso.

—Y tú menos todavía.

—Estás loco si crees que voy a dejar a mi madre inconsciente en urgencias e irme a casa a ver la tele.

—Y tú estás loco si crees que voy a pasar contigo un segundo más de lo necesario.

Jack se estaba esforzando por no alzar la voz, pero eso solo hacía que aumentara la presión.

—¡Yo no pedí venir a casa!

—Pero viniste de todos modos.

—¿Qué otra opción tenía?

—Siempre hay otra opción.

—No siempre.

Hank estaba ahora avanzando hacia Jack. Sus voces sonaban

quedas y tirantes, pero el lenguaje corporal de ambos era ensordecedor.

—Deja de actuar como si merecieras estar aquí. Sabes cómo eres y sabes lo que hiciste. Has renunciado al derecho de formar parte de esta familia. Yo estoy aquí, cada día, recogiendo los pedazos de todo lo que destrozaste. Esta es mi familia, no la tuya, y si te digo que te largues, te largas.

Hank había estado alzándose como una ola lista para caer en picado. Rogué que Jack levantara las manos, diera un paso atrás y calmara las aguas, pero hizo todo lo contrario.

—Que te jodan.

Era justamente la señal que Hank había estado esperando. Levantó el puño como un arquero listo para disparar…

Pero yo me interpuse y se lo agarré. Le cogí de la muñeca, para ser precisos, y se la retorcí. Hank soltó un gemido de dolor.

Puedo decir, sin temor a equivocarme, que no lo había visto venir. Tampoco Jack. La sorpresa rompió la tensión del momento.

—No vais a pegaros aquí —dije.

Durante el silencio que siguió, los murmullos de la sala de espera fueron en aumento.

Cogí fuertemente a los dos por el codo y doblé con ellos la esquina en dirección a las máquinas expendedoras. Fuera cual fuese el motivo de su pelea, era más grande que este momento en concreto, pero este momento era lo único que yo podía resolver.

—Jack, tú te vienes conmigo —dije. Y antes de que pudiera protestar, añadí—: Toda la sala de espera te está mirando.

—¿Crees que eso me importa ahora mismo? La gente siempre me mira. —Tenía el semblante tenso.

—Te entiendo, pero sí importa.

—Aquí lo que importa es mi madre.

Me volví hacia Hank.

—Ve con tus padres. Nos reuniremos contigo dentro de un rato.

Sin embargo, Hank no necesitaba mis instrucciones ni mi permiso. Después de parpadear un segundo, como diciendo «¿Tú de qué vas?», se dio la vuelta y se marchó sin otra palabra.

—Tenemos que esconderte en una habitación —le dije a Jack.

—Eso es justo lo que intentaba hacer —replicó Jack con la voz tensa como una cuerda de guitarra—, pero Hank se negó a decirme el número.

Arrugué el entrecejo.

—¿Por qué?

—Porque es un capullo.

En ese preciso instante una pandilla de adolescentes giró por el fondo del pasillo.

Instintivamente, agarré a Jack de la nuca y bajé su cara hasta mi hombro.

—Mantén la cabeza gacha —le susurré al oído sin apartar los ojos de la pandilla—. Finge que te estoy consolando.

Jack no se resistió. Hundió la cara en la curva de mi cuello y lo atraje hacia mí con los dos brazos para cubrirlo al máximo.

Justo cuando las chicas pasaban por nuestro lado noté que los brazos de Jack me rodeaban la cintura y me apretaban con fuerza.

—¡Eh! —susurré cuando las chicas se alejaron.

—Dijiste que fingiera. —Su aliento me hizo cosquillas en el cuello.

—Pero no tanto.

—En realidad, no tengo que fingir mucho. Eres muy reconfortante.

Me aparté para examinar el pasillo. Despejado en ambas direcciones.

—Lo mejor será que te vayas —dije.

—¿Te estás poniendo de parte de Hank?

—Si te quedas, saldrás por todo internet. Ni siquiera llevas gorra.

Aunque yo tenía razón, Jack sacudió la cabeza.

—No me iré hasta que sepa cómo está mi madre.

No podía decirle que no a eso.

Busqué la puerta de las escaleras y entramos.

—¿Puedes esperar aquí? Averiguaré dónde está tu madre y valoraré la mejor ruta para llevarte hasta ella.

—Me parece increíble que no estés de coña.

—Quédate aquí y no crees problemas.

Cuando asomé la cabeza por la puerta de las escaleras, divisé al mismo grupito de adolescentes. Habían dado la vuelta a la planta y estaban regresando en nuestra dirección. ¿Qué demonios hacían aquí? Nos miramos y me percaté de que tenían los móviles fuera.

Reculé como una bala, agarré a Jack de la mano y eché a correr escaleras arriba.

—¿Qué ocurre? —preguntó.

—Nos persigue una pandilla de adolescentes —dije, consciente de lo ridículo que eso sonaba.

Ahora en serio: no hay nada peor que una manada de gente joven con móviles para hacer correr la voz sobre el avistamiento de una celebridad.

—Vamos, corre —dije.

En la última planta, salimos al pasillo y pusimos rumbo a los ascensores. Por el camino vi un cuartito con un letrero que rezaba SUMINISTROS. Tiré de Jack, entramos, cerré la puerta y me apoyé en la hoja. Siguiendo mi ejemplo, Jack hizo lo mismo y apretó el talón de su deportiva contra la puerta.

Permanecimos así un minuto, resollando el uno junto al otro, antes de advertir que en los estantes había toallas y ropa quirúrgica.

—Creo que ya sé cómo vamos a sacarte de aquí —susurré.

—¿Cómo?

—Con esa ropa.

Jack siguió la dirección de mi dedo, pero mientras lo hacía oímos las voces de las chicas al pasar junto a la puerta.

—Cien por cien que era él.

—Totalmente, cien por cien.

—Pero esa no era Kennedy Monroe.

—Fijo que no.

Contuvimos el aliento, esperando que de un momento a otro las chicas probaran el picaporte.

No lo hicieron.

Cuando regresó la calma, me abalancé sobre la ropa quirúrgica.

—¿Qué talla tienes? —susurré mirando a Jack de arriba abajo.

—No pienso irme —dijo—. Ni siquiera sabemos aún qué le ocurre a mi madre.

Mientras lo decía le entró un mensaje en el móvil. Era de Hank. Por lo visto, había recuperado el número de su hermano.

«No te encuentro. Mamá está bien. Creen que está deshidratada. Posible vértigo. Ahora reponiendo líquidos. Mucho mejor. Se queda esta noche en observación. Vete a casa».

Jack alzó el móvil para que lo leyera.

—Ajá.

Soltó un largo suspiro y cerró los ojos unos instantes.

—Parece que nos vamos a casa, después de todo.

—¿Sabes? —dije, esperando el acostumbrado muro—. Me ayudaría mucho saber qué pasa entre vosotros dos.

Sin embargo, esta vez Jack me sostuvo la mirada.

—Hank me odia porque no soy Drew. Porque Drew murió y yo sobreviví.

—¿Eso es todo? —pregunté.

—Es una parte.

Me sentí como una antropóloga. ¿En eso consistía compartir? ¿Me había ganado que Jack compartiera algo suyo al ofrecerme a compartir algo mío? Fuera como fuere, asentí, como diciendo «Continúa».

Para mi sorpresa, lo hizo.

—Yo era el tonto de la familia. Drew y Hank eran los listos, así que pasaban mucho tiempo juntos haciendo cosas de listos. Yo tenía TDA, dislexia y disgrafía. El paquete completo.

—Nada de eso te convierte en tonto.

—Para mí sí, y también para mis profesores. De modo que me convertí en el payaso de la clase. Hank y Drew eran Eagle Scouts y sacaban sobresalientes. Y yo... no.

—¿De ahí el mal rollo entre Hank y tú?

Jack suspiró.

—Yo siempre fui una especie de oveja negra. Hank se quedó aquí y pasó a dirigir el rancho. Drew estudió veterinaria y se puso a trabajar con mi padre. Yo fui el único que se marchó. Estaba más unido a Drew que a Hank porque siempre lo hacía reír. Y Drew era capaz de ver que se me daban bien otras cosas. Él era mi parachoques frente a mi familia, pero cuando murió... ya no había nadie que intercediera por mí.

Asentí.

—Drew era importante para ti.

—No sé cómo estar en esta familia sin él.

Tuve la sensación de que esa no era toda la historia, pero era un comienzo.

Entonces caí en la cuenta de algo positivo y exclamé:

—¡Oye, esta noche has cruzado un puente en coche! Sin pararte a vomitar.

Jack también se había percatado.

—Sí.

—¿No es un gran paso?

Jack ladeó la cabeza.

—No he parado a vomitar en ese momento, es cierto. Vomité más tarde, en los baños de urgencias.

Ah. Lo observé detenidamente, ahí de pie, guapo a rabiar. Qué fácil es pensar que otras personas lo tienen fácil.

—No importa. —Levanté el puño en señal de victoria—. Que pudieras retardarlo es todo un paso.

Le lancé la ropa quirúrgica junto con un gorrito, y mientras él se cambiaba y yo procuraba no mirar, busqué en los estantes algo más que pudiera ayudar a ocultar su identidad. Encontré una caja de esas gafas oscuras desechables que te dan después de dilatarte los ojos y me volví sosteniendo unas en alto, en plan «¿Qué te parecen?».

No podría haber elegido peor momento para darme la vuelta. Jack estaba quitándose la camiseta en ese preciso instante y mis ojos tropezaron con su torso desnudo.

Los cerré de golpe.

—Está claro que detestas verme sin camiseta —dijo mientras se ponía la bata quirúrgica.

—Es como mirar al sol —dije.

—Quizá deberías ponerte tú esas gafas.

—Quizá.

Acto seguido, preguntó:

—¿Como mirar al sol en el buen sentido o en el mal sentido?

—En ambos —respondí, revolviendo ahora los estantes.

—No es una respuesta.

—Se me ocurre una idea —dije tras una pausa—. Llevo un lápiz de ojos en el bolso. Podríamos pintarte un bigote.

El silencio se apoderó del cuartito. Se alargó tanto que tuve que volverme de nuevo.

Y allí estaba Jack, doblado hacia delante —con bata quirúrgica, sus bóxer y una pierna a medio meter en el pantalón— tan muerto de la risa que no emitía ningún sonido.

Ninguno. Se estaba riendo tanto que ni siquiera hacía ruido.

Finalmente, alzó el rostro hacia el techo para inspirar hondo.

—¿Quieres pintarme un bigote? —preguntó.

—Oye —dije—, estoy intentando aportar soluciones creativas.

Él seguía partiéndose.

—¿Puedes pintarme un monóculo también? ¿Y una nariz de gatito?

—Ponte el pantalón —le ordené, poniendo voz de hartazgo.

Aunque lo cierto era que me resultaba cada vez más irresistible. Me entraron ganas de reír también. Pero me contuve.

19

Pensé que, después de la escena en el hospital, las cosas no tardarían mucho más en estallar. Esperamos durante días que en internet aparecieran fotos de Jack y Hank en la sala de espera.

Sin embargo, no pasó nada.

Con el paso de los días fui respirando un poco mejor, si bien la mera posibilidad de que las fotos salieran a la luz significaba que estábamos atrapados en el rancho más que nunca, porque ahora realmente teníamos que evitar ser vistos.

Y ahí estaba el problema: me gustaba estar en el rancho.

En teoría, sabía que debía permanecer alerta. Pero en la práctica eran verdaderamente unas vacaciones forzosas.

Existe una razón por la que la gente toma vacaciones, supongo: es porque funcionan. Lentamente, sin pretenderlo y absolutamente contra mi voluntad... me relajé. Un poco.

Fuimos estableciendo una rutina. Connie regresó con un diagnóstico oficial de vértigos por deshidratación y adquirió el compromiso de hidratarse. Doc se desvivía por ella; le llevaba mantas y le preparaba infusiones. Hank y Jack mantenían una tregua recelosa para no disgustar a sus padres. Yo contribuía preparando las comidas, regando el huerto de Connie y recogiendo flores para repartirlas por la casa. Era un estilo de vida campestre placentero y alegre que hacía que el mundo real semejase un universo aparte. En el mejor de los sentidos.

Hank intentaba redimirse trayéndome brócoli, coles de Bruselas y calabacines del huerto y lavándolos en el fregadero. Por muy cruel que fuera con Jack, jamás era cruel conmigo, y yo no podía sacudirme la sensación de que tenía que hacer un esfuerzo para mantener viva esa rabia hacia su hermano.

Como si no formara parte de él.

De hecho, ambos chicos se desvivían por cuidar de Connie, asegurándose de que estuviera bien de una manera casi competitiva, como si fuera una especie de concurso del Mejor Hijo.

No había duda de que Connie estaba bien atendida. Mejoraba cada día.

Después de un chequeo en la ciudad, le dieron la noticia de que el área estaba cicatrizando bien.

Seguía yendo siempre en bata —decía que tal vez nunca volviera a la ropa de calle—, pero cada vez pasaba menos tiempo en la habitación dormitando.

Cuanto menos enferma se encontraba, más salía a la luz su personalidad. Por ejemplo, me enteré de que le gustaba tejer jarapas con retales viejos. Leía a la velocidad del rayo y podía terminarse un libro en un día. Y, al parecer, el verano previo se había hecho un desgarro en la rodilla cuando se entusiasmó en exceso escuchando música mientras trajinaba en casa y se puso a bailar el cancán. Lo llamaba la «lesión del cancán» y a veces aún le daba guerra.

Además, tenía cuatrocientas gafas de lectura. Estaban por todas partes. En los armarios, entre los cojines del sofá, dentro de cuencos en el porche, sobre la mesa de la cocina. Llevaba unas colgadas del cuello con una cadena y tenía por lo menos dos sobre la cabeza en todo momento.

—Esta soy yo ahora —decía—. Hay destinos peores.

También tenía una afición sorprendente. Restauraba muñecas viejas y las donaba al hogar de acogida de mujeres. Poseía toda una colección espeluznante que había rescatado de tiendas solidarias, muñecas que casi parecían una Barbie que se hubiese sometido a una cirugía estética extrema para dejarse unos ojos de gato pintarrajeados y unos labios gigantes superhinchados. Supuestamente eran «adolescentes» e iban dirigidas a niñas pequeñas, pero en realidad parecían estrellas mutantes del porno.

¿Y qué hacía Connie con ellas? Les borraba la cara.

Frotaba sus facciones con acetona hasta dejarlas completamente vacías y empezaba de cero, repintándolas para que parecieran, esta vez, niñas normales. Ojos grandes. Sonrisas dulces. Pecas. Les trenzaba el pelo y les hacía ropita. Les daba la oportunidad de una nueva vida.

¿Cómo no iba a adorarla?

Doc también era adorable, por cierto.

Adquirió la costumbre de sentarse al fondo de la cocina y ponerme canciones de la colección de discos de la familia Stapleton mientras yo preparaba la cena. Cantar con Doc Stapleton los viejos éxitos se convirtió en mi momento favorito del día.

A eso había que añadirle que Jack Stapleton sabía bailar. Has visto *Ritmo americano*, ¿verdad? ¿En la que hace de bailarín de salón? Pues no es un doble. Jack se aprendió todos los bailes. De modo que cuando oía a Sam Cooke en el tocadiscos, o a Rosemary Clooney o a Harry Belafonte, aparecía en la cocina y me sacaba a bailar.

Jack insistía en que era esencial para la relación de mentira.

—Es lo que hago con mis novias reales —me aseguraba.

En cualquier caso, yo no me resistía.

Si Jack Stapleton tenía que bailar conmigo el jitterbug cada vez que oía «Shake, Rattle, and Roll» y girarme y arrojarme hacia atrás y ponerme las manos por todas partes…, por mí, bien.

Era una farsa. Era una farsa. Todo era una farsa.

Pero parecía muy real.

No solo por Jack. Hank me ayudaba con semblante hosco a remover el compost. Doc me puso el apodo de Desperado y dejaba que lo ayudara a cepillar los caballos. Y a Connie le dio por darme abrazos… y yo no la frenaba.

Eso me hacía echar de menos a mi madre de una manera que jamás había creído posible. O quizá no a ella exactamente, sino a la persona que podría haber sido. La relación que podríamos haber tenido.

Siempre me había preguntado si las madres de los demás eran tan fantásticas como parecían. En el caso de Connie, tenía mi respuesta. Sí.

Me llevó poco tiempo sentirme parte de esa familia.

A pesar de todas sus tensiones y desazones, había olvidado lo agradable que era estar rodeada de todos esos vínculos superpuestos: de afecto, de recuerdos, incluso de frustración. A veces observaba a Connie atizar a Doc por hacerle un comentario mordaz a Jack y anhelaba más de eso, lo que quiera que fuera.

Me esforzaba por no enamorarme de todos ellos. Pero fracasaba la mayoría de las veces.

Sobre todo de Jack.

Me sucedía por cosas inesperadas: que aprovechara cualquier oportunidad para intentar hacer canasta en el cubo de la basura y fallara en cada ocasión. Que intentara entablar amistad con un cuervo colocando palomitas sobre la valla. Que hubiera decidido que la forma más higiénica de estornudar era meter la cara en la camiseta en el momento del estallido.

—¿Lo ves? —dijo una noche, durante la cena, después de estornudar dentro—. Así no se esparce.

Lo miramos de hito en hito.

—Pero acabas de estornudarte encima —señaló Hank.

Jack se encogió de hombros.

—La camisa se seca.

—Pero ahora tienes la barriga cubierta de mocos.

—No entiendes la finalidad. Mantiene los gérmenes a raya.

—Pero es asqueroso.

—Prefiero estornudar encima de mí que encima de otro.

—¿Son las únicas opciones?

Entonces Jack me miró como si fuéramos las únicas personas cuerdas en la estancia.

—De hecho, sí.

El caso es que tenía todas las cartas en mi contra.

En una misión normal te pasabas el día con los clientes, pero no así. Permanecías en segundo plano. Te mantenías en un rincón de la estancia y nadie reparaba en ti. Estabas cerca de ellos, pero no con ellos. No charlabas con ellos. No te gastaban bromas. No dejabas que te dieran coscorrones.

Esto era lo opuesto a una misión normal.

Jack y yo estábamos juntos a todas horas. Pescábamos en el estanque abastecido de lubinas. Explorábamos las tierras que rodeaban el brazo muerto. Paseábamos por la playa del río casi todos los días. Jugábamos a cróquet en el patio delantero. Lanzábamos herraduras. Nos empujábamos mutuamente en el columpio de neumático. Recogíamos peras, higos y mandarinas del jardín.

Mi actividad favorita era balancearme en los sofás colgantes que había fuera, frente a la ventana de la cocina. Jack y yo nos columpiábamos descalzos, sintiendo las briznas de hierba en las plantas de los pies, y dedicaba ese tiempo a hacerle preguntas tontas del tipo «¿Cómo es ser famoso?».

Ese tipo de preguntas, no obstante, le gustaban.

—La gente es simpática contigo sin razón —respondió. Luego se volvió y me miró directamente a los ojos—. Menos tú, claro. Tú no eres simpática.

Me impulsé hacia arriba con las piernas.

—Yo no —corroboré.

—Lo curioso —continuó impulsándose a su vez para alcanzarme— es que no es contigo con quien son simpáticos, sino con la fama. Creen que ya te conocen, pero tú no los habías visto antes, literalmente. Así que es algo unilateral por completo. Tienes que ir con cuidado para no ofenderlos o decepcionarlos, así que acabas pasando mucho tiempo siendo la versión más genérica de ti mismo. Y sonriendo. Sonriendo constantemente. A veces he llegado a casa después de una noche saludando a gente y he tenido que esperar varias horas para que los músculos de la cara dejaran de temblarme.

—Vaya —dije.

—No me estoy quejando —dijo entonces Jack.

—Lo sé.

—Es un trabajo fantástico. Te da libertad, dinero e influencia. Pero es complicado.

Asentí.

—Como todo.

—La gente que quiere ser famosa cree que lo que recibe es amor, pero no es así. Los desconocidos solo pueden querer una versión de ti. No es lo mismo que te quieran por tus cualidades que el que te quieran a pesar de tus defectos.

—O sea que mientras el país entero no haya visto tus calzoncillos tirados en el suelo del baño…

Jack asintió con firmeza.

—No es amor de verdad.

Me relajé unos instantes y dejé que mi sillón aflojara el ritmo.

Jack prosiguió.

—También te hace perder la perspectiva. Todos quieren estar contigo todo el tiempo, prestan atención a cada una de tus palabras y se ríen de todos tus chistes, aunque no tengan gracia, y eres el centro de cada situación en la que estás.

—No me parece tan terrible.

—Al final te acostumbras. Empiezas a olvidarte de reparar en los demás y preguntarles cómo están. Empiezas a creerte que eres especial. Todo el mundo te trata como si fueras la única persona que importa… y simplemente empiezas a pensar que es cierto. Y entonces te conviertes en un gilipollas narcisista.

—A ti no te pasó.

—Sí me pasó. Durante un tiempo. Pero estoy intentando dejar de ser así.

—¿Por eso decidiste apartarte una temporada del cine?

—Sí —dijo Jack—. Por eso y por la muerte de mi hermano.

Vale, sabía perfectamente que estaba dejándome confundir. Lo que pasaba es que no tenía ni idea de cómo frenarlo.

Y entonces un día, hacia el final de una mañana de jogging junto al río, Jack —mientras corríamos, no bromeo— dijo:

—He encontrado tu canción.

—¿Qué canción? —pregunté.

—La que tarareas siempre. —Sacó su móvil sin aminorar la marcha y la puso.

—¿Cómo la has descubierto? —pregunté.

—Te grabé sin que te dieras cuenta.

—Qué yuyu.

—El caso es que he resuelto el misterio —dijo Jack—. De nada.

Estábamos en la recta final, salvando los últimos cuatrocientos metros que quedaban hasta la casa por el camino de grava. Jack sostuvo el móvil en mi dirección mientras corría a mi lado.

En cuanto la música empezó a sonar, frené en seco.

¿Esa era la canción? ¿La que tarareaba siempre? Sabía cuál era.

Jack se detuvo a mi lado y dejó que siguiera sonando.

—¿La reconoces? —preguntó al momento, jadeando.

—Sí —me limité a responder.

Era de Mama Cass y se titulaba «Dream a Little Dream of Me». Cuando empezó a sonar otra vez, entoné la primera frase: «Stars shining bright above you…». Cuando yo era niña, mi madre la cantaba todo el tiempo: cuando fregaba los platos, cuando conducía, cuando me arropaba en la cama.

—¿Y qué pasa con ella? —preguntó Jack.

—Es solo una canción que conozco —dije.

—¿De qué la conoces?

—Mi madre la cantaba constantemente cuando yo era niña. Pero hacía años que no la escuchaba.

—Salvo todos los días, cuando la tarareas.

No se lo rebatí.

Cuando la canción terminó, Jack se guardó el móvil y el silencio se me antojó, de repente, abrumador.

—Creo que solo la cantaba cuando estaba contenta —dije. Jack asintió—. Si te soy sincera, no la recuerdo cantándola una sola vez después de que mi padre se marchara.

Jack asintió de nuevo, y mientras notaba la ternura en su forma de mirarme, también sentí un dolor creciente y penetrante en el pecho, como cuando se te hielan las manos y las metes en agua caliente. Era un dolor descongelante que me aguijoneaba detrás de la caja torácica y me subía hasta la garganta. Supongo que la única manera de que pudiera salir era disolviéndose en lágrimas.

Noté que me anegaban los ojos.

Me quedé muy quieta, pensando que si no me movía, Jack no se daría cuenta.

Pero claro que se dio cuenta. Estaba a veinte centímetros de mí, mirándome fijamente a los ojos.

—Cuéntamelo —dijo en voz baja. Permanecí callada—. Puedes contármelo —insistió—. No pasa nada.

«No pasa nada». Ignoro qué clase de magia inyectó en esas tres palabras, pero el caso es que cuando las dijo, le creí. Todo lo que me decía a mí misma sobre mostrarme profesional y estar alerta y mantener los límites, simplemente…, se esfumó con el viento. Eché la culpa al sol. Y a la hierba. Y a la suave brisa que acariciaba constantemente los prados.

Me rendí.

—Mi padre se fue cuando yo tenía siete años —dije con la voz quebrada— y mi madre empezó a salir con un tipo llamado Travis muy poco después, y… —¿Cómo describirlo?—. No era precisamente amable. —Hice una respiración trémula—. Gritaba mucho a mi madre. Se metía con ella y le decía que era fea. Bebía todas las noches, y ella empezó a beber también.

Discretamente, sin apartar la mirada, Jack tomó una de mis manos y la envolvió entre las suyas.

—La noche en la que yo cumplí ocho años —continué tras una larga y entrecortada inspiración—, él la pegó.

Jack mantuvo firme la mirada.

—Parecen insignificantes cuando las dices. Tres palabras rápidas y se acabó. Pero creo que para mí nunca se acabó. —Bajé la vista y cayeron más lágrimas—. Esa noche mi madre me estaba protegiendo. Habíamos planeado ir a comer pizza y tarta, pero en el último momento Travis decidió que no íbamos. Me enfadé tanto por la injusticia que me encerré en mi cuarto con un portazo. Travis me siguió. Nunca olvidaré sus pasos golpeando el suelo. Pero mi madre se interpuso. Se plantó delante de mi puerta y se negó a moverse hasta que Travis la tomó con ella en mi lugar. Yo me escondí en el armario y me hice un ovillo, pero podía oírlos. Lo más aterrador de los puñetazos era lo silenciosos que eran. En cambio, el llanto de mi madre era ensordecedor. Cuando la estampó contra la puerta, fue ensordecedor. Cuando cayó al suelo, fue ensordecedor.

»Me pasé la noche despierta y encogida en el armario, poniendo el oído e intentando averiguar si mi madre seguía viva. No pegué ojo ni un segundo. Cuando salió el sol, mi madre vino a buscarme. Tenía el labio partido y un diente roto. En cuanto le vi la cara, quise huir con ella. Hasta la última fibra de mi cuerpo quería escapar de allí.

»Pero cuando empecé a levantarme, mi madre me dijo que no con la cabeza. Se metió en el armario conmigo y me abrazó.

»"Nos vamos, ¿verdad?", le pregunté.

»Pero sacudió la cabeza.

»"¿Por qué?", pregunté. "¿Por qué no?".

»"Porque él no quiere que nos vayamos", dijo.

»Luego me envolvió con sus brazos y me meció de una manera que hasta ese momento siempre me había hecho sentir segura. Pero ya no me sentía segura. Creo que nunca he vuelto a sentirme segura, si te soy sincera, no del todo. Pero ¿adivina qué sigo haciendo ahora cuando estoy asustada?

—¿Qué? —preguntó Jack.

—Duermo en el armario.

Jack mantuvo sus ojos clavados en los míos.

—¿Te acuerdas del imperdible con las cuentas? Lo había hecho para ella ese mismo día. No tuve la oportunidad de dárselo. Cuando esa noche acabó, pensé que lo había perdido. Después de que muriera mi madre, hace no mucho, lo encontré en su joyero. Lo había guardado todos estos años. Al verlo sentí como si encontrara una pequeña parte olvidada de mí. Tenía intención de llevarlo siempre puesto antes de perderlo en el río, como si fuera un talismán que me ayudara a estar bien.

—Pero ahora estás bien.

Bajé la vista.

—¿Lo estoy? No lo sé. Antes de venir aquí, dormía en el suelo de mi armario cada noche desde que mi madre murió.

Jack levantó una parte no sudada de su camiseta para secarme la cara. ¿Acababa de llorar? ¿Otra vez? ¿Qué me estaba pasando?

—O sea que dormir en el suelo de mi cuarto es una mejora —dijo después con suavidad.

Le propiné un codazo y eché a andar.

Me dio alcance.

—Total —dije recuperando la serenidad—, que esa es la historia de la canción. Nunca volví a oír a mi madre cantarla después de esa noche. La había olvidado por completo.

—Por completo no —señaló Jack.

Y entonces, aunque no había nadie alrededor que pudiera vernos, me dio un abrazo.

20

Empezábamos a creer que habíamos logrado zafarnos en el hospital cuando una foto de Jack apareció en una página de cotilleos de internet.

¿Y qué pasó diez minutos después? Que estaba en todas partes.

Como era de esperar, estaba tomada en sala de espera de urgencias, y aunque a Jack se le veía algo lejos y de perfil, era perfectamente reconocible.

Aun así, internet tenía sus dudas. Comenzaron a surgir artículos del tipo «¿Qué está haciendo el mundialmente famoso Jack Stapleton en Katy, Texas?» y «Stapleton visto en un pueblo de mala muerte» y «Superestrella solitaria lleva su aislamiento a un nuevo nivel».

Algunos entusiastas detectives de la red encontraron fotos de Jack tomadas desde ángulos similares y las colgaron junto a la del hospital, analizando cada detalle con una precisión digna de Oliver Stone. ¿Realmente tenía esa forma el lóbulo de Jack Stapleton? ¿Era ese punto en el cuello una sombra o una peca? ¿Se trataba de la misma camiseta con la que había posado ante los paparazzi hacía dos Nocheviejas? Hicieron un trabajo admirable, la verdad fuera dicha. Glenn debería reclutar a unos cuantos.

Al final, la conclusión en internet fue unánime: sí, había atisbado al Destructor en un pequeño hospital de una ciudad minúscula de Texas. La pregunta para la que nadie parecía tener respuesta era «¿Por qué?».

Y con todo aquello, la exposición pública de Jack había subido el nivel de amenaza a naranja. Quizá un naranja claro —como el de un sorbete—, pero naranja al fin y al cabo.

El equipo tenía que evaluar ahora los comentarios en internet y seguirle el rastro a una nueva explosión de «admiradoras» susceptibles de causar problemas. Yo empecé a ponerme mallas y deportivas a diario para fingir un «footing vespertino» y correr hasta el cuartel central a fin de ponerme al día sobre la vigilancia.

Estaba al otro lado de la carretera, pero era como si hubiera estado en otro planeta. No me gustaba ir. Y menos me gustó el día que encontré a Glenn allí, en mitad de una bronca.

Doghouse también estaba presente, además de Taylor y Robby.

—Me traen sin cuidado vuestros sentimientos. ¡Los sentimientos sobran en esta sala! —gritó Glenn al tiempo que daba un golpe en la mesa.

—¿Qué ocurre? —pregunté cerrando la puerta tras de mí.

Mi jefe me señaló con cara de cabreo.

—Esto también es culpa tuya.

—¡Culpa mía! —exclamé—. Si acabo de llegar.

—Llevaba veinticinco años sin que ninguno de mis agentes se acostara con un compañero. ¡Veinticinco años! Hasta que tú y el Romeo este decidisteis saltaros la norma y ahora la cosa se ha desmadrado.

Miré a Robby, que tenía la vista fija en el suelo, y seguidamente a Taylor, que estaba mirando al frente con los ojos enrojecidos y la cara hinchada.

—¿Qué ha pasado? —pregunté.

—¿Sabías que estos estaban liados? —me preguntó Glenn.

Se me inflaron las fosas nasales.

—Sí.

—Pues ahora él la ha dejado —anunció Glenn como si la culpa fuera mía—. Y ahora ella no puede trabajar, y tampoco los demás, porque no puede parar de llorar.

¿Que si experimenté una pequeña sensación de triunfo?

Sin comentarios.

—¿Significa eso que Londres es mío? —pregunté—. ¿Dado que él no para de cagarla?

Pero mi jefe no estaba para bromas.

—Tú también tienes tus defectos.

No andaba equivocado. Me volví hacia Robby.

—Entonces, ¿la has dejado?

—¿No es evidente? —espetó Glenn—. ¡Mírala!

Por el rostro de Taylor cayeron lágrimas nuevas.

—¿Quieres una lección de lo que tienes que hacer cuando te dejan? —preguntó Glenn a Taylor—. Pues aquí la tienes —dijo señalándome—. ¡Todo un punto de referencia! Ese tío le rompió el corazón el día después de enterrar a su madre y a la mañana siguiente estaba de vuelta en el trabajo como una campeona.

Taylor estaba llorando ahora desconsoladamente.

—Buf —resopló Glenn, dándole la espalda—. Largo de aquí. Ve a que te dé el aire e intenta tranquilizarte. Amadi, dale agua.

Taylor salió pitando con Amadi a la zaga.

Glenn se concentró entonces en Robby.

—¿Qué intentas conseguir con esa personalidad de perro salido que tienes? ¿Qué pretendes? ¿Arruinarme? ¿Hay alguna mujer de esta empresa que no te hayas tirado?

Kelly levantó una mano entusiasta desde el fondo de la sala.

—¡Yo!

—Pues sigue así —gruñó Glenn.

—Eso —añadió Doghouse—, sigue así.

—Sí, señor —dijo Kelly, cuadrándose.

—Hola, Kelly —dije saludándola con la mano.

—Hola.

Pero Glenn quería respuestas.

—¿Qué es lo que buscas? —preguntó a Robby—. ¿Qué tienes en la cabeza?

—Cometí un error —dijo Robby.

—Ya lo creo que sí.

—No —dijo Robby—. Cometí un error al romper con Hannah.

—Joder —dije llevándome la mano a la frente y encaminándome a la puerta—. ¿En serio?

Robby me detuvo.

—No puedes irte.

Eché una mirada a Glenn.

—¿Vas a obligarme a que me quede por esto?

Glenn ladeó la cabeza.

—Creo que aún tenemos trabajo por hacer. ¿Te suena la palabra «trabajo»?

—¿Qué se supone que debo hacer? —preguntó Robby a Glenn, como si no hubiera mayor víctima en esa sala que él—. Me paso el día mirando esas pantallas. —Se volvió hacia mí—. Sabes que hemos puesto cámaras en todas partes, ¿no? Veo todo lo que hacéis fuera. Si te lleva a caballito, si te ayuda en el huerto, si te hace una demostración de sus piruetas sobre el caballo, si te enseña a hacer el pino, si te observa cuando no estás mirando… Yo lo veo todo.

Un momento. ¿Jack me observaba cuando yo no estaba mirando?

Robby prosiguió, dirigiéndose de nuevo a Glenn.

—Hiciste esto para torturarme.

Glenn ni siquiera enarcó las cejas.

—Por supuesto.

—Pues ha funcionado. Me estoy volviendo loco.

—Bien. Lo tienes merecido.

—¿Es algo personal?

—Es la vida —dijo Glenn—. Y si eres listo, lo aprovecharás para fortalecerte.

Escruté a Robby con la mirada.

—¿Estamos en la era de las cavernas o qué? ¿Es una reacción química tipo nadie-puede-tener-a-mi-antigua-hembra? ¿Me estás meando encima para marcar territorio?

Kelly había seguido poniendo la oreja y dijo:

—Por favor, no dejes que te mee encima.

Le eché una mirada.

—Es una forma de hablar.

Robby sacudió la cabeza.

—Lo siento, ¿vale? Nunca debí dejarte ir.

—¿Dejarme ir? —dije—. No me dejaste ir. Me abandonaste.

—Pues lo retiro.

—No puedes retirarlo.

—¿Por qué no?

—Porque ahora sé cómo eres en realidad.

Robby hizo un puchero. Luego, afiló la mirada.

—Sé lo que está pasando aquí. Crees que le gustas —dijo. Me quedé muy quieta—. He visto cómo actúas con él —continuó—. Te tiene convencida, pero tú eres demasiado lista para eso. No es posible que creas que un actor famoso que podría tener a la mujer que quisiera te haya elegido a ti. Dime que no te lo has tragado. ¿Tú has visto a Kennedy Moore? ¡Jack Stapleton está jugando contigo! ¡Está aburrido! ¡Y ni siquiera es tan buen actor! Espabila. Prefieres una relación de mentira antes que a mí.

No supe qué contestar a la mayor parte de sus comentarios, pero el último punto era fácil de responder.

—Te equivocas —dije—. Prefiero cualquier cosa antes que a ti.

—No le gustas de verdad —dijo Robby.

—Nunca he dicho que le gustara.

—Pero lo has pensado.

En eso llevaba razón. Un raro momento de perspicacia.

Glenn había tenido suficiente.

—Ve a buscar a Taylor —dijo señalando a Kelly—. Abordemos el tema de la acosadora y terminemos de una vez.

Robby seguía con la mirada fija en mí.

—El otro día me preguntaste por qué me estaba comportando como un capullo.

Guau, de eso hacía un siglo.

—¿Te refieres a cuando dijiste que no era lo bastante guapa para esta misión? —dije—. Supongo que sí.

—¿No quieres conocer la respuesta?

Me volví para mirarlo.

—Ya la conozco —dije—. Estabas comportándote como un capullo porque eres un capullo. Así de simple.

Robby me agarró del brazo.

—Fue porque quería volver contigo.

Eso captó mi atención.

—¿Querías…?

—Ya entonces.

Intenté atar cabos.

—¿Querías volver conmigo… y por eso dijiste que era fea?

—Me entró el pánico.

—¿Ahora se llama así?

—Te eché de menos en Madrid.

—¿Me echaste de menos en Madrid mientras te acostabas con mi mejor amiga?

—He querido recuperarte desde que regresamos, pero me sentía culpable por Taylor.

—¡Un momento! ¿Estás dándotelas de buena persona?

—Solo digo que es complicado.

—No, en realidad es muy sencillo.

Robby pareció contener el aliento un segundo.

—¿Es por lo de Taylor? —preguntó, como si estuviera comportándome como una cría—. Solo fue un rollo de trabajo.

—No es por lo de Taylor —repuse—. Es porque me dejaste. —Y por si no acababa de pillarlo, añadí—: La noche después del funeral de mi madre.

Robby soltó un resoplido, como si hubiésemos tenido esa discusión un millón de veces.

—¿Cuándo piensas olvidarlo?

—Nunca —dije—. Por eso tú y yo jamás volveremos a estar juntos. Lo de Taylor solo fue la gota que colmó el vaso.

—Estábamos aburridos —imploró Robby, como si yo estuviera siendo poco razonable.

—¿Eso es lo que diría Taylor?

—Tienes que creerme. Tú eres la persona que quería antes y que quiero ahora.

—En realidad, no nos gustábamos demasiado.

No podía creer que se me estuviera obligando a tener esta conversación.

Sí, me sentía sola. Sí, ver a Robby y Taylor besarse me había desgarrado de una manera que jamás creí posible. Pero no era una persona patética.

—No vamos a volver, Robby.

—¿Por qué?

—Porque tú mismo te has descalificado.

—¿Prefieres estar sola el resto de tu vida que permitirme compensarte por mis errores?

—No creo que esas sean mis únicas opciones.

—Solo quiero una oportunidad para arreglar las cosas.

—No es posible arreglar las cosas. Y aunque lo fuera, no sabrías cómo.

Después de la reunión, después de que arrastraran a Taylor de nuevo a la sala y la instalaran en una silla, en estado catatónico y con la vista fija en el suelo, mientras Robby me lanzaba miradas de resentimiento como si yo fuera la mala de la película, después de que Glenn vociferara una vez más que a ningún empleado de esta empresa le estaba permitido el sexo nunca más, bajo ningún concepto, y después de que abordáramos las repercusiones y los cambios de estrategia que la foto viral de Jack iba a implicar para la misión, regresé al rancho haciendo footing y con un solo pensamiento dando vueltas en mi cabeza.

Robby tenía razón.

Era un especialista en aguar fiestas, pero tenía razón.

Sentirme atraída por Jack era una idea pésima. No podía creer que hubiera dejado que ocurriera.

Estábamos hablando de Jack Stapleton.

Enamorarme de él era un suicidio emocional.

Eso era exactamente lo que estaba pensando cuando vi al dios en persona en el camino de grava, avanzando hacia mí. Al verme empezó a correr, dando la clara impresión de que se alegraba de verme. Menudo actor de método.

No aminoré el paso. Seguí caminando incluso cuando me dio alcance, por lo que tuvo que hacer un giro de ciento ochenta grados para seguirme.

—¡Hola! —dijo, todavía corriendo—. Bienvenida. —No respondí. Se puso a andar a mi lado—. ¿Estás bien? —preguntó, intentando estudiar mi expresión—. Pareces cansada.

—Ha sido una reunión larga —respondí.

Jack arrugó la nariz.

—¿Sobre la acosadora?

—Sí. Por lo visto te ha cubierto la casa con papel higiénico rosa y ha dejado un cuadro para ti.

—¿Un cuadro?

—Un autorretrato. Un lienzo —especifiqué cuando llegamos al jardín. Puse la foto en el móvil y nos detuvimos junto al huerto de Connie para echarle un vistazo—. Desnuda —dije para prepararlo. Luego, añadí—: Un autorretrato con corgis.

Jack soltó un silbido.

—Es bastante bueno.

Asentí.

—Tiene talento.

—A lo mejor debería fecundarla.

—¡Eh! —dije—. ¡Tú no vas a fecundar a nadie mientras yo esté de guardia! —Temiendo que me hubiese pasado de estridente, añadí—: A menos que quieras.

Ya estaba otra vez riéndose.

—Te he echado de menos —dijo.

—¿Qué?

—Justo ahora —dijo Jack señalando el cuartel central—. Te has ido mucho rato.

—Había muchas cosas que tratar.

—¿Qué piensas de eso?

—¿De qué?

—De que te haya echado de menos.

Puede que fuera porque Robby acababa de utilizar todo ese montaje para atacarme, pero ya no podía ver como real nada de lo que Jack hacía. Ahí estaba él, con una media sonrisa vergonzosa, mirando mis deportivas e inclinándose hacia mí —una timidez de manual— y yo solo podía verlo como algo calculado y elaborado, vacío y falso. Y el hecho de que fingiera tan bien que yo no había sido capaz de ver la maldita diferencia era humillante.

Jack estaba actuando. Lo había estado haciendo desde el principio.

Pero yo no.

¿Debía seguirle el rollo? No podía. No quería. ¿Que qué pensaba de que me hubiera echado de menos?

—Creo que eres mucho mejor actor de lo que la gente piensa —dije sin intentar ocultar la dureza en mi voz.

Jack hizo una mueca de dolor. Microscópica, pero la vi.

Bien. Mejor así.

Porque aquí, en mitad del campo, rodeada del huerto otoñal de Connie, estaba cayendo en la cuenta de algo. Yo no era muy diferente de la Mujer Corgi. Yo también vivía en un mundo de fantasía. Mis probabilidades de acabar con Jack Stapleton eran tan nulas como las suyas.

Peores, incluso.

Por lo menos, la Mujer Corgi sabía pintar.

21

Después de eso decidí mantener las distancias, pero esa noche Jack tuvo una pesadilla. De las fuertes.

Me desperté porque estaba ahogándose y retorciéndose entre las sábanas. Me había avisado de que no me alarmara, pero por supuesto que me alarmé. Jack no es un tipo enclenque y lo que quiera que estuviera sucediendo en esa pesadilla... Él estaba combatiéndolo con todas sus fuerzas.

Me levanté de un salto y trepé a la cama con el corazón a mil por hora.

—Jack —dije agarrándolo por los hombros—, despierta.

Estaba revolcándose como un jabalí. Hizo un aspaviento brusco con el brazo y me dio un manotazo en toda la clavícula. Reculé, recuperé el aliento y me recompuse.

Volví al ataque.

—¡Jack, despierta!

Esta vez me oyó y abrió los ojos. Se agarró a mi camisón para incorporarse, jadeando, tosiendo, sollozando y mirando a un lado y otro como si no tuviera ni idea de dónde estaba.

—¡Tranquilo! —dije— ¡Estás a salvo! —insistí mientras él intentaba enfocar la mirada—. Solo ha sido una pesadilla.

¿Y qué hice entonces? Lo abracé.

Me senté a su lado y lo sujeté entre mis brazos y dije todas las palabras tranquilizantes que se me ocurrieron. En cuanto tomó conciencia de dónde estaba, de quién era yo y qué estaba sucediendo, se aferró a mi cuerpo.

Así que me quedé donde estaba.

Le acaricié la espalda y le di palmaditas. Esperé a que su respiración se calmara. Lo reconforté. Como hacen las personas reales con las personas a las que quieren de verdad.

Una vez se hubo tranquilizado, cuando pensé que probablemente se encontraba mejor y querría que me marchara para poder dormir, no fue fácil dejarlo. Cuando intenté desenredarme de su cuerpo, me estrechó con más fuerza.

—Ya ha pasado todo —dije.

Entonces, él dijo:

—Quédate un poco más.

Le temblaba tanto la voz que la única respuesta posible era:

—Claro.

Y cuando decidió recostarse en la almohada y mantener los brazos alrededor de mí, apretándome contra él como si fuera un peluche, también le dejé hacer.

—Solo un minuto —dijo.

Podría inventar un centenar de razones de por qué me quedé, pero la única que importa es esta: porque quería quedarme. Me gustaba estar ahí. Me gustaba abrazarlo y que me abrazara. Me gustaba sentir que le importaba a alguien. No hay nada como la mutualidad de un abrazo, la manera en que reconfortas y, a la vez, te reconfortan.

Ya no sabía qué era real y qué no, pero en aquel momento me daba igual.

Nos tumbamos de costado y quedamos frente a frente. Jack seguía abrazándome. Descansé la cabeza en su bíceps.

Me concedí cinco minutos más. Luego otros cinco. Decidí entonces esperar a que se durmiera, pero no se dormía.

Yo había cerrado los ojos, pero cada vez que los abría veía los suyos justo delante, abiertos, mirándome con las pupilas oscuras y grandes.

Pasado un rato, le pregunté:

—¿Es siempre el mismo sueño?

—Sí.

—¿Puedes contármelo?

No respondió.

—Porque me he documentado sobre cómo sanar las pesadillas —dije finalmente.

—¿En serio?

—Sí. Me documento sobre muchas cosas.

—¿Pensabas explicármelo?

—Te lo estoy explicando ahora.

—Te escucho.

—Hay muchos métodos, pero el más efectivo es hablar del sueño.

—No quiero hablar del sueño.

—Lo entiendo, pero por lo visto ayuda mucho. Relatas el sueño mientras estás despierto…, pero reescribes el final.

—¿Cómo puedes reescribir el final si ya ha terminado?

—Lo reescribes para la próxima vez.

—Siempre espero que no haya una próxima vez.

—Pero siempre la hay.

Jack asintió.

—Probémoslo.

Él sonrió y dejó que sus ojos pasearan por mi rostro.

—Es fácil entender por qué le gustas a mi madre.

Me dije que no debía disfrutar demasiado de ese comentario.

—Reescribir el final —dije— es como ofrecerle un guion diferente a tu cerebro. Así, cuando se ponga a contarte de nuevo esa historia, tendrá la posibilidad de contarla de otra manera.

—No hay otra manera.

—Todavía no. Porque no la has escrito —dije, y Jack suspiró como si estuviéramos hablando en círculos—. Un buen ejemplo —proseguí— es el de un tío que tenía una pesadilla recurrente sobre un monstruo que lo perseguía. Se tiró años así, hasta que un día se dio la vuelta y le preguntó al monstruo qué quería, y ya no volvió a tener ese sueño.

—Una buena solución —dijo Jack—, pero tengo un problema.

—¿Cuál?

—Que en mi pesadilla el monstruo soy yo.

—Ah.

Pasó un minuto. Después, Jack dijo:

—Siempre ocurre lo mismo.

Aguardé mientras respiraba hondo.

Entonces, continuó.

—Estoy en un coche deportivo con mi hermano menor, Drew. Es un Ferrari. Lo he comprado para fardar. Está tan nuevo que todavía lleva las etiquetas. Drew está flipando y corremos tanto que parece que volamos. Cuanto más deprisa vamos, más corremos, hasta que llegamos a un puente. Es invierno, está atardeciendo y, aunque fuera no hace mucho frío, hay hielo negro en el puente, ese que tiene el color del asfalto y que no ves hasta que es demasiado tarde. Nada más entrar empezamos a patinar. Comenzamos a dar vueltas, todo se ve borroso y finalmente atravesamos la baranda. Yo no puedo creer que esté ocurriendo incluso mientras está ocurriendo. Todo sucede a cámara lenta y a una velocidad delirante al mismo tiempo. Nos precipitamos al vacío y nos lanzamos en una caída libre donde la gravedad se trastoca. Todo ocurre en segundos y en horas y en años…, y finalmente golpeamos la superficie del agua con el chasis plano, como un planchazo. «Qué suerte», pienso, «eso nos dará tiempo». El coche se balancea en la superficie y el tiempo se ralentiza. Bajo mi ventanilla y le grito a Drew que haga lo mismo. Mientras pulso el botón con una mano manipulo mi cinturón de seguridad con la otra. Entonces miro a Drew y veo que no ha hecho nada. Tiene la ventanilla subida. El cinturón puesto. Está mirándome paralizado. «¡Baja la ventanilla!». Me inclino y le quito el cinturón de seguridad. Me aprieto contra su pecho para pulsar el botón de su ventanilla y cuando está a medio bajar el coche se llena con una violenta avalancha de agua helada. «¡Nada hacia arriba!», grito antes de que el agua nos engulla y mientras lo empujo por la ventanilla. Y lo sigo. El agua está tan gris que parece negra. Impulso los brazos y las piernas con todas mis fuerzas pero no puedo encontrar la superficie. La he perdido y no hay tiempo para encontrarla. El agua me envuelve y tira de mí hacia abajo, y cuando me despierto me estoy ahogando.

Guau. Vale.

Con razón se enfadó conmigo en el río Brazos.

Me había sobreestimado. Una hora de búsqueda en internet no me aportaba la pericia necesaria para sanar esto.

Pero yo había empezado. Le había dicho que relatara el sueño. No podía abandonar ahora, así que le hice la primera pregunta que me vino a la cabeza.

—¿Por qué crees que tienes siempre el mismo sueño exacto?

Una larga pausa. Luego, muy despacio, dijo:

—Porque, exceptuando la parte en la que me estoy ahogando, eso fue más o menos lo que pasó.

Me aparté ligeramente para verle la expresión del rostro.

—¿Eso fue lo que pasó? ¿En la vida real?

Jack asintió.

—¿Os caísteis a un río desde un puente?

Jack asintió de nuevo.

—Se dijo que fue un accidente de coche.

—Técnicamente, lo fue —dijo. Apartó los brazos de mí, rodó sobre la espalda y se llevó una mano a los ojos, tapándose la mitad del rostro—. Drew murió en el río. La policía cree que giró en medio de la oscuridad y nadó hacia abajo en lugar de hacia arriba.

De modo que esta era la versión de la historia que fue enterrada.

¿Fue culpa de Jack? ¿Hubo alcohol implicado, como se rumoreaba? ¿Había matado a su hermano pequeño? No fui capaz de preguntárselo.

—Lo siento mucho —dije al fin, confiando en que el tono de mi voz compensara la insuficiencia de mis palabras—. No lo sabía.

Jack asintió.

—Los de relaciones públicas lo taparon. Nadie lo sabe. Excepto mi familia y yo. Y algunos agentes locales de Dakota del Norte. Y Drew, claro.

Lo medité unos instantes.

—¿Por eso el estudio insiste en ponerte protección?

—Ya les he causado suficientes problemas —asintió él.

—¿Y esa es la guerra entre Hank y tú? —pregunté seguidamente.

Jack asintió de nuevo.

—El problema es mi madre. No deja de pedirme que venga a verla. No deja de quererme y perdonarme.

—Y cuando enfermó, Hank no quería que vinieras.

—Exacto.

—Pero viniste de todos modos.

—No podía decirle a mi madre que no.

—Y ahora solo estás esperando hasta que puedas desaparecer otra vez.

—Básicamente, sí.

—Creo que estás siendo muy duro contigo mismo.

—La próxima vez que dejes a alguien ahogarse en un río, me llamas y me cuentas qué tal.

—Entonces, ¿no puedes perdonarte?

—No puedo. —Se encogió de hombros—. Y no quiero.

—Suena un poco tajante.

—Cada día me despierto pensando que una persona, una gran persona, una persona mucho mejor que yo ya no está aquí y yo sí. La única manera de hacer soportable mi existencia es intentar hacer algo cada día que justifique que esté vivo.

—¿Qué haces?

—Bueno, creo fundaciones. Financio becas. Hago apariciones en hospitales infantiles. Ayudo a las ancianas con la compra. Dono sangre. —Vaya. Así que más de un afortunado llevaba sangre del Destructor sin saberlo—. Cosas grandes —continuó Jack— y también pequeñas. Algo bueno cada día.

—Son muchas obras para redimirte.

Jack asintió.

—Esperaba que a estas alturas la pesadilla hubiese desaparecido, pero ahí sigue.

—Vale —dije—. ¿Y si la pesadilla no es un castigo? ¿Y si es una oportunidad?

Jack me miró a los ojos.

—¿Una oportunidad para qué?

—Para volver a ver a tu hermano.

—Está muerto, así que pocas posibilidades tengo.

Proseguí.

—Tengo una idea, aunque probablemente no te gustará.

—Suena a reto.

—¿Has oído hablar de los sueños lúcidos? Son esos sueños en los que eres consciente de que estás soñando.

—Algo.

—¿Y si aprendieras a tener sueños lúcidos y… le hablaras a Drew?

—¿Que aprenda a soñar a propósito?

—Exacto.

—¿Y tenga entonces una conversación con mi hermano muerto?

Asentí.

—¿Cómo? ¿Dónde? ¿Mientras el coche se llena de agua?

—¿Y si llevaras el sueño… por otro camino?

—Los sueños no funcionan así. No son guiones.

—Pero estrictamente hablando eres tú quien los escribe. Todos lo hacemos.

—Es una idea pésima. Y aunque funcionara, no sería el Drew real.

—Pero puede que hablar con él fuera una manera de hablar contigo mismo.

Jack me miró unos instantes.

—Tienes razón, tu idea no me gusta nada.

—Vale —dije, moviéndome para retirarme—. Si no te gusta, no te gusta.

Cuando me disponía a incorporarme Jack me agarró, tiró de mí y me apretó de nuevo contra su pecho. Era sólido y cálido y olía a canela.

—Quédate.

Mi cabeza aterrizó en la almohada que había junto a él.

—Estoy cansada.

—Dos minutos.

—Sesenta segundos —dije—. Lo tomas o lo dejas.

—Lo tomo —aceptó.

—Sesenta segundos, ni uno más —insistí—. No dejes que me duerma.

22

Naturalmente, me dormí. Cuando desperté a la mañana siguiente, estaba en la cama de Jack Stapleton, bajo la vorágine a la que sometía a sus sábanas cada noche, aprisionada contra el colchón por uno de los enormes brazos de Jack, echado sobre mis hombros, y también por una de sus piernas, enroscada en una de las mías.

Eso, la verdad sea dicha, era bastante agradable.

Me permití saborearlo unos instantes.

Obvio, ¿no? Estas cosas no ocurren todos los días. Tuve la tentación de hacernos un selfi para poder creérmelo más tarde, pero mi móvil —que estaba programado para que nunca sonara antes de las 8.00— empezó a sonar a las 8.01.

Muchas veces.

Para cuando logré escurrirme de debajo de Jack para mirarlo, ya tenía mil mensajes de cada una de las personas con las que trabajaba, y de mucha gente con la que no trabajaba.

Al parecer, me había hecho famosa durante la noche.

Porque mientras nosotros dormíamos, internet había estado muy despierto.

En menos de veinticuatro horas sucedieron tres cosas clave relacionadas con Jack.

Una: la Mujer Corgi decidió actualizar su página de admiradoras de Jack Stapleton con fotos y vídeos de todas sus travesuras acosadoras, desvelando así que Jack estaba en Houston y que ella había dado con su casa. Publicó incontables posts con leyendas del tipo «¡El amor está en el aire en la lujosa casa que el hombre de mi vida tiene alquilada en Houston! ¡Por mucho que corra, no puede esconderse! #JackStapleton #JackAttack #JackHammer #AmorSincero #AdictaCorgis #MiraMisDesnudos #HagamosUnBebé».

Dos: una foto de Jack conmigo en el hospital —la noche que le dije que se ocultara apoyándose en mi hombro— apareció en la red y corrió como la pólvora. Daba enteramente la impresión de que estuviéramos abrazándonos, puede que incluso morreándonos. Y estaba en todas partes bajo titulares como «¿Quién es la nueva novia de Jack Stapleton?» y «Mujer misteriosa besuqueándose con Jack Stapleton» o un simple «¡Toda tuya, Jack!».

Y tres: la Mujer Corgi, al parecer, vio la foto, perdió la poca cordura que le quedaba y envió una cesta de cachorros corgi de peluche a la casa de Jack en Houston..., con una nota en la que lo informaba de que iba a matarme, sí o sí. Y describía cómo iba a hacerlo con todo lujo de detalles.

Glenn, huelga decirlo, no estaba contento.

¡Te quiero en el cuartel central ya!, decía su mensaje final. Hay que buscar una solución.

Esto definitivamente elevaba a Jack al nivel de amenaza naranja mandarina. Puede que incluso naranja kaki. No era una amenaza de muerte contra el cliente, pero sí una amenaza de muerte contra su «novia», lo que era casi lo mismo. Además, las fotos que había publicado la Mujer Corgi ofrecían toda clase de pistas sobre la casa de Jack que otras admiradoras con iniciativa podrían analizar. Y, por descontado, el mundo sabía ahora que Jack había vuelto a la civilización, lo que lo convertía en una presa fácil.

Antes de abandonar el dormitorio me detuve un momento en la puerta para contemplar a Jack. Seguía profundamente dormido en la cama donde yo también había estado hacía solo unos minutos. El hombre que yacía entre esas sábanas era muy diferente del hombre que aparecía en internet. Desde sus gafas torcidas hasta sus peligrosas piruetas sobre un caballo de circo o su incapacidad para encestar un trozo de papel en el cubo de basura.

Me resulta muy gracioso rememorar ese momento ahora: Jack durmiendo plácidamente y yo observándolo, todavía en estado de éxtasis por haber pasado esa noche en sus brazos, y sintiéndome —sin saberlo— más unida a él de lo que me había sentido con nadie.

Estaba convencida de que podíamos lidiar con esta nueva complicación como habíamos lidiado con todo lo demás.

Pero a veces la convicción no basta.

Porque mi relación falsa-y-sin-embargo-increíblemente-real con Jack Stapleton estaba prácticamente acabada.

En el cuartel general las cosas iban a toda máquina.

Glenn estaba ladrando órdenes, Kelly estaba reuniendo impresos, Amadi estaba corrigiendo a alguien por teléfono. Taylor había telefoneado diciendo que estaba enferma, pero Robby estaba allí, y la amenaza de muerte contra su antigua hembra lo había puesto en modo macho.

—Tienes que retirarla de la misión —instó a Glenn cuando entré—. Ahora corre peligro. Van a por ella.

—Tranquilízate, Romeo —dijo Glenn—. Tú no tienes que decirme lo que tengo que hacer.

—Exacto —lo secundé cerrando la puerta tras de mí.

Glenn ni siquiera se volvió hacia mí.

—Tú tampoco.

—Puedo seguir en la misión —dije—. No pasa nada.

—Yo no estoy tan seguro —dijo Glenn hojeando una pila de impresos—. Son bastante específicos. Esa mujer lo ha planificado a conciencia.

—¿Hay más de uno? —pregunté—. Pensaba que solo quería arrollarme con su coche.

—También quiere arrojarte por un tejado —dijo Glenn—. Y electrocutarte. Y envenenarte con veneno para ratas.

—Va a por todas —dije acercándome a Glenn para mirar por encima de su hombro.

—El veneno para ratas no es ninguna broma —intervino Robby, pero lo ignoré.

—¿Cómo se le ha ocurrido todo eso en solo veinticuatro horas? —pregunté—. Esa foto mía acaba de salir.

—Puede que tuviera un plan de emergencia preparado —dijo Glenn—, por si aparecía alguna novia.

—Mientras no salgamos del rancho, todo irá bien —dije, sorprendida de lo mucho que deseaba que fuera cierto.

Pero Glenn estaba negando con la cabeza.

—La seguridad está ahora comprometida. Eres un peligro para el cliente y para ti misma.

—Podemos minimizar el riesgo si…

—Si te sacamos de la misión —me cortó Glenn.

Robby se mostró exasperantemente victorioso.

—Oye —dije a Glenn—, puedo manejarlo.

—Pero no hay razón para hacerlo —repuso—. Tenemos un montón de agentes disponibles que pueden sustituirte.

—¡Yo misma! —se ofreció Kelly desde el fondo de la sala.

—Pero… —No sabía muy bien qué argumentar—. ¿Qué les diremos a los padres de Jack?

—Muy sencillo —dijo Glenn—. Ha llegado el momento de decir la verdad.

—¿Sobre mí? —pregunté.

—Sobre todo.

—¿Me estás diciendo —pregunté, notando chispas de pánico en el pecho pero esforzándome por sonar como si solo buscara una aclaración— que voy a tener que decirles que todo era mentira y después tan solo... largarme para siempre?

—Básicamente —respondió Robby con regodeo.

—Cierra el pico, Robby —dijimos Kelly y yo al unísono.

—El engaño tenía sentido cuando el nivel de amenaza era amarillo —señaló Glenn—, pero ahora es naranja para el cliente y rojo para ti. Si te quedas, atraerás el peligro, para ti y para ellos. Necesitan saber qué está pasando. Todo el mundo estará más seguro si dices la verdad y te vas. —Yo lo medité—. No quieres poner en peligro a la familia Stapleton, ¿verdad?

—Claro que no.

—No hay más que hablar, entonces. Te marchas esta noche. ¡Un momento!

—¿Esta noche?

Glenn me miró como diciendo «No es tan difícil».

—Les cuentas todo hoy y te marchas esta noche. Enviaré a Amadi con el coche después de cenar. Y pondremos a un agente en la puerta de tu apartamento para que te proteja los próximos días. —Glenn se dio la vuelta para consultar los turnos.

Crucé los dedos para que eligiera a Amadi. O a Doghouse. O a Kelly.

—Taylor está libre —declaró Glenn.

—¿En serio? —dije—. ¡Taylor es mi archienemiga!

—Supéralo —dijo Glenn.

Entonces, horrorizada, caí en la cuenta de que si Glenn ponía a Taylor a mi servicio, eso dejaba libre a Robby.

—¿Quién ocupará mi lugar? —dije.

Glenn sabía lo que le estaba preguntando, pero hizo ver que no.

—Una vez que se sepa la verdad, instalaremos un equipo en el rancho y otro en la casa de la ciudad. Y pondré a Robby con el cliente.

Lo sabía.

—¡Venga ya!

—Oye —dijo Glenn—, es exactamente como la operación que Robby dirigió en Yakarta. Quieres lo mejor para tu novio, ¿no?

—No llames a Jack mi novio —dije.

—Tienes razón —dijo Glenn—, supongo que todo eso se ha acabado.

Robby asintió con una sonrisita y me entraron ganas de darle un puñetazo en la cara.

—La gran noticia, no obstante —continuó Glenn—, es que sigues siendo candidata para el puesto de Londres. Y ahora ya estás libre para irte a Corea. —Le dio unos golpecitos a su reloj en plan «Ya falta poco», pensando que me estaba dando exactamente lo que yo quería—. Dos semanas escasas.

23

No podía reunir la energía necesaria para volver a la casa haciendo footing de mentira. Regresé caminando y encorvada, protestando contra todas las decepciones de mi vida con mi mala postura.

Jack fue a mi encuentro en el camino de grava con el nuevo Range Rover.

—He visto las noticias —dijo—. Vamos al río.

—Vale —acepté con un flojo encogimiento de hombros, y me monté en el asiento del copiloto.

Por el camino no hablamos. Me limité a contemplar el paisaje con esa conciencia pausada que adquieres cuando sabes que nunca volverás a ver algo. Las alambradas. Las rodadas del camino. La hierba meciéndose en los campos. Las altas pacanas acariciando el cielo. Los gavilanes sobrevolando en círculos. Nunca antes había estado en un lugar como ese, ni volvería a estarlo.

Terminar una misión nunca me afectaba emocionalmente. Formaba parte de la norma del no apego. Era trabajo, nada más. Cuando te ibas, emprendías otro proyecto en otro lugar.

No sabía qué hacer con la tristeza que inundaba mi corazón. Estaba tan empapado que podría escurrirlo como una esponja. ¿Qué hacía la gente con aquella tristeza? ¿Cómo la secaba?

Llegamos al final del camino, al mismo lugar donde Jack me había llevado a caballito el primer día.

Él paró el motor, pero ninguno de los dos bajó del coche.

Le expliqué lo que había sucedido y lo que implicaba, y por qué teníamos que hacer todas las cosas que ahora teníamos que hacer.

Intentó discutir conmigo.

—No quiero que te sustituya Bobby.

—No va a sustituirme. No dormirá en el suelo de tu cuarto con un camisón blanco.

—Menos mal.

—Será una relación muy diferente porque ya no tendrás que fingir. Simplemente, te seguirá a todas partes, como un escolta del servicio secreto.

—Pero eso es peor que fingir.

—Lo será —le aseguré.

—Entiendo que tengamos que contárselo a mis padres y entiendo que necesitemos reforzar la vigilancia, pero creo que deberías quedarte.

—¿Quedarme?

—Quédate conmigo y que te protejan a ti también.

—Mi propia empresa.

—Ahora estás en peligro.

—La cosa no funciona así. Solo lo estoy porque estoy contigo. Una vez que me vaya, el nivel de amenaza cambiará por completo.

Jack lo meditó, discutió un poco más y finalmente cedió. Nuestro meticuloso montaje se lo había cargado una homicida criadora de corgis.

—Entonces, ¿es nuestro último día juntos? —preguntó Jack cuando se le acabaron los argumentos.

—Sí. Me iré después de cenar.

—¿Después de cenar? Qué pronto.

—Cuanto antes, mejor.

—¿Y no volveré a verte?

—No.

Jack me hizo entonces una pregunta de lo más extraña.

—¿Significa eso que no vendrás por Acción de Gracias?

¿Acción de Gracias? Qué ocurrencia tan rara.

—No, claro que no —dije. Como no parecía entenderlo, añadí—: No vendré en absoluto, nunca más. —Jack se volvió hacia mí para mirarme a los ojos y yo seguí hablando—. Cuando una misión termina, termina y punto. No nos hacemos amigos en Facebook. Robby acabará el trabajo y luego tú volverás con tu alce albino y yo iré a Corea y comeré fideos de alubias negras, y será como si nunca nos hubiéramos conocido.

—Pero nos hemos conocido —señaló Jack.

—Eso no importa. Así es como funciona.

Me miró muy serio.

—Entonces, ¿me estás diciendo que este es el último día que nos veremos?

Eso era justamente lo que estaba diciéndole.

—Exacto.

—En ese caso —dijo Jack, asintiendo con la cabeza—, convirtámoslo en un gran día.

Jack insistió en llevarme a caballito hasta la playa por los viejos tiempos —aunque hubiera podido caminar perfectamente con mis deportivas— y acepté.

Paseamos por la orilla recogiendo trozos de madera petrificada, rocas y guijarros. El viento era tan constante como la corriente del río y no pude evitar que su aleteo me calmara.

Al rato llegamos a un tronco arrastrado por las aguas y Jack decidió sentarse en él. Me senté a su lado.

Por lo general, cuando ves a una persona por última vez no

sabes que es la última vez. No estaba segura de si era mejor o peor saberlo, pero no quería hablar de eso. Quería hablar de algo ordinario, de algo sobre lo que podríamos haber hablado en los días pasados.

—¿Puedo preguntarte una cosa sobre ser actor? —propuse.

—Claro. Dispara.

—¿Cómo haces para llorar?

Jack me miró ladeando la cabeza, como si fuera una buena pregunta.

—La mejor manera es meterte tanto en el personaje que sientas lo que él está sintiendo. Y si está sintiendo las cosas que a la gente le hacen llorar…, de repente te descubres llorando también.

—¿Con qué frecuencia consigues eso? —pregunté.

—El cinco por ciento de las veces, pero estoy trabajando en ello.

—No es mucho.

Jack negó con la cabeza, contemplando el río.

—No. Y en un plató ocurre todavía menos porque estás rodeado de distracciones. Hay grúas, jirafas, gente del equipo y extras por todas partes. Y hace demasiado frío o demasiado calor o te ponen en el pelo un gel extraño que pica. En esas condiciones tienes que esforzarte mucho más.

—¿En qué sentido?

—Tienes que pensar activamente en un acontecimiento real de tu vida que te ponga triste. Has de ir a ese momento mentalmente y sentir esa tristeza hasta que se te salten las lágrimas.

—Parece difícil.

—Lo es, pero estás motivado porque la alternativa es cargarte la toma.

—¿Qué pasa si no puedes llorar?

Jack me miró como si estuviese evaluando si podía asimilar la respuesta.

—Si no puedes, hay un palito.

—¿Un palito?

—Sí. Los de maquillaje te lo frotan debajo de los ojos y eso hace que te lloren. Como la cebolla.

—Eso es trampa.

—Absolutamente. Y todos saben que estás haciendo trampa porque acaban de presenciar lo del palito, y te están juzgando, lo cual lo hace aún más difícil.

—Un círculo vicioso —respondí, en plan «Sé de lo que hablas».

—Exacto. Pero yo tengo otro truco.

—¿Cuál?

—No parpadear —dijo, y yo parpadeé—. Ese es el truco. No parpadear.

—¿Te refieres a mantener los ojos muy abiertos?

—De manera sutil, pero sí. Si se te empiezan a secar, lloran, y ya tienes tus lágrimas.

—¿Cómo consigues hacerlo sin parecer raro?

—¿Cómo haces cualquier cosa sin parecer raro?

—Un momento —dije—. Dime que no hiciste eso en *Los destructores*. —Jack cerró la boca. Me incliné hacia él—. Dime que cuando el Destructor está llorando por la pérdida de todo un universo, uno de los momentos más conmovedores de la historia del cine, no era porque tenía... los globos oculares secos.

—Sin comentarios.

—¡Por Dios! ¡Eres un monstruo!

—Me lo has preguntado —se defendió. Clavé la mirada en él. Jack entornó los ojos—. Tú sabes que en realidad no soy el Destructor, ¿verdad?

—Pues claro. —Más o menos.

—Se trata de una película.

—Lo sé.

—Me pagaron por actuar en ella. No era real.

Pero yo aún estaba digiriendo lo del llanto.

—¿Debería estar enfadada contigo ahora mismo?

—No —dijo Jack volviéndose hacia mí—. Deberías admirarme. —Pasó la pierna por encima del tronco hasta quedar a horcajadas. Luego me dio una palmada en la rodilla para que hiciera lo mismo, hasta que estuvimos frente a frente con nuestras rodillas tocándose—. Vale —dijo inclinándose hacia mí—. El primero que llora, gana.

—¿Qué haces?

—Voy a enseñarte a llorar.

—No necesito ayuda con eso.

—A llorar de mentira. Resulta muy útil. Plantéatelo como un concurso de miradas.

—No quiero hacer un concurso de miradas.

—Demasiado tarde.

Solté un breve suspiro de capitulación.

—Vamos, vamos —dijo Jack, haciendo señas para que me acercara un poco más.

De acuerdo. Me incliné ligeramente hacia delante.

Jack se inclinó también.

Y nos miramos fijamente, sin pestañear, nuestras narices separadas apenas por unos centímetros. El aire entre nosotros se me antojó extrañamente sedoso.

Cuando la cosa se puso demasiado intensa, dije:

—He leído que, según un experimento científico, si miras a una persona a los ojos mucho tiempo, acabas enamorándote de ella.

Jack apartó la vista.

Recibido.

Volvió a mirarme.

—No me enredes. Empezamos de nuevo.

Tras otro rato, dije:

—Me están empezando a picar los ojos.

—Eso es bueno. Aguanta. Dentro de sesenta segundos serás una actriz profesional.

—Es… incómodo.

—La excelencia lo es.

«Debería valorar este momento», pensé. Allí estaba, con Jack Stapleton —el mismísimo Jack Stapleton— a la luz del mediodía, absorbiendo los contornos de su rostro al natural. Las arruguitas de sus ojos. La barba de su mandíbula aún por afeitar. A partir de mañana solo volvería a verlo en las pantallas.

«Recuerda esto», me dije. «Presta atención».

—Nada de trampas —dijo entonces Jack.

—¿Cómo quieres que haga trampas?

—Si no lo sabes, no voy a decírtelo.

—Estás intentando ganar, ¿verdad?

—Por supuesto.

—Creía que solo me estabas enseñando.

—He de mantenerlo interesante. —Ya era interesante, pero vale—. Y no me hagas reír —continuó Jack, todo severo.

—Si tú nunca te ríes —dije.

—Hablo en serio. Para.

—¿Que pare qué?

—Deja de hacer eso con la cara.

—No estoy haciendo nada con la cara.

—Me estás haciendo reír.

—Es tu problema, no el mío.

Y dicho eso, Jack se derrumbó. Toda su cara se transformó en una gran sonrisa. Dejó caer la cabeza con los hombros temblando.

—Eres malísimo —dije.

—La culpa es tuya. —Seguía sin levantar la cabeza.

—O sea que no gana el primero que llora, sino que pierde el primero al que le entra la risa floja.

—A los hombres no nos entra la risa floja.

—A ti sí.

Jack levantó la cabeza con los ojos todavía brillantes, todavía sonrientes.

—Supongo que es más fácil no reírse cuando tu compañera de reparto no te gusta.

Su comentario atrajo mi atención.

—¿Tus compañeras de reparto no te gustan?

—A veces no.

—Pero no en las comedias románticas. Katie Palmer te gusta.

Jack torció el gesto.

—Katie Palmer es la peor de todas.

Ahogué un grito de protesta.

—¡No puede ser!

Jack asintió, en plan «Lo siento».

—Katie Palmer es una maleducada y unaególatra y les hace la pelota a los mandamases. Y es de esas personas que humillan a los camareros.

Me llevé las manos a la cara.

—¡No hables mal de Katie Palmer! Es un tesoro nacional.

—Es una persona cruel y una pésima actriz.

Me cubrí la boca con la mano.

—¡Calla! ¡La estás haciendo trizas!

—Ya estaba hecha trizas.

—Pero ¡esa película…! Se os veía tan enamorados…

—Adivina qué: estábamos actuando.

—Pero ese beso. ¡Ese beso legendario!

—¿Quieres saber por qué ese beso salió tan bien? Porque cuanto antes consiguiéramos la toma, antes nos íbamos a casa.

—¡Pero! Pero… —¿Así iba a ser el día de hoy? ¿Iba Jack a cargarse mi beso favorito de todos los tiempos?

Entonces añadió:

—Y encima tiene un aliento espantoso.

¡Mierda!

—No puede ser verdad.

—Lo es. Es célebre por eso. Su aliento huele a elefante.

—¿A elefante?

—Como cuando vas al zoo y te paras delante de los elefantes. Tiene ese mismo olor. Pero caliente. Y húmedo. —Cerré fuertemente los ojos y sacudí la cabeza. Jack continuó—. Por eso la gente la llama Cacahuete. —Abrí bruscamente los ojos y parpadeé—. Yo tengo un aliento estupendo, por cierto —dijo entonces Jack. Parpadeé de nuevo—. A rollitos de canela —prosiguió, guiñándome un ojo.

¿Qué estaba ocurriendo aquí?

—Pero... ¿qué pasa con lo que dijiste de llorar, que cuando sientes lo mismo que siente el personaje sale perfecto? ¿No es así con los besos?

—Buena pregunta —dijo Jack, todo profesional, señalándome con el dedo—. Cuando trabajas con alguien bueno de verdad, eso puede ocurrir. Yo podría hacerlo perfectamente con Meryl Streep.

—Un momento. ¿Has besado a Meryl Streep?

—Aún no, pero todo se andará.

Le di una palmadita en el hombro, en plan «Tú puedes, colega».

—Pero sí, tienes razón —concluyó Jack—, es posible besarse como los personajes.

—Gracias —dije, como si hubiera devuelto al mundo su orden.

Entonces, añadió:

—Pero no cuando besas a Katie Palmer.

—¡Mierda!

—Es pura coreografía —continuó—. Estás pensando en las instrucciones, en los ángulos, en acertar, en que no te salga papada, en asegurarte de que los labios no se te doblen hacia arriba. Es muy técnico. Lo hablas todo antes de la escena. Por ejemplo, «¿Será con lengua?». Esa clase de cosas.

—¿Es con lengua?

—Casi nunca.

¿Me llevé una decepción? No sabría decirlo.

—Has de establecerlo con antelación —continuó Jack—. En realidad, ocurre así con todos los besos de pantalla. Es lo opuesto a un beso auténtico. En los besos de pantalla lo que importa es cómo quedas. En los besos reales —apartó un segundo la mirada— lo que importa es lo que sientes.

—Ah —dije.

—Sí —dijo Jack.

—O sea que odiabas besar a Katie Palmer… —dije.

—Afirmativo. Odiaba besar a Cacahuete Palmer.

—Mi beso favorito de todos los tiempos —dije, tratando de asimilar la noticia— fue un beso de odio.

Jack meneó la cabeza.

—Tu beso favorito de todos los tiempos fue un beso de acabemos-con-esto-de-una-vez.

Suspiré. Dirigí la vista al río, que discurría ante nosotros como si nada hubiese ocurrido. Luego, dije:

—Echo de menos la época en la que no sabía esto.

—Yo también.

—Te has cargado mi beso favorito.

Jack encogió ligeramente los hombros, como diciendo «Qué se le va a hacer».

—Puede que algún día te compense por ello.

24

Me pasé la cena esperando a que Jack confesara a sus padres la relación ficticia, pero él continuaba retrasando el momento. Les había preparado tacos de pescado. Pensé que a lo mejor Jack no quería estropear la comida. Yo tampoco quería.

Me descubrí mirando con disimulo en torno a la mesa. No creía que a Hank le importara demasiado, pero temía el momento en que Doc y Connie cayeran en la cuenta de que habíamos estado mintiéndoles todo este tiempo.

Cuando Doc empezó a retirar los platos, y en vista de que Jack seguía sin mencionar el tema, decidí arrancarme yo.

—Doc, Connie, Jack y yo tenemos algo que deciros.

Connie se llevó la mano a la clavícula con regocijo.

—Lo sabía.

—¿Lo sabías? —pregunté echando una ojeada a Jack.

—Lo vaticiné hace una semana. ¿A que sí, cielo? —dijo Connie a Doc.

—Desde luego que sí —confirmó Doc.

Miré a Jack.

—Me temo que no... —comenzó él.

—Hagámosla aquí —lo interrumpió Connie—. Nosotros nos ocuparemos de todo.

—¿Hacer qué? —inquirió Jack.

Su madre frunció el entrecejo, como diciendo «Es evidente».

—La boda.

Jack me miró.

Suspiré.

—Mamá —dijo Jack—, Hannah y yo no vamos a casarnos.

Connie rechazó la idea con un gesto de la mano, como si no quisiera escuchar tonterías.

—Ya lo creo que sí.

—Mamá.

—Ya te he dicho que lo vaticiné. Sois perfectos el uno para el otro.

Jack empalideció ligeramente. Esto iba a ser más difícil de lo que imaginaba.

—Mamá, no vamos a casarnos. De hecho —me miró para infundirse valor—, Hannah ni siquiera es mi novia.

El padre de Jack había regresado a su silla y ahora ambos nos miraron sin comprender.

—¿No es tu novia? —preguntó Connie—. ¿Por qué no?

—En realidad es... —dijo Jack—. Verás... —probó de nuevo—. El caso es que...

—Soy guardaespaldas —terminé por él. Sus padres parpadearon en mi dirección, pero Hank clavó la mirada en Jack—. Su guardaespaldas —aclaré, señalándolo.

Hicimos una pausa para que lo asimilaran.

Doc dijo entonces:

—¿No eres un poco bajita para ser guardaespaldas?

—Soy más alta de lo que parezco —respondí al mismo tiempo que Jack decía:

—Tiene personalidad de persona alta. —Me dio un codazo y añadió—: Llévatelo al jardín y hazlo volar por los aires.

Doc arrugó la frente y dirigió la mirada a Jack.

—¿Puede hacerlo?

249

—Fliparías.

—Nos hemos hecho pasar por pareja —dije, regresando al asunto en cuestión— para que yo pudiera estar cerca de Jack y protegerlo.

Ignoro qué clase de reacción esperaba…, pero la que obtuve, al menos de Connie, me dejó de piedra.

—Eso es absurdo —dijo—. Deberíais ser novios. Es evidente que estáis enamorados.

—Estábamos fingiendo —respondí muy suavemente.

Pero Connie se volvió hacia su hijo como si no se lo creyera ni por un momento.

—Jack —dijo—, ¿estabas fingiendo?

Jack le sostuvo la mirada unos segundos y, a continuación, con un firme asentimiento de cabeza, dijo:

—Sí.

—Por favor —se mofó Connie sacudiendo la cabeza.

—Lo siento mucho —dije—. Jack estaba actuando.

Eso la hizo reír.

—No es tan buen actor.

—Era una relación de mentira —insistí.

—Habéis dormido juntos todo este tiempo. ¿También era mentira?

Jack bajó la mirada.

—Hannah dormía en el suelo.

Eso captó la atención de Connie.

—¿En el suelo de losetas?

—Le ofrecí la cama —se defendió él—, pero se negó a aceptarla.

Ahora Connie sí que estaba cabreada. Se levantó y le asestó a Jack un manotazo en el hombro.

—¿Permitiste que nuestra Hannah durmiera en ese suelo frío y duro? ¡Te he educado para que fueras un caballero! ¡Compórtate como tal!

Mi corazón dio un pequeño brinco cuando dijo «nuestra Hannah».

—No pasa nada —intervine—. Soy una mujer dura.

—No tienes por qué serlo —dijo Connie, y por alguna razón la ternura en su voz hizo que se me empañaran los ojos.

Tosí.

—La cuestión es que estábamos intentando mantener a Jack y a todos vosotros a salvo, sin preocuparos.

Hank, que había estado amenazadoramente callado, tenía ahora una pregunta.

—¿A salvo de qué?

Miré a Jack.

Él tomó las riendas.

—De una acosadora sin importancia.

—No queríamos correr riesgos —dije—, pero tampoco queríamos crearle estrés a nadie.

—¿Tenías una acosadora? —preguntó Hank.

—Tengo —dijo Jack asintiendo con la cabeza—. Pero es una acosadora sin importancia.

—¿Y en lugar de contárnoslo… preferisteis mentir? —insistió Hank.

—Bueno —dije buscando la manera en que sonara mejor—, sí, pero… con la mejor de las intenciones.

—Me da igual que hayáis mentido —dijo Connie—. Yo lo que quiero es que os caséis.

Jack negó con la cabeza.

—Mamá, no vamos a casarnos. Ni siquiera estamos juntos.

—Y una mierda —espetó Connie, escandalizando a toda la mesa. Luego le ofreció un trato a Jack—. Pídele la mano ahora y te lo perdono todo.

Antes de que Jack pudiera responder, Hank tenía otra pregunta para nosotros.

—¿Por qué ahora?

—¿Qué?

—¿Por qué nos lo cuentas ahora? ¿Por qué no habéis esperado a después de Acción de Gracias y a que ella pudiera marcharse sin dar más explicaciones?

—Ah —dijo Jack—. Verás…, resulta que… la situación de acoso sin importancia se ha complicado un poco.

Hank se tensó.

—¿Qué significa eso?

—Significa que la acosadora, que siempre ha sido inofensiva y se limitaba a escribirme cartas y tejerme jerséis…

—¿Los jerséis los hacía ella? —preguntó Connie.

Jack asintió.

—Se le da muy bien —dijo ella con un asentimiento de respeto.

Decidí echar un cable.

—El caso es que últimamente la acosadora se ha desmadrado un poco.

—¿En qué sentido? —preguntó Hank, todavía en guardia.

—Por lo visto —dije intentando que sonara gracioso—, alguien nos hizo una foto a Jack y a mí cuando estábamos todos en el hospital la semana pasada, y por el ángulo da la impresión de que nos estuviéramos besando, lo que es totalmente falso, y ahora todo internet cree que soy su novia.

—Te dije que estaban enamorados —dijo Connie a Doc.

Doc le dio unas palmaditas en la mano.

—Lo cual no importaría demasiado —continué—, si no fuera porque la Mujer Corgi parece haber…

—Saltado —terminó Jack por mí.

Asentí.

—Y ahora se ha vuelto un pelín más agresiva.

—¿En qué sentido? —inquirió Hank.

Tras mirarnos un segundo, Jack inspiró hondo y dijo:

—Quiere cargarse a Hannah.

—Y de maneras de lo más creativas —asentí yo.

Estaba intentando echarle humor, pero Hank no me siguió.

—¡Dios! —espetó, levantándose tan deprisa que derribó la silla. Se puso a caminar por la cocina—. ¿Te persigue una acosadora asesina?

—Lo hemos descubierto esta mañana —dijo Jack.

—Hasta ahora había sido inofensiva... —comencé.

—¿Sabe dónde estáis? —me interrumpió Hank mirando por la ventana.

—No —dijo Jack.

—Hank —dije tratando de sonar lo más profesional posible—, actualmente no corréis ningún peligro.

—Que nosotros sepamos —puntualizó.

—No ha habido amenazas dirigidas a ti ni a ningún miembro de tu familia —dije—. La única persona que corre peligro aquí soy yo y puedo defenderme sola.

—¿Y si te dispara y falla?

—Por eso van a retirarme de este trabajo y a reemplazarme por un equipo completo, tanto aquí como en la casa de Jack en la ciudad. La agencia para la que trabajo es la mejor que existe. Cuando me haya marchado, el peligro será mínimo. Esta noche vendrá un coche para llevarme a la ciudad.

Confié en que mi tono sonara tranquilizador.

—Hay algo que no acabo de entender —dijo Hank a Jack mientras la ira crecía en su voz—. ¿Estabas lo bastante preocupado como para contratar una guardaespaldas, pero no te pareció adecuado contarnos lo que estaba pasando?

—No quería preocupar a mamá.

Pero la voz de Hank seguía tensándose.

—¿En ningún momento se te ocurrió que podría haber sido útil para nosotros tener esa información?

—El nivel de amenaza era muy bajo —intervine.

—Fue una precaución extrema —dijo Jack.

—Sabías que estabas en peligro —dijo Hank subiendo el tono de voz—, pero viniste de todos modos.

—No estaba realmente en peligro.

—Pero ahora sí lo estás.

—Incluso ahora... —comencé.

Hank, sin embargo, no estaba interesado en lo que yo tenía que decir. Se volvió hacia Jack con la mirada dura y oscura como la obsidiana.

—Tu egoísmo no tiene límites.

Jack se levantó de un salto. Ahora estaban frente a frente.

—No me llames egoísta. No tienes ni idea.

Doc, Connie y yo permanecimos sentados en nuestro extremo de la mesa —fuera de la línea de fuego— mientras Jack y Hank se enfrentaban.

—Hay un millón de razones por las que no quería que vinieras —dijo entonces Hank casi a gritos—, empezando por el hecho de que estaría encantado de no volver a verte nunca más. Pero confieso que la posibilidad de que consiguieras que nos mataran a todos no se me pasó por la cabeza.

—¡Yo no he matado a nadie! —bramó Jack, tan fuerte que el silencio que siguió fue frágil como el cristal.

—Bueno —dijo Hank a continuación, bajando el tono hasta hacerlo cien veces más amenazador—, creo que hay un muerto en esta familia que no estaría de acuerdo con eso.

Al escuchar esas palabras, Jack agarró su plato y lo estampó contra el suelo con tanta fuerza que casi esperé que dejara un cráter. Luego gritó:

—¡No maté a Drew!

—¡¿En serio?! —gritó Hank a su vez, la voz empapada de resentimiento—. ¿Te refresco la memoria? —Procedió a contar con los dedos—. Te subiste al coche, conducías demasiado deprisa, entraste en el puente a ciento cuarenta, patinaste sobre el hielo, atravesaste la barandilla, ¡y te precipitaste con nuestro hermano pequeño en un río gélido! ¿Qué parte de eso no lo mató?

—¡La parte —gritó Jack— en la que yo no iba al volante!

Se hizo el silencio.

Clavando la mirada en el suelo, Jack parpadeó, como si no pudiera creer que lo hubiera dicho.

Hank dio un paso atrás y sacudió la cabeza como si estuviera tratando de despejarla.

—Cariño... —dijo Connie, mirando perpleja a Jack.

—Yo no conducía el coche esa noche —repitió Jack, más quedamente esta vez—. Conducía Drew.

También Hank bajó el tono.

—¿Estás diciendo...?

—Estoy diciendo que no me di cuenta de que Drew había bebido hasta que ya estábamos en la carretera. Y cuando le dije que parara en la cuneta, pisó el acelerador. Estoy diciendo que la botella de whisky que encontraron en el coche era de Drew.

—Pero Drew ya no bebía —dijo Doc, entornando los párpados como si no pudiera cuadrar las piezas—. No bebía desde el instituto. Llevaba años yendo a Alcohólicos Anónimos.

Jack dirigió la vista al suelo.

—Supongo que tenía una mala noche.

El rostro de Connie estaba ahora surcado de lágrimas.

—¿Por qué no nos lo contaste, cariño?

—Porque Drew me pidió que no lo hiciera.

Aguardamos.

—Cuando atravesamos la barandilla —continuó Jack— y caímos al agua, flotamos durante un minuto. Yo empecé a bajar las ventanillas y a quitar los cinturones, pero Drew solo era capaz de menear la cabeza y decir «No se lo cuentes a mamá y papá. No se lo cuentes a Hank». Lo dijo como diez veces, puede que veinte. Una detrás de otra. Yo estaba concentrado en intentar espabilarlo y sacarlo del coche, así que iba diciendo: «No se lo contaré, colega, pero baja la ventanilla». Al final, cuando el agua entró, lo empujé afuera por la ventanilla. Y cuando lo encontraron ahogado, yo solo podía pensar que aquello fue lo último que me pidió. Fue su último deseo. No decepcionaros. Así que lo respeté. Me parecía que era lo menos que podía hacer por él, por todos nosotros..., para no empeorar las cosas. Incluso después de que empezaran los rumores de que era yo el que había bebido, sentí que no podía romper esa promesa. Iba a llevarme la verdad a la tumba costara lo que costara, pero supongo que ni siquiera he sido capaz de hacer eso.

Dejó ir un suspiro, como si estuviera decepcionado consigo mismo. Durante un minuto nos limitamos a mirarlo.

Recordé que en su sueño siempre era Jack el que se ahogaba, y no Drew. Quizá Jack estaba todavía intentando salvarlo. O quizá quería ocupar su lugar.

Parecía la clase de hombre que haría eso si pudiera.

Con paso decidido, triturando con sus botas los fragmentos del plato de Jack, Hank se acercó a su hermano.

—¿Por eso llevas su collar? —preguntó.

Era de Drew.

Jack asintió y descansó la frente en el hombro de Hank. Este levantó los brazos y envolvió con ellos a su hermano. Entonces vi, por sus hombros, que Jack estaba llorando.

En ese momento Doc ayudó a Connie a levantarse para unirse a los chicos y abrazarlos.

Y justo cuando estaba pensando que probablemente debería retirarme con discreción y dejar a esa pequeña familia tener su momento de intimidad..., Connie alargó la mano y, tirando de mí, me incluyó en el abrazo colectivo.

A continuación, Hank se llevó a Jack al jardín para que le diera el aire en un momento entre hermanos largo tiempo esperado.

No fue hasta que se hubieron marchado cuando el resto recordamos que yo me estaba despidiendo.

Connie se volvió hacia mí.

—¿Significa todo esto de la relación falsa que no vendrás para Acción de Gracias? —me preguntó. Estaba secándose las lágrimas con una servilleta.

—No vendré —confirmé, negando com la cabeza.

—¿Os seguiréis viendo Jack y tú?

—No.

—¿Ni siquiera para divertiros?

—No soy una persona muy divertida que digamos —respondí. Connie soltó una carcajada y dijo:

—Pues hacía años que Jack no se divertía tanto con alguien.

Me acordé de cuando Robby me había dicho que yo no era divertida y me sentí muy agradecida con Connie por llevarle la contraria.

—Siempre serás bienvenida en esta casa —dijo entonces. Sacudí la cabeza.

—Me temo que no va a ser posible —contesté con un nudo en la garganta—. Después de esta noche, no volveremos a vernos.

Connie meneó la cabeza, como si no pudiera entenderlo.

Pobres Doc y Connie. Tenían mucho que asimilar.

Entonces fue cuando decidí lanzarme y decir algo real.

—Sé que no es el mejor momento —comencé—, pero dado que es mi última oportunidad de decirlo, quiero que sepas que este ha sido un trabajo sumamente atípico para mí. Jamás me encariño con mis clientes, pero me he encariñado mucho contigo.

—¿Conmigo? —preguntó Connie.

—Con todos vosotros, de diferentes maneras —dije. Y a continuación, aunque no había planeado decir esto, cuando quise darme cuenta ya estaba ocurriendo y añadí—. Mi madre murió este año y estar contigo ha sido… muy importante para mí.

—Ay, cielo —dijo Connie, buscando mi mano y tomándola entre las suyas.

—No se parecía nada a ti —me descubrí diciendo—. Era una mujer con muchos problemas. Y difícil. Y siempre empeoraba las cosas en lugar de mejorarlas. No me recuerdas a ella, pero… —Sentí que se me cerraba la garganta, pero continué—. Supongo que me recuerdas a la madre que siempre quise tener.

Connie me miró a los ojos.

—Me alegro de haber podido ser eso para ti.

—Durante mi estancia aquí —proseguí— he sentido que tenía una familia. —Respiré hondo—. Mi infancia no fue… —No supe cómo describirla—. Supongo que nunca he sabido qué es tener una familia afectuosa. Y aunque… —Noté que empezaba a temblarme la voz—. Aunque no podré formar parte de esta familia en el futuro, me ha encantado estar con vosotros. Y agradezco enormemente haber tenido la oportunidad de comprobar que existen familias como la tuya.

Inspiré hondo y contuve la respiración, intentando serenarme, pero aún me quedaba una cosa por añadir.

—Lo que estoy intentando decir es que te voy a echar de menos.

—¿Y a Jack? —preguntó Connie—. ¿A él también lo vas a echar de menos?

Sopesé cuánto confesar.

—También —reconocí. Parecía suficiente.

—Le gustas. Se nota.

Ni siquiera me permití desear que fuera cierto. En lugar de eso, negué con la cabeza.

—Puede —dije— que sea mejor actor de lo que crees.

25

Amadi llegó para llevarme a la ciudad antes de que Jack y Hank regresaran.

—Llegas pronto —señalé consultando la hora en mi móvil.

—Lo sé —dijo Amadi—. Tengo a un hijo enfermo en casa y mi mujer...

—Lo entiendo. —Asentí.

Me había llevado poco tiempo recoger mis cosas. No había mucho que hacer. Incluso devolví el tapón de la pasta de dientes de Jack a su lugar.

Por un momento pensé en dejar una nota, o incluso en hacer una foto. ¿Cómo si no iba a recordar la cama sin hacer de Jack o las pilas de ropa con su forma esparcidas por el suelo cual alfombras de pelo de oso?

Pero recuperé mi profesionalidad. Por cosas como esta existía el protocolo de no-dejar-rastro. «Nunca estuve allí».

Amadi introdujo la maleta en el Tahoe negro de la empresa y luego, sin aminorar el paso, me abrió la puerta del copiloto y rodeó el vehículo para subirse al asiento del conductor. Estaba deseando ponerse en marcha.

Caminé hasta la puerta del coche, pero titubeé.

Miré en derredor buscando algún indicio de los hermanos,

pero nada, solo árboles susurrantes, el vago despertar de las estrellas y un puñado de vacas junto a la cerca mirándonos con sus ojos tristes.

—Lo siento —dije—. ¿Me das un momento?

Amadi miró su reloj, pero dijo:

—Vale.

Había una luz encendida en el granero. Quizá estuvieran allí. Sin embargo, no había nadie.

Regresé lentamente, escudriñando los campos. En el corral podía ver a Clipper. Le lancé un beso.

La idea de no despedirme de Jack me llenaba de... pánico, aun cuando yo nunca me despedía de mis clientes. ¿Serviría de algo decirle adiós? No cambiaría nada. Aun así, me sentía como si tuviera cien mensajes urgentes para él, y lo único que quería era transmitírselos. Fueran los que fuesen.

De regreso en el Tahoe, me detuve otro instante frente a la puerta oteando el jardín, y esperando.

Y llegó el momento de dejar de postergar lo inevitable.

Subí al coche, cerré la puerta y me puse el cinturón.

—Bien —dije—. En marcha.

Amadi tomó el sendero de grava y dejamos el jardín atrás, cruzamos el guardaganado y descendimos por el largo camino donde Jack me había abrazado de mentira tantas veces.

Seguramente era mejor así.

Inspiré hondo y aguanté el aire. No iba a llorar. No delante de un compañero. No por un cliente. Mantener el tipo, al menos, me daba algo en lo que concentrarme. Podía hacerlo. Podía hacerlo.

De pronto Amadi levantó el pie del acelerador y frenó en mitad del camino.

Estaba mirando por el retrovisor.

—¿Ese es nuestro cliente?

Me di la vuelta.

Sí. Era Jack, corriendo hacia nosotros por la grava.

—Dame un minuto —dije bajándome del coche.

Jack se detuvo a medio metro de mí respirando entrecortadamente.

—Te has ido sin despedirte —jadeó.

—Esperé, pero teníamos que irnos.

Jack recuperó el aliento.

—Creía que teníamos más tiempo.

—¿Dónde estabas? —le pregunté.

—Hank tenía algunas cosas que decirme.

Asentí.

—Siento mucho las amenazas de muerte —dijo entonces él—. Siento mucho haber puesto tu vida en peligro.

—Estaré bien, siempre y cuando me mantenga alejada de ti. —Lo dije medio en broma, pero no le hizo gracia—. No te preocupes —continué—, la Mujer Corgi se olvidará de mí con el tiempo. Es lo que suele ocurrir.

—Gracias. Por todo —añadió dando un paso hacia mí—. Quería decírtelo antes de que te fueras.

Asentí.

—Yo también quería decirte algo.

Jack me miró fijamente a los ojos y aguardó.

Entonces veinte cosas diferentes brotaron en mi cabeza. Era imposible decirlas todas. O incluso elegir una.

—Hiciste lo correcto —dije al final. Jack dejó escapar una risita extraña y bajó la vista—. Sé que era el último deseo de Drew y que yo no lo conocía, pero no creo que él quisiera que algo que dijo en un momento de pánico separara a tu familia para siempre.

—Esperemos que no —dijo Jack—. Ya no hay solución.

—Tu madre tenía razón —dije.

—Mi madre siempre tiene razón.

—Obligaros a Hank y a ti a convivir fue buena idea.

Jack asintió.

—Menos mal que Hank tiene un don especial para cabrearme.

Amadi nos hizo señales con las luces del coche.

—Ha llegado la hora —dijo Jack.

—Sí —dije—, pero necesito que sepas…

Titubeé. Realmente había llegado la hora de irme. Una pequeña parte de mí creía que debía decirle algo auténtico a Jack. Que me gustaba. Que me había enamorado de él. Que aunque nuestra relación había sido fingida —puede que incluso porque había sido fingida— se había convertido en la cosa más real de mi vida.

¿Hasta qué punto era humillante confesarle eso?

Una vez que nos despidiéramos, ya no habría manera de ponerme en contacto con él. Jack desaparecería detrás de la cortina de la fama que separa a las celebridades del resto de la gente y yo regresaría a mi vida dominada por el trabajo y la huida. Si esta era realmente la última vez que iba a verlo, esta era entonces mi única oportunidad para decirle la verdad. No quería pasarme el resto de mi vida lamentándome por todo lo que no había llegado a decirle.

Jack había significado algo para mí. Había sido importante. Me había enseñado cosas que no sabía que necesitaba aprender. El tiempo que había pasado con él me había cambiado y estaba agradecida por ello.

Quería que lo supiera.

Era mi única oportunidad para decírselo…

Pero me acobardé.

Era demasiado poco profesional. Era demasiado aterrador. Era demasiado como la Mujer Corgi.

Al final, esa era yo, al parecer: una persona a la que le aterraban las vacas y el amor.

De modo que alargué el brazo para estrecharle la mano como si estuviéramos en un evento empresarial.

—Quiero que sepas que me ha encantado trabajar contigo —dije.

Y una vez que hube devuelto a ambos al marco profesional, Jack no tuvo más remedio que seguirme. Arrugó el entrecejo, pero aceptó mi mano y la estrechó.

—Gracias por tus servicios.

Asentí con firmeza, giré sobre mis talones y me encaminé al coche con las manguitas de mi blusa bordada de novia ondeando sobre los hombros.

Pero al abrir la puerta oí a Jack gritar:

—¡Hannah!

Me di la vuelta.

Él tenía las manos en los bolsillos. Me miró un largo instante.

—Quiero que sepas algo.

Contuve el aliento.

Y entonces dijo:

—Voy a echarte mucho de menos. Y no estoy actuando.

26

Esa noche me marché, pero no fui a casa.

Casa era mi antiguo apartamento, un pisito encantador en un edificio de los años veinte con cuatro viviendas, situado en la zona moderna de la ciudad. Casa tenía un arco en la sala de estar y un nicho para el teléfono en el recibidor. Casa era donde había vivido tres años antes de huir en un intento desesperado por no volver a ver a Taylor nunca más.

El apartamento al que regresaba ahora era el que había alquilado, sin haberlo visto antes, en la octava planta de un complejo nuevo, ultramoderno y absolutamente genérico, ubicado también en la zona moderna de la ciudad.

¿Y lo más irónico de todo esto? Cuando llegué a mi puerta por primera vez, ¿quién estaba haciendo guardia junto a ella?

Taylor.

Cómo no.

—Tenías que ser tú —dije mientras abría con el teclado numérico—. Glenn debe de ser un sádico.

Taylor no giró la cabeza.

—Fui yo quien pidió esta misión.

¿Esperaba que reaccionara a eso? ¿Esperaba que le diera las gracias? Ni de coña. Taylor podía hacerme muchas cosas, pero no podía obligarme a charlar con ella. Entré en el apartamento y cerré la puerta tras de mí, y esa fue la única respuesta que obtuvo: un sonoro y hueco «bum».

Entonces me quedé sola.

Totalmente sola. Por primera vez en semanas.

El apartamento estaba hasta arriba de cajas y los mudanceros habían adoptado con los muebles el enfoque de déjalo-donde-te-plazca. La cama, por ejemplo, estaba en medio del dormitorio, como si fuera una isla.

Pero daba igual.

Salí al balcón y contemplé las vistas.

Estaba bien, me dije. Disponía de un tiempo para mí. Tiempo para recargar pilas y reflexionar. Puede que empezara un diario de agradecimiento. Puede que me aficionara a la caligrafía. Tenía unos días antes de irme a Corea. Tenía que haber una manera de sacarles provecho. «Puede que esto no sea un castigo. Puede que sea una oportunidad».

Pero ¿una oportunidad para qué?

Pedí comida coreana. Cuando llegó el repartidor, le dediqué un «Kamsahamnida» con un pequeño asentimiento de cabeza, empleando mi voz más cálida para dejarle claro a Taylor, apostada junto a la puerta, que él era alguien digno de mi más sincero respeto… y ella no.

Luego entré, me senté sobre las cajas con los palillos desechables y comí sola.

Para cuando hube terminado, pese a haberme puesto morada, sobraba tanto bulgogi y bibimbap que no pude evitar que se me pasara por la cabeza llevarle un poco a Taylor. Pero eso sería como dejarle ganar.

En su lugar, metí las sobras en la nevera para el desayuno, me senté en el suelo con las piernas cruzadas y contemplé mis ventanas sin cortinas. Mi mente era un espacio en blanco. El apartamento era un espacio en blanco. Mi vida era un espacio en blanco.

Tendría que haberme sentido feliz. Tendría que haberme sentido aliviada. Si desde un principio no había querido ir al rancho, y si escapar era mi afición favorita, debería haber vuelto triunfante a la ciudad.

Sin embargo, no me sentía triunfante en absoluto.

Había conseguido lo que quería, solo que ya no era lo que quería.

Me había creído nuestra relación falsa como una auténtica idiota y había dado un giro de ciento ochenta grados. Ahora no quería otra cosa que quedarme.

Pero, naturalmente, no podía quedarme.

Había representado mi papel y hecho mi trabajo. Había hecho lo que Glenn quería. Había conservado mi candidatura para Londres.

Era el momento de volver a mi vida real. Y mi vida real —tal como me la había montado, tal como la había preferido— consistía siempre en irme, no en quedarme. Se me daba muy bien. Disfrutaba haciéndolo. En menos de dos semanas me marcharía a Corea y empezaría de cero en Seúl: curro nuevo, clientes nuevos y nada que me recordara a Jack Stapleton.

Aunque, conociéndolo, probablemente aparecería en las vallas publicitarias coreanas.

Por tanto, no iba a deshacer las cajas. No iba a ir a Ikea a comprar cojines y plantas de interior dentro de coloridas macetas escandinavas. No iba a crearme un nido. Iba a dejar que mi vida en Houston fuera lo más triste, estéril y hostil posible, el máximo de tiempo posible, para que así no hubiera nada en absoluto que me hiciera desear quedarme.

Nada más, en cualquier caso. Aparte de lo obvio.

Ese era el plan. Llevaría mi desgracia al máximo nivel para que cualquier otra cosa me pareciera mejor.

No era un gran plan. Ni siquiera era uno bueno, pero era cuanto tenía.

Además, no tendría que esforzarme demasiado para hacerme desgraciada.

El mundo iba a hacerlo por mí.

Porque tres noches después de abandonar el rancho, estaba sentada en una caja cenando comida Tex-Mex de un envase de cartón y mirando distraídamente el móvil, cuando tropecé con un vídeo promocional de ninguna otra que Kennedy Monroe.

—Joder —exclamé, soltando el taco.

Por lo visto, Kennedy Monroe estaba en Texas, rodando una película de superhéroes, en un desierto infernal próximo a Amarillo. Y había decidido bajar y darle una sorpresa a su novio. Jack Stapleton. En Houston. Delante de las cámaras.

—¿Qué la impulsó a viajar a Houston? —le preguntaba el cámara.

—Digamos que pasaba por el vecindario —contestaba Kennedy Monroe.

—¿Y qué vecindario es ese?

Ella sonrió.

—Texas.

¿Por el vecindario? Por favor. Hacían falta nueve horas para llegar de Amarillo a Houston, y eso era si no te pillaba una tormenta de arena.

No obstante, Kennedy me tenía hipnotizada con su perfección y con su belleza de otro mundo. No tenía ni una marca, ni un grano, ni una mínima asimetría en el cuerpo. Podrían haberla construido en una fábrica, y probablemente así fuera. Porque seguro que lo suyo era obra de un cirujano plástico…, pero de uno buenísimo, eso tenía que reconocérselo. Era una obra de arte.

Estaba admirando mi capacidad para ser tan elogiosa y emocionalmente generosa con ella, en lugar de pudrirme de envidia por dentro, cuando la cámara reculó y reparé en que Kennedy Monroe estaba delante de una elegante puerta azul.

Junto a un inconfundible *Ficus lyrata*.

Mierda. Estaba en casa de Jack.

Mi generosidad se desvaneció de golpe.

Por lo visto, se trataba de una especie de serie de vídeos online en la que Kennedy Monroe se disponía a sorprender a Jack con su visita. Se encaminó hasta la lustrosa puerta y llamó con los nudillos. Seguidamente, se volvió hacia el cámara, se llevó un dedo a los labios e hizo el gesto de «chis».

Detuve el vídeo para escribir a Glenn.

> Sabes que esa Kennedy Monroe se llevó a un cámara a casa de Stapleton???

Sí. Hace días. Todo controlado.

Le envié algunos mensajes más —como «Qué demonios? Quién ha permitido que ocurriera?»—, pero como no contestaba, volví a darle al vídeo.

La puerta se abría y el mismísimo Jack aparecía en persona. Descalzo, con sus Levi's y su camisa de franela favorita sobre una camiseta que yo había visto por última vez hecha un ovillo en el suelo del cuarto de baño.

En cuanto lo vi —incluso en tamaño móvil y hecho de píxeles— un estremecimiento de placer me recorrió el cuerpo.

—¡Caramba! ¡Hola! —decía Jack al tiempo que Kennedy Monroe se arqueaba en un abrazo que me hizo pensar en un gato siamés. ¿Fue por la forma en la que sacaba el culo y apretaba las tetas contra el torso de Jack? ¿Fue por la forma en la que se frotaba contra él, como si estuviera marcando territorio? ¿O por la forma en la que ronroneaba?

Daba igual. La imagen iba a quedar grabada para siempre en mi memoria.

—Solo quería saludarte —decía entonces Kennedy Monroe, volviéndose hacia la cámara— y he traído algunos amigos.

Seguidamente, se arrancaba con la entrevista más sosa y ridícula que había visto en mi vida, compuesta básicamente de golpes de melena, risitas, tomas fortuitas del canalillo y preguntas cañeras a Jack del tipo: «¿Estás cada día más bueno?».

Os ahorraré los detalles insultantes. La vi yo, así que vosotros no tenéis que pasar por ello. De hecho, más que verla la devoré. No podía apartar los ojos de la pantalla.

Principalmente por Jack, claro. Su presencia era un festín para mis ávidos ojos. Pero también por Kennedy Monroe. La vi allí, con él, e intenté imaginármelos como pareja. Busqué cualquier atisbo de chispa o química entre ellos. Lo que fuera.

De alguna manera, me había olvidado de que Kennedy Monroe existía.

Jack se mostraba amable, encantador e implacablemente atractivo. No obstante, mientras lo observaba reparé en algo más: no se sentía atraído por ella.

Después de todas esas semanas creyendo que tenía el radar estropeado —como si tanto teatro me hubiera desintonizado— de repente me di cuenta de que había estado subestimándome.

Podía leer perfectamente a Jack.

Kennedy Monroe estaba posando para la cámara, pavoneándose y sacudiendo la melena, y él estaba observándola y siguiéndole el rollo. Sin embargo, la cabeza ladeada, la ceja enarcada, los ojos entornados, el ángulo de su sonrisa, la tensión en su columna…, todo en él decía «No».

O algo parecido, pero en esa línea.

El caso era que podía leerlo. Es más, podía ver a través de su actuación. Todo este tiempo había creído que no podía distinguir qué era real en Jack, pero resultaba que podía leerlo como a cualquier otra persona. Puede que incluso mejor.

Y una cosa estaba clara como el agua: Jack Stapleton sentía más atracción por ese *Ficus lyrata* que por Kennedy Monroe.

¿Se trataría la suya también de una relación falsa?

Cuando ella agitaba la melena, Jack apenas se percataba. Cuando él sonreía, lo hacía de manera mecánica. Cuando ella le tiró de la camiseta para intentar darle un beso, él giró la cara como si creyera haber oído que alguien lo llamaba.

—Jack —decía entonces Kennedy, mirando directamente a la cámara—, ahora voy a necesitar toda tu atención.

Jack se volvía de nuevo hacia ella.

—Vale —decía—. La tienes.

—Porque tengo una pregunta muy importante que hacerte y seguro que no quieres perdértela.

—Vale —decía Jack hundiendo las manos en los bolsillos—. Dispara.

Finalmente, Kennedy apartaba la vista de la cámara para mirar a Jack a los ojos.

—Mi pregunta —decía inclinándose hacia él— es esta. —Se giraba hacia la cámara para lanzar otro guiño. Luego miraba de nuevo a Jack y decía—: ¿Quieres casarte conmigo?

Al oír esas palabras se me cayó el móvil de las manos. Para cuando lo recuperé, el vídeo había terminado.

¿En serio había visto aquello? ¿Acababa Kennedy Monroe de proponerle matrimonio a Jack?

De repente ya no me sentía tan segura de mí misma.

¿Había sido capaz de ver a través de Jack o no? ¿Había sido todo una ilusión?

Rebobiné el final para ver la respuesta de Jack a la proposición de matrimonio, pero la segunda visualización no me dio más información que la primera. Al parecer, el vídeo terminaba en suspenso. Kennedy soltaba la pregunta, la cámara enfocaba a Jack mirándola atónito y fin de la historia.

Rebobiné de nuevo. Por si acaso.

Tampoco esta vez hubo respuesta. No obstante, en este tercer visionado —que, confieso, no sería el último— reparé en algo más interesante que el shock en la cara de Jack.

En el minuto 8.03, justo después de que Kennedy le tirara de la camiseta para intentar besarlo, Jack se volvía de nuevo hacia la cámara con la camiseta torcida. Kennedy Monroe había tirado de ella hacia delante y empujado el cuello hacia abajo.

Lo que revelaba por primera vez la gargantilla de cuero.

Agrandé el rostro de Jack para saborearlo unos instantes. ¿Por qué no? No hacía daño a nadie.

Y en ese momento vi algo además de la gargantilla de Drew.

Colgando del cuello de Jack estaba mi imperdible de cuentas lleno de colorido, desafiante e inconfundible.

No tuve tiempo de reaccionar porque justo entonces llamaron a la puerta. Me asomé a la mirilla y vi que era Robby, todavía con las gafas de sol puestas, como un memo.

—¡Lárgate, Robby! —grité.

—¡No puedo oírte! —gritó Robby a su vez—. ¡La puerta está insonorizada!

Abrí un centímetro para gritar otro «¡Lárgate!», pero Robby metió la punta del zapato en la rendija.

—Necesito hablar contigo —dijo—. Déjame entrar.

—Ni lo sueñes. —Miré el zapato que bloqueaba la puerta.

Robby retrocedió.

—En serio, necesito hablar contigo —insistió mientras se quitaba las gafas de sol y miraba de refilón a Taylor, que no movió ni una pestaña.

—Pues habla.

—Dentro.

—No vas a entrar.

—Oye —dijo Robby, echando otra mirada a Taylor—, sé que cuando estabas en el rancho Jack Stapleton te tenía en sus garras, pero confío en que ahora que estás libre puedas pensar con claridad.

Lo miré impasible.

—Nadie me ha tenido nunca en sus garras. Ni siquiera tú.

—Ya sabes qué quiero decir.

—Ahora mismo estoy ocupada...

—Supe que dejarte había sido un error en cuanto el avión aterrizó en Madrid.

Hice una pausa.

—Así que fuiste a por Taylor.

—¡Estaba triste! ¡Me sentía solo! ¡Y rechazado!

—¡Fuiste tú quien me dejó a mí!

Robby se volvió un momento hacia Taylor y decidió continuar de todos modos.

—Ni siquiera me gustaba, ¿vale? Simplemente estaba... ahí.

Sentí un atisbo de empatía por los oídos de Taylor.

—¿Te das cuenta de que eso lo hace aún más terrible?

—Era un momento duro de mi vida, y tenerla a ella era mejor que no tener nada, ¿vale? No fue más que eso.

¿Me hacía sentir bien ganar así delante de Taylor? Creía que no. Porque ¿realmente ganaba alguien en esa situación?

—¿Eres consciente de que la tienes al lado? —pregunté.

—¡La culpa es tuya! —protestó Robby. Y entonces dijo algo que tocó el punto justo en el momento justo—. ¡No me has dejado entrar!

Sus palabras me detuvieron en seco. De tanto en tanto, algo muy cierto atraviesa todo el caos de la vida y consigue captar toda tu atención.

—No te dejé entrar —dije, más para mí que para él. Era como si alguien hubiese encendido las luces en una habitación oscura—. Dios, Bobby, tienes razón.

—Deja de llamarme Bobby.

—Pero tienes razón, mucha razón.

Robby frunció el entrecejo.

—¿La tengo?

Era como si estuviera viéndolo por primera vez.

—No te dejé entrar. ¿Cuando me perdí tu fiesta de cumpleaños porque estaba trabajando? ¿Y cuando tuve que cancelar nuestra escapada de fin de semana en el último momento? ¿Y cuando perdí la pulsera que me regalaste? ¿Cuando «trabajaba todo el tiempo»? ¿Cuando no era «divertida»? No te estaba dejando entrar.

Probablemente también fue lo que él quiso decir cuando me acusó de que «besaba fatal», pero no iba a dignificar tales palabras pronunciándolas en alto.

Robby echó una mirada a Taylor en plan «¿Qué está pasando aquí?». Ella lo ignoró.

Seguí hablando.

—Yo pensaba que me estabas culpando, pero solo estabas diciendo la verdad. Creía que para que fuera amor bastaba con que nos acostáramos juntos, pero tenías mucha razón. Yo no sabía qué era el amor.

Pensé en Jack. Pensé en el paseo a caballito desde el río. Pensé en lo que sentía cuando lo hacía reír. Pensé en cómo lo animaba cada vez que intentaba hacer canasta en el cubo de la cocina y fallaba. Pensé en el pánico que me recorrió el cuerpo cuando hizo el salto mortal con Clipper, como si el hecho de que se partiera la crisma pudiera partir también la mía. Pensé en la dicha absoluta al despertarme en su cama, enredada bajo su peso. Pensé en la angustia que se apoderó de mí la última noche mientras lo buscaba en vano para despedirme. Pensé en los violentos celos que acababa de sentir al ver a Kennedy Monroe frotarse toda ella contra él.

Ahora sí lo sabía.

Asentí.

—Tienes razón, no te dejé entrar.

Robby se había quedado mudo. ¿Cuántas veces en la vida acusas a una exnovia de algo y... te da la razón?

—Bueno, aunque —continué, mirándolo de arriba abajo— tú no te merecías que te dejara entrar, así que está bien que no lo hiciera. Pero gracias.

Robby me observaba con la boca abierta.

—¿Gracias por qué?

—Por enseñarme lo que el amor no es.

Y con esas palabras, cerré la puerta y eché el cerrojo.

27

La víspera de Acción de Gracias me sonó el móvil y, cuando miré la pantalla, leí: POSIBLE SPAM. Contesté de todos modos, lo que te dará una idea de lo sola que me sentía, pero no era un teleoperador.

Era Jack Stapleton.

—Hola —dijo cuando descolgué, y enseguida lo reconocí por esas dos sílabas.

También podía oír que estaba sonriendo.

De repente me estaba llamando por FaceTime —a mí, todavía en camisón y con el pelo apuntando en diez direcciones diferentes— y pude «ver» que estaba sonriendo.

—¿Me has echado de menos? —preguntó todo ufano.

Me distrajo mi imagen en el teléfono.

—No —dije atusándome el pelo.

—Cuánto me alegra volver a ver mi camisón favorito.

—¿Por qué me llamas?

—Por un asunto importante.

—¿Cómo has conseguido mi número?

—Se lo sonsaqué a Kelly.

—Cómo no.

—Te llamo —continuó Jack— para hablarte del plan que hemos concebido para atrapar a la acosadora.

—¿Un plan para atrapar a la acosadora?

Jack asintió.

—Es una operación encubierta. Para pillarla *in fraganti* y luego meterla en la trena. Y luego asustarla, presionarla y persuadirla para que… no te mate.

—¿Ese es tu plan?

—Sí —dijo Jack con cara de orgullo.

—¿Y has conseguido que Glenn se sume?

—Sí —dijo Jack—. Glenn, Bobby y un montón de policías.

Se me hacía extraño ver otra vez su cara, aunque fuera por teléfono. Desde mi partida había intentado evitar cualquier cosa que pudiera obligarme a ello, como ver la tele, hojear las revistas junto a la caja del súper o incluso, desde aquel anuncio de whisky, mirar los autobuses que pasaban por mi lado.

No había esperado recibir una llamada por FaceTime.

—Oye —dije—, lamento decepcionarte, pero poco puede hacerse contra los acosadores.

—Gracias por los ánimos.

—Ni siquiera estoy segura de que lo que acabas de describir sea legal.

—No te inquietes por eso. Tengo todo un equipo de asesores.

—¿Por qué te preocupas por la acosadora? Te irás después de Acción de Gracias. Dos días y chao.

—El caso es que no está tan claro que me vaya —dijo, y yo contuve el aliento sin querer—. Mi madre cree que debería quedarme una temporada. Salir a pescar, relajarme, hacer un poco de terapia.

—Me parece un gran plan —dije.

—Pero sigue sin gustarte mi plan contra la acosadora.

—Aunque desconozco los detalles, puedo asegurarte que no funcionará.

Jack sonrió.

—Pues adivina qué.

—¿Qué?

—Que ya ha funcionado.

Me acerqué al teléfono.

—¿Ya lo habéis hecho?

—Ya lo hemos hecho.

¿Por qué nadie me había informado?

—¿Y funcionó?

—Funcionó. Soy un genio. Y también tuve mucha suerte.

—Nadie me cuenta nada.

—Colgué algunas publicaciones como cebo en las redes contando que estaba deseando pasar un fin de semana tranquilo en mi casa de Houston.

—¿Y eso bastó para que la Mujer Corgi se presentara en tu casa?

—El vídeo de Kennedy Monroe también ayudó.

—Quiero hablar contigo de eso.

Pero Jack estaba celebrando su triunfo.

—Cuando la Corgi llegó, la arrestamos por allanamiento de morada.

—La soltarán enseguida.

—Lo sé. El plan era intentar asustarla con abogados y amenazas y escenarios apocalípticos, pero entonces sucedió algo mejor.

—¿Qué?

—Cuando la ficharon, utilizó la llamada a la que tenía derecho para telefonear a su hermana, quien se subió rápidamente a un avión, llenó la furgoneta de la Corgi y se la llevó, con perros y todo, a su casa de Florida.

La hermana se había deshecho en disculpas con Jack y le había prometido que se aseguraría de que se tomara la medicación. «Era una mujer inofensiva —dijo—, hasta que se divorció el año pasado. Tendríamos que habérnosla llevado a casa antes».

—Pues sí que ha sido fácil —dije. Luego arrugué la frente—. ¿Demasiado fácil, quizá?

—No existen las cosas demasiado fáciles.

—¿Hasta qué punto podemos confiar en la hermana?

—No lo sé, pero seguro que una acosadora con su hermana en Florida es mejor que una acosadora sola aquí.

—Estoy de acuerdo —dije.

—Total —dijo Jack—, que por eso te llamaba.

—¿Para decirme que ahora tengo menos probabilidades de que me maten?

—Para invitarte a Acción de Gracias.

Guardé silencio. Luego, dije:

—No puedo ir a Acción de Gracias, Jack.

—¿Por qué no? Tu potencial asesina va camino de Orlando.

—No es una buena idea.

—Eso no es una razón de peso.

En mi cabeza apareció una imagen de Kennedy Monroe untándose sobre Jack como si él fuera una tarta y ella el glaseado.

—Creo que lo mejor es que cortemos por lo sano.

—Solo un día. Una comida. Para despedirnos como es debido.

—Ya nos despedimos. —No quería volver a pasar por eso.

—Tengo algo para ti.

Jack procedió a bajar el móvil, pasando por su famosa boca y su legendaria nuez, hasta detenerlo en la gargantilla. Y allí, descansando sobre sus clavículas, perfectamente encuadrado, estaba mi imperdible.

—Lo encontraste —dije posando el dedo en la pantalla. Ya lo sabía, por supuesto, pero no había acabado de creérmelo.

—Sí.

—¿Dónde estaba?

—En la orilla, junto al río.

—¿Cómo has dado con él? Era imposible.

—Se me dan bien las cosas imposibles.

—Pero ¿cómo?

—Buscando mucho. Y con un poco de imprudente optimismo.

Iba a tener que revisar mi opinión sobre el optimismo imprudente.

Jack prosiguió.

—¿Te acuerdas de las mañanas que te decía que había estado lanzando pelotas de golf?

—Sí.

—No estaba lanzando pelotas de golf.

—¿Estabas buscando el imperdible?

Jack asintió.

—Con el detector de metales de mi padre, el que mi madre le dijo que era una total pérdida de dinero.

—¿Era eso lo que había en la bolsa de golf?

—Palos no eran, eso seguro. Soy un negado para el golf.

—¿Bajabas allí cada mañana?

—Sí.

—¿Y eso era lo que hacías? —insistí. Jack me miró a los ojos y asintió—. Y yo que pensaba que estabas siendo un irresponsable.

—Eso fue un beneficio colateral.

—Tendrías que habérmelo dicho.

Su semblante adquirió cierta seriedad.

—No quería que te hicieras ilusiones.

—Pero, Jack... —Lo observé detenidamente. Todavía no daba crédito—. ¿Por qué?

Arrugó la frente, como si no supiera muy bien cómo explicarlo. Finalmente, dijo:

—Por la cara que pusiste cuando te diste cuenta de que lo habías perdido.

Noté que los ojos se me llenaban de lágrimas.

—No sé cómo agradecértelo.

Ahora estaba sonriendo.

—Por cierto, ya de paso, he comenzado una colección de tapones de botellas.

Reí, y al hacerlo las lágrimas se precipitaron por mis mejillas. Tenía la sensación de haber llorado más en las cuatro semanas desde que conocía a Jack Stapleton que en toda mi vida. Este hombre siempre conseguía emocionarme, pero quizá no fuera algo tan malo.

Cuando habló de nuevo, lo hizo en un tono suave.

—Imagino que querrás recuperarlo.

—Sí, por favor.

—Vale, ningún problema —dijo—. Puede ser tuyo. Lo único que tienes que hacer —y aquí se detuvo unos instantes para mirarme directamente a los ojos, dando a entender que hablaba en serio— es venir en Acción de Gracias.

Bien jugado, Jack Stapleton. Bien jugado.

Suspiré.

—Maldita sea, de acuerdo. Allí estaré.

28

Supongo que en Acción de Gracias esperaba que solo fuéramos nosotros cinco, como en los viejos tiempos, pero resulta que estaba el condado entero.

Cuando llegué encontré el jardín iluminado con guirnaldas, zigzagueando caprichosamente entre los árboles, y una mesa que se extendía de una punta a otra del césped, cubierta con manteles a cuadros de diferentes colores.

Vecinos, familiares y, para mi sorpresa, el equipo de Protección Ejecutiva Glenn Schultz al completo daban vueltas por el jardín. Hank estaba charlando con Amadi. Kelly estaba admirando el chal de Connie. Doc y Glenn estaban mirando algo en el móvil de Glenn. Imagino que se había creado un vínculo entre todos ellos.

—Parece que nos hemos relajado un poco desde que enviamos a la Mujer Corgi a Florida —dije a Doghouse.

—¡Nivel de amenaza blanco, nena! —respondió él, levantando la mano para chocar esos cinco.

Había por lo menos treinta personas allí.

Doc llevaba una pajarita con pavos pequeñitos. Connie, ya fuerte y recuperada, lucía una camisa de cuello levantado y una túnica de lino. Y Jack iba simplemente con vaqueros y una camisa roja de franela.

Estaba tan guapo que casi se me olvidó respirar.

Llevada por la nostalgia, yo me había puesto uno de mis vestidos de novia. Pero complementado con un jersey, una bufanda de pompones… y mis botas de cowboy rojas.

Los Stapleton celebraban Acción de Gracias al estilo «pongo». Dado que, en palabras de Connie, preparar una comida completa de Acción de Gracias era «agotador y absurdo», los invitados llevaban un par de sus platos favoritos y los dejaban en la cocina para compartir. La gente se servía y salía al jardín. La mesa estaba adornada con velas, flores dispuestas en botes antiguos de cristal y botellas de licor hecho con sirope de melocotón de Fredericksburg y el whisky casero de Doc.

Yo bebía poco —mi madre le había arrebatado el glamour a eso—, pero de vez en cuando me tomaba una copita. Se me antojó un buen día para ello. ¿Con qué frecuencia te sientas en el jardín de un rancho a beber whisky?

Mientras me acercaba a la mesa, advertí que había un asiento libre al lado de Jack. ¿Debería ocuparlo? Noté un cosquilleo de timidez detrás de las costillas, pero me obligué a continuar. Estaba charlando con alguien, su perfil iluminado por las velas, y lo observé con gusto. Seguí andando sin apartar los ojos de Jack, pero justo cuando estaba rodeando la esquina de la mesa alguien me robó el sitio.

Kennedy Monroe.

Al verla giré rauda sobre mis talones para darles la espalda. ¿Kennedy estaba allí? ¿Jack la había invitado? ¿Estaban juntos después de todo? Un momento. ¿Estaban prometidos? ¿Desde la petición de matrimonio de ella a lo reality show?

¿Qué demonios hacía yo allí?

Inspiré hondo para tranquilizarme.

Kennedy era aún más guapa al natural. Su pelo era más brillante. Sus labios eran más carnosos. Sus tetas eran… más tetudas. Irradiaba perfección de granjera sexy con sus vaqueros cortos y su camisa a cuadros anudada justo debajo del pecho. Parecía un póster en sí misma, y estaba absolutamente fuera de lugar en medio de toda la gente normal y corriente, que a su lado resultaba tosca y deforme.

Era una Barbie de carne y hueso. Y pese a lo mucho que me habría gustado que eso fuera un insulto… no lo era.

Jack probablemente había aceptado. ¿Por qué si no estaba ella allí?

¿Y quién podía reprochárselo? Nadie podía decirle que no a toda esa belleza extrema e intachable de manual.

Presa de una punzada en el pecho, encontré mi respuesta.

¿Por qué estaba yo allí? Por la misma razón que Doghouse, Glenn y Amadi estaban allí. Por la misma razón que el resto de personas ordinarias estaban allí. Pensé en el día que Connie abofeteó a Jack en el hombro y le dijo: «¡Compórtate como un caballero!».

Miré a mi alrededor.

Era Acción de Gracias. Yo estaba allí por la misma razón que las demás personas por las que Jack Stapleton no tenía atracción lo estaban. Para que nos dieran las gracias.

Reprimí el impulso de dejar el plato en el césped, subirme al coche y volver a la ciudad a ciento cincuenta, porque eso sería aún peor.

Sentirme humillada era una cosa. Admitir que me sentía humilla, otra muy diferente.

Cambié el rumbo y encontré un asiento en la otra punta de la mesa, al lado de Doghouse, quien por lo menos podía taparme parcialmente la vista.

Cerré los ojos. Por supuesto que las cosas estaban así. Había sido un acto de autoengaño imaginar que eran de otro modo.

Probé varias respiraciones profundas, pero los pulmones me temblaban.

De modo que hice lo que siempre hacía: elaborar un plan para escapar. Soportaría ese momento de mi vida el tiempo que pudiera y luego me levantaría con una sonrisa, como si tuviera otro evento al que asistir, y desaparecería elegantemente entre las sombras.

Fácil.

¿Cuánto tiempo podía soportar ese momento? Decidí que quince minutos —sin duda demasiados— y clavé la vista en mi plato para no mirar sin querer a Jack y Kennedy. Por Dios. Qué nombre de pareja tan ridículo.

Sin embargo, Doghouse estaba observándolos por los dos.

—¿Te puedes creer que esté aquí? —no paraba de preguntarme, dándome codazos—. Esa de ahí es Kennedy Monroe. Es la nieta de Marilyn Monroe.

—Eso se desmintió —remarqué.

—Es aún más guapa al natural —dijo Doghouse—. A ver quién desmiente eso.

—Por cierto —lo pinché—, ¿a ti te gusta Kelly?

—¿Qué? —dijo Doghouse elevando la voz una octava.

Pero estaba harta de fingimientos.

—Se ve a la legua, tío. Bésala de una vez. Compórtate como un hombre y actúa.

Doghouse bajó la vista hasta su plato y lo meditó unos segundos.

Acto seguido, lo hizo.

En serio. Se levantó, se acercó al lugar donde Kelly estaba sentada, le dio unos golpecitos en el hombro y le preguntó:

—Oye, ¿puedo besarte?

Kelly parpadeó unos instantes y luego simplemente dijo:

—Sí

Y ya.

Doghouse la tomó de la mano y echó a andar con ella hacia el granero.

—Joder —dije en voz alta.

¿Tan fácil era?

No me dejó más alternativa que darle un largo trago a mi vaso. El licor sabía dulce al principio, pero luego te golpeaba. Imagino que existe una razón por la que el whisky casero es en su mayoría ilegal. Es como beber anticongelante a palo seco. La garganta me ardía como si hubiese tragado ácido y durante un segundo me pregunté si iba a morir. A fin de intentar expulsar parte de los vapores, me incliné hacia el suelo y siseé como un gato.

Justo en ese momento, las deportivas de Jack —las habría reconocido en cualquier lugar— aparecieron en mi campo de visión.

—¿A que quema?

Levanté la vista. Jack estaba asintiendo con la cabeza, como diciendo «Yo también he pasado por eso».

Respondí con un carraspeo y él se sentó en la silla de Doghouse.

—Te saca la pintura del coche en un visto y no visto —dijo. Yo me incorporé y lo miré como diciendo «¿Pero tú bebes esto?»—. También va muy bien para limpiar joyas. Mi madre sumerge su anillo de bodas en él.

Me puse la mano en la garganta para hacerle un pequeño masaje mientras Jack asentía con el mentón, todo empatía.

Luego me ofreció el vaso de agua de Doghouse con una mano mientras con la otra recogía algo que no parecía comida del plato abandonado de Doghouse con el tenedor.

—Deberías acompañarlo con ensalada de boniato y nubes de azúcar.

Negué con la cabeza. Habría sido peor el remedio que la enfermedad. Recuperando finalmente el habla, dije:

—Deberías volver a tu asiento.

Jack frunció el entrecejo.

—Ahora este es mi asiento.

Justo entonces, en la cabecera de la mesa, Doc se levantó y

golpeó su vaso de whisky con un tenedor hasta que todos le dirigimos nuestra atención.

—Daos las manos, por favor —dijo, todo solemne.

Jack me cogió la mano y el tacto cálido y suave de su piel me produjo un cosquilleo en todo el cuerpo.

O quizá fueran las toxinas del whisky.

—En esta noche tan bonita —dijo Doc—, aquí, rodeado de tantos amigos, doy gracias a los dioses y diosas a los que recemos por nuestras bendiciones, por nuestro bello e imperfecto gran país e incluso por nuestras adversidades. Que podamos cuidarnos unos a otros, tolerarnos y perdonarnos. Amén. —Se volvió hacia Connie—. ¿Desea añadir algo nuestra anfitriona?

Connie se puso en pie y alzó su vaso.

—Todos sabéis que este año he estado enferma. Jamás habría elegido enfermar, como es lógico, pero he reflexionado mucho sobre el lado positivo. La enfermedad te obliga a bajar el ritmo. Te obliga a revisar tu vida. Te permite chantajear emocionalmente a tu familia para que paséis tiempo juntos. Doy gracias por tener el sistema linfático recuperado. Doy gracias por tener los márgenes limpios. Doy gracias por estar en proceso de curación. Y, sobre todo, doy gracias por haber aprendido a estar agradecida. —Asintió con la cabeza—. Gracias por venir esta noche. Cuidado con el whisky. Amén.

Los invitados se soltaron las manos y regresaron a sus platos.

—Si nos habéis acompañado otros años —Doc añadió entonces—, sabréis que a mi esposa le gusta que cada uno de nosotros mencione algo por lo que está agradecido, grande o pequeño. Esta noche empezaremos por —señaló con el dedo— nuestro hijo Jack.

Jack se prestó al instante. Como si fuera una copa, alzó el tenedor que aún sostenía en la mano y dijo:

—Doy gracias por esta ensalada de boniato y nubes de azúcar.

Pensé que sería la siguiente, pero el hombre sentado al otro lado de Jack tomó el testigo.

—Doy gracias por que la previsión de lluvia no se haya cumplido.

—Doy gracias por mi nuevo nieto —dijo la señora sentada a su lado a continuación.

El siguiente invitado agradeció el whisky de Doc Stapleton.

Se fueron pronunciando uno a uno. Amadi dio gracias por su esposa y sus hijos. Doc Stapleton dio gracias por Connie Stapleton, y Connie Stapleton dio gracias por él. Glenn dio gracias por haber encontrado una silla libre al lado de Kennedy Monroe. Kennedy Monroe dio gracias por haber llegado a veinticuatro millones de seguidores en Instagram. A Doghouse y Kelly no se los veía por ningún lado, y apuesto a que los dos daban gracias por ello.

Siempre me siento un poco cohibida en este tipo de situaciones. Cada vez que escuchaba una respuesta, cambiaba mentalmente la mía. Cuando me llegó el turno, simplemente... dudé. La gente me observaba y aguardaba mientras yo me decidía.

Al cabo de un momento, Connie se inclinó hacia delante.

—¿No se te ocurre nada por lo que dar gracias, Hannah?

La miré a los ojos.

—Se me ocurren muchas cosas.

La mesa al completo estalló en carcajadas de alivio.

—Pues dilas todas, cariño —me alentó Connie.

Y eso hice. Culpo de ello al whisky.

—Doy gracias por estar aquí —dije—. Doy gracias por el columpio del neumático. Doy gracias por el río Brazos. Doy gracias por la pajarita de pavos que lleva Doc. Doy gracias por el tiempo que he pasado en este jardín. Doy gracias por las abejas. Por la colección de discos de los Stapleton. Por Clipper. Doy gracias por la buganvilla que crece por todas partes. Doy gracias por haber visto cómo es una familia unida de verdad. Y creo... —De pronto me di cuenta de que me temblaba la voz. Traté de ocultarlo elevando el tono—. Creo que el hecho de no poder conservar algo no significa que no haya valido la pena. Nada dura eternamente. Lo que importa es lo que nos llevamos. Me he pasado casi toda la vida huyendo. He pasado mucho tiempo escapando de las cosas difíciles. Pero estoy empezando a preguntarme si huir no estará sobrevalorado. Creo que a partir de ahora voy a intentar pensar en lo que puedo llevarme conmigo, en lo que puedo conservar, en lugar de pensar siempre en lo que tengo que dejar atrás.

Cuando hube terminado, la mesa permaneció en silencio y pensé, algo asustada, que quizá se me había ido la olla con tanto agradecimiento.

Sin embargo, justo cuando empezaba a perder la confianza en mí misma, la mesa al completo estalló en aplausos.

Acto seguido, Doc alzó su vaso de whisky y dijo:

—Por lo que hemos perdido y por lo que conservamos.

Y todos brindamos con él.

Después de cenar, Jack y Hank hicieron una fogata. Me hallaba contemplando las llamas cuando advertí que al otro lado Jack, sentado en una de las butacas del jardín, estaba mirándome a través del fuego. Aparté la vista, pero cuando volví a mirar él estaba dando palmaditas a la silla que tenía al lado, como una invitación.

De modo que rodeé la fogata, sin estar segura ya del significado de nada, y me dispuse a sentarme a su lado cuando Kennedy Monroe se escurrió entre medias y me quitó el asiento.

Frené en seco.

—¿Es ella? —preguntó a Jack, como si yo no estuviera allí—. ¿Es la chica con la que te morreaste en el hospital?

—No nos morreamos —dijo Jack.

—Ya.

—En serio —dijo Jack—. Lo parece por el ángulo de la foto. Ya sabes cómo engañan.

—Lo sé —dijo Kennedy mirándome de arriba abajo—. De todos modos —añadió—, ahora que la tengo delante me doy cuenta de que es… —Kennedy Monroe alargó tanto la pausa que otras personas empezaron a pegar la oreja. Al final, dijo—: Muy normalita.

Lo entendía. Ninguna novia querría ver fotos sospechosas como esa corriendo por internet. Ninguna novia querría que otra mujer envolviera la cabeza de su novio contra su hombro de la manera en que yo lo hice aquella noche, aunque fuera por una buena razón. Por supuesto que no se alegraba de verme allí.

Del mismo modo que a mí no me hacía gracia verla a ella.

Total, que intenté tranquilizarla.

—Te aseguro que no estábamos besándonos en esas fotos.

Kennedy soltó una carcajada lo bastante sonora para atraer la atención de todos los invitados. Seguidamente, se levantó —digamos que se desplegó—, dio un paso hacia mí y dijo:

—Obvio.

—Yo solo formaba parte de su equipo de seguridad —continué—. Solo estábamos intentando evitar que le fotografiaran.

—Ay —dijo Kennedy en un tono falsamente cordial—, eres tronchante. No hace falta que me asegures que no os estabais besando. —Al principio su voz poseía un tono dulce y agudo que transmitía el mensaje de «Confío en mi novio», pero luego lo bajó una octava y dijo—: Eso se da por sentado.

Jack se levantó.

—Kennedy…

—Porque… —ella se inclinó hacia Jack— no hay más que verla.

Me miró de arriba abajo y de abajo arriba a un ritmo tan gélido que invitó a todos los demás a hacer lo propio.

El cuerpo se me puso rígido bajo el escrutinio. Me descubrí preguntándome si el *rigor mortis* producía la misma sensación.

—Es evidente, ¿no? —continuó Kennedy.

—No te pongas competitiva, Kennedy —dijo Jack en un tono como diciendo «Ya hemos hablado de esto».

—No me pongo competitiva —respondió Kennedy—. Es internet el que se pone competitivo. ¿Has visto todas las publicaciones? ¿Has visto los comentarios?

—Creía que ya habíamos hablado sobre lo de leer los comentarios.

—¡La gente me escribe! ¡Me manda mensajes! ¡Hasta mi madre quiere saber!

—Tú sabes que no es real —dijo Jack, tratando de persuadirla.

—No es real, pero aun así es insultante. —Dirigió la mirada de nuevo hacia mí—. El mundo entero cree que elegiste eso —me señaló— en lugar de esto. —Se llevó una mano a la cadera y levantó las tetas como si fuera a colocarlas en un estante.

Hasta yo tuve que reconocer que llevaba razón. ¿Qué ventajas tenía ser como ella si alguien como yo podía —aunque solo fuera en apariencia— convencer a Jack Stapleton de que le pusiera los cuernos? Lo entendía. Atentaba contra el orden natural de las cosas.

—Fue un gran malentendido —intervine.

—¡A eso voy! —dijo Kennedy, elevando el tono—. ¿Cómo pudo producirse? ¡Por favor! Eso es lo más fuerte de todo, que alguien pueda creer que Jack elegiría… —y aquí me observó detenidamente, tratando de encontrar las palabras justas— a una mujer normal y corriente, absolutamente del montón, antes que a mí. —Tenía la mirada un poco loca, para ser sincera—. ¿Verdad o no? —Miró a la multitud—. ¿Verdad o no? ¡Es ridículo! —Se giró hacia mí como si estuviera mirando un insecto—. Porque, ¿qué sentido tiene ser yo si el mundo entero puede tragarse tan fácilmente que Jack Stapleton te escogería a ti? —Se volvió de nuevo hacia los invitados—. A ver, que levanten la mano los que elegirían a esta chica antes que a mí. ¡Vamos! No bromeo. ¿Hay alguien? ¡Lo pregunto en serio! Necesito saberlo. ¡Venga! ¿Hay alguien? ¿Hay una sola persona que la elegiría a ella antes que a mí?

Y calló.

Y los presentes también callaron.

Y aunque entendía que Kennedy se hubiera sentido humillada por las fotos de internet y ahora quisiera devolverme la humillación, estaba tan horrorizada por la escena que se estaba desarrollando en torno a mí que me paralicé. La manera obvia de acabar con todo eso era marcharme. Desaparecer sin más. No tenía por qué quedarme ahí y aguantar un concurso de belleza al que no me había apuntado contra alguien a quien acababa de ver en la portada de *Vogue*.

Hora de pirarse.

Pero no podía moverme. Estaba petrificada.

Y también el resto de la gente, según podía ver.

Estaban todos mirando boquiabiertos a Kennedy mientras ella hervía de santurrona indignación. Kennedy esperó. Dejó pasar un buen rato, o puede que solo fueran unos segundos. Pero se aseguró, a cámara lenta, de que nadie pudiera negar los resultados.

Luego, en lo que debería haber sido el golpe de gracia, exclamó:

—¡Última oportunidad! ¡Vamos! ¿Quién de vosotros la elegiría a ella antes que a mí?

Y en ese momento Jack levantó la mano.

—Yo —dijo. A continuación, añadió—: Sin dudarlo un segundo.

Estaba demasiado petrificada para sentir alivio.

Jack se volvió hacia mí y me miró a los ojos con ternura.

—Yo la elijo.

Rota la tensión, se alzó otra mano. Hank.

—Y yo.

Y a partir de ahí, en una hermosa sucesión, todos los presentes se sumaron dando un paso al frente y levantando la mano: Amadi, luego Glenn, luego Kelly, luego —tras un codazo de Kelly en las costillas— Doghouse. Un coro de «Y yo», «Yo también» y «Arriba Hannah» se elevó en el aire. Hasta Doc y Connie se unieron, agitando los brazos para asegurarse de que sus votos contaban.

La gente mantuvo la mano levantada hasta que Jack, finalmente, miró en derredor y declaró:

—Gana Hannah por unanimidad.

Kennedy apretó los labios.

Jack la miró a los ojos.

—Sabes lo que eso significa, ¿no?

Ella arrugó la frente.

Jack encogió levemente los hombros.

—Que ha llegado el momento de dejar la fiesta a las personas que realmente han sido invitadas y te largues de aquí.

He de reconocer que el whisky casero es una bebida muy relajante. Puro veneno, pero relajante.

A Connie le encantó descubrir que yo me había achispado sin querer y tenía que quedarme a pasar la noche.

—Jack puede dejarte una camiseta para dormir. A él lo pondremos en el sofá y a ti en su habitación —dijo dándome unas palmaditas en la rodilla. Luego, añadió—: A menos que prefieras el suelo por los viejos tiempos.

—No, gracias —dije.

—Antes no tenías inconveniente —dijo Jack.

—No tener inconveniente era mi trabajo.

Uno a uno, los amigos y vecinos se marcharon y el matrimonio Stapleton se retiró a dormir.

Jack y yo acabamos fuera, bajo el cielo de la noche, contemplando el fuego. Solos. Como en los viejos tiempos.

—Te guardé una silla en la cena —dijo—. ¿Por qué no te sentaste?

Giré mi vaso de whisky.

—Porque estaba ocupada.

—En realidad, no.

—¿Qué querías que hiciera? ¿Que me sentara en la falda de Kennedy Monroe?

—Estoy hablando de algo más.

¿En serio? ¿De qué estábamos hablando? Menos mal que tenía el whisky. Finalmente, decidí preguntar.

—Por cierto, aquella entrevista que hiciste con ella terminó en una especie de suspenso.

—Ah, ¿sí?

—Sí. Kennedy te preguntaba si querías casarte con ella.

—Ah, ¿sí?

—¿No lo recuerdas?

—Es posible que no estuviera escuchándola. Con Kennedy es difícil estar atento.

—Pero ¿qué respondiste?

—¿Cuándo?

Le di un puntapié.

—Cuando te pidió matrimonio.

Jack se encogió de hombros.

—Ni idea.

Me incliné hacia él.

—¿Una mujer te pidió matrimonio y no tienes ni idea de cuál fue tu respuesta?

Jack frunció el entrecejo, como si no pudiera entender qué tenía eso de raro. Entonces le vino algo a la cabeza.

—No era real, evidentemente. Era un montaje para las cámaras. Pensaba que lo sabías.

Noté que mi cuerpo se relajaba, como si estuviera empezando a derretirse.

—¿Por qué debería saberlo?

Arrugó la frente.

—¿Cómo es posible que no lo supieras?

—Entonces… ¿solo era un numerito?

Jack me miró como si fuera tonta, pero adorable.

—Pues claro.

—¿Kennedy Monroe no es… tu prometida?

—Por favor.

—¿Es tu novia?

—Claro que no.

—¿Sabe ella que no es tu novia?

—Por supuesto.

—Entonces, ¿por qué estaba aquí?

Jack se encogió de hombros.

—¿Por aburrimiento? ¿Para salir en las fotos? Su publicista llamó a mi publicista y le preguntó si Kennedy podía colarse en la fiesta.

—Pero ¿a qué vino todo eso junto a la fogata?

—Kennedy es muy competitiva y tiene una inseguridad patológica.

Meneé la cabeza.

—¿Cómo puede una mujer que es el prototipo de la perfección física ser insegura?

—Buena pregunta.

—Entonces, resumiendo, ¿Kennedy Monroe y tú no estáis juntos?

—Nunca lo hemos estado.

—La portada de *People* con los jerséis a juego dice otra cosa.

—Fue un montaje.

Me costaba mucho entenderlo.

—Pero ¿por qué?

—Para darle a la gente algo de lo que hablar.

—Pero ¿no te importa que no fuera cierto?

Jack se recostó en su silla.

—Prefiero que la gente hable de cosas falsas que de cosas ciertas.

Traté de asimilar todo eso.

—Entonces, para que me quede claro, ¿nunca has salido con Kennedy Monroe?

Jack negó con la cabeza.

—Nunca.

Una oleada de alivio recorrió mi cuerpo. Le di una palmada en el hombro.

—¿Por qué no me lo contaste antes? Llevo todo este tiempo pensando que era tu novia.

Jack se encogió de hombros.

—Porque no tengo permitido hablar de ello.

—Pero yo te lo pregunté directamente cuando nos conocimos.

—Me preguntaste cosas que necesitabas saber, y eso no necesitabas saberlo. En ese momento —añadió. Vale—. ¿Y qué me dices de ti? —preguntó Jack a continuación.

—¿De mí?

—He oído que Bobby se presentó en tu casa la otra noche.

—¿Cómo te has enterado?

—No me digas que habéis vuelto.

Contemplé el rostro increíblemente atractivo de Jack iluminado por el fuego. Vale, allá iba.

—Eh…, Robby me dejó la noche después del funeral de mi madre y luego se acostó con mi mejor amiga, a la que también dejó, así que… no, no hemos vuelto.

—Guau —dijo Jack.

—Pero eso no es lo peor.

—¿Qué es lo peor?

—Robby me dijo algo terrible, algo que nunca olvidaré.

Jack se inclinó hacia mí.

—¿Qué dijo?

—No puedo contártelo.

—¿Por qué?

—Porque me aterra que pueda ser verdad.

—No es verdad. Sea lo que sea, está equivocado.

—Ni siquiera sabes qué dijo.

—Por eso tienes que contármelo.

—¡No puedo! —exclamé, levantándome de un salto y caminando alrededor del fuego.

Jack se puso en pie y caminó conmigo.

—Vamos, cuéntamelo. Estoy demasiado borracho para recordarlo.

Lo observé con detenimiento. Tenía buen ojo para esas cosas.

—Ni de lejos —dije.

Pero Jack estaba decidido.

Se detuvo a unos centímetros de mi cara.

—Todavía no me has pedido tu imperdible.

Entorné los ojos.

—Me distrajo la cabrona de tu novia.

Se llevó las manos al collar de cuero, abrió el cierre y se lo quitó con el imperdible todavía insertado en él.

—No encontré la cadena —dijo—, así que puedes quedarte el collar también.

—Es de Drew.

—A él no le importaría.

¿Jack me estaba regalando el collar de Drew? Me pareció un gesto demasiado generoso.

Me lo tendió con el imperdible para que lo cogiera, pero cuando alargué el brazo esbozó una sonrisa traviesa, cerró la mano y elevó el puño por encima de nuestras cabezas.

La mandíbula se me cayó ante la injusticia.

—¡Dámelo! —dije saltando hacia su mano.

—El que lo encuentra…

—No me hagas enfadar. —Salté un poco más.

—Estás muy graciosa. Pareces un chihuahua.

—¡Devuélvemelo! —exigí dando saltos y empleando su hombro para impulsarme.

—Con una condición —propuso Jack. Y cuando me detuve para descubrir cuál era, dijo—: Cuéntame lo que te dijo Bobby.

Empecé a saltar otra vez.

—Jamás.

—Muy bien, Retaco. Despídete de esta cosita brillante. —Alejó el puño por detrás de su cabeza, como si se dispusiera a lanzar mi imperdible al prado.

No sería capaz. Por supuesto que no. Aun así, la amenaza tuvo su efecto.

Suspiré. Dejé de dar saltos. Lo miré a los ojos.

—Está bien, pero no me llames Retaco.

—¿Está bien qué?

—Está bien, te lo contaré.

—¿En serio?

—En serio.

—¿Mientes?

—No.

—¿Vas a inventarte algo para que puedas llevarte a tu solitaria tumba el dolor de lo que realmente te dijo ese capullo?

Eso captó mi atención.

—No, pero es una gran idea.

Jack bajó el puño con una expresión en el rostro que decía que había decidido confiar en mí. A continuación, se inclinó hacia mí, tanto que podía notar su aliento en la piel, me rodeó el cuello con el collar y lo cerró.

Cuando retrocedió, acaricié las cuentas con los dedos, fascinada de que estuvieran realmente allí. Jack lo había encontrado. Había buscado y buscado hasta dar con él. Y ahora me lo estaba devolviendo: algo de gran valor para mí junto con algo de gran valor para él.

¿Qué estaba haciendo?

Dio un paso atrás. Podría haber huido en ese mismo instante para no tener que contarle lo que había dicho Robby, pero no lo hice.

Le eché la culpa al whisky. O quizá fuera la mirada irresistible de Jack Stapleton. O la manera en la que me había elegido esa noche, delante de sus amigos, mis compañeros y la propia Kennedy Monroe. El caso es que me detuve unos segundos a apreciar mi imperdible, ahora sano y salvo, y... se lo conté.

Todavía no puedo creerlo. Pronuncié las palabras en alto. Puede que el alcohol elimine mágicamente las inhibiciones. O puede que yo supiera demasiado bien lo mucho que pesan los secretos no expresados. O puede, solo puede, que me estuviera atreviendo a esperar que Jack intentara demostrarme que estaba equivocada.

El caso es que lo hice.

—Bobby dijo... —comencé inspirando hondo—. Dijo... que yo... besaba fatal.

En cuanto las palabras salieron de mi boca, lo lamenté.

Porque, ¿qué hizo Jack?

Estallar en carcajadas.

Acababa de compartir el aspecto más humillante de mi persona... y él se estaba riendo.

—Olvídalo —dije, girando sobre mis talones.

—Espera —dijo.

No esperé. Tal vez estuviera demasiado borracha para conducir hasta mi casa, pero estaba más que sobria para entrar en el rancho y encerrarme en el cuarto de baño hasta que pudiera escapar por la mañana.

Jack me siguió.

—Siento mucho haberme reído. ¡Lo siento!

—No tiene gracia —respondí con la voz temblorosa.

Estaba llegando a la puerta del porche cuando me dio alcance y posó la mano en mi hombro para girarme.

—Ya lo creo que tiene gracia. Es lo más divertido que he oído en mi vida, pero únicamente porque Bobby está equivocado.

—No te burles de mí —dije. Y ahora podía notar lágrimas en los ojos. Qué humillante.

—No me burlo de ti. Bobby es un mentiroso.

—Desde luego, pero en algunas cosas tiene razón.

—En lo de besar está claro que no.

—Tú no puedes saberlo.

—Sí puedo.

—¿Cómo puedes saberlo si él me ha besado de verdad cientos de veces y tú solo me has besado de mentira?

—Créeme.

—¿Que te crea?

—Sí.

—¿Por qué? ¿Por qué debería creerte?

—Porque lo sé y punto. He besado a muchas mujeres, ¿vale?

—Oye, eres muy majo…

—No soy majo.

—… pero no puedo darte más crédito a ti que a alguien que me ha besado de verdad.

—Mil dólares —dijo Jack.

—¿Qué?

—Te apuesto mil dólares. El que besa fatal es él, pero te culpa a ti.

—Eso es absurdo, Jack. ¿Crees que me sobran mil dólares?

—Te los presto.

—Por Dios, olvídalo.

—No.

—No todos podemos besar genial, Jack. Pero no importa, se me dan bien otras cosas.

—No puedes permitir que Bobby te mienta y creerlo sin más.

Fantástico. Consejos de autoestima del Hombre Más Sexy del Mundo.

—Gracias por la recomendación. Me voy a la cama.

Me di la vuelta para abrir la mosquitera pero Jack alargó el brazo para volver a cerrarla.

—Tengo razón —dijo entonces, mirándome fijamente a los ojos.

—Vale —dije—. Tienes razón. Soy increíble. Soy una rompe-corazones. Soy lo más. ¿Contento?

Jack negó con la cabeza.

Después se inclinó hacia mí y unió su boca a la mía.

Y cuando digo «se inclinó», me refiero a todo él. Me apretó contra la puerta con todo su cuerpo.

Y supongo que yo llevaba esperándolo todo ese tiempo.

Le eché los brazos al cuello y hundí las manos en su pelo y le rodeé la cintura con las piernas. ¿Me levantó él o salté yo? Nunca lo sabremos. Pero Jack estaba besándome y yo estaba besándolo, y estaba ocurriendo de verdad.

Lo recuerdo como un fotograma de sensaciones. Ternura, tensión, calor, conexión. La barba incipiente de su cuello, la fuerza de sus brazos, el olor a canela y la sensación incomparable de que me sostuvieran.

De que me veneraran.

Llevaba tantas semanas, tantos días, tantas horas intermina-bles anhelando ese beso, y había pensado tantas veces que jamás ocurriría, que era imposible…, que ahora que estaba ocurriendo, independientemente de lo que fuera o lo que significara…, no ha-bía nada que decidir. No tenía nada que hacer, salvo entregarme a él por completo.

Fue tan fácil como hacerlo volar por los aires.

No pensé en los mil dólares. No pensé en Robby. No intenté demostrar nada. Solo quería besarlo.

Esa era mi oportunidad. Y no tenía intención de desperdiciarla.

Cuando quise darme cuenta, estábamos cruzando la puerta con los labios todavía pegados y mis piernas todavía alrededor de su cintura. Atravesamos la sala a trompicones —chocando con el sofá y casi derribando un gallo de loza que descansaba en la vitrina— en dirección al dormitorio de Jack.

Nos detuvimos junto a su puerta y Jack me sostuvo contra la pared mientras buscaba el picaporte con la mano.

Un buen beso lo eclipsa todo. Todo salvo las caricias, el deseo y la conexión con el otro.

Y este beso era alucinante.

Viendo que no daba con el picaporte, Jack pasó de él y se concentró en el momento presente. Su mano detrás de mi cuello, su cuerpo apretado contra el mío, su boca sobre mi boca. Era como si, aparte de nosotros, no existiera nada más en el mundo.

Esto es, hasta que oímos la voz de Doc desde el dormitorio principal, situado al final del pasillo.

—Jack, ¿eres tú?

Eso rompió el hechizo.

Frenamos en seco, abrimos los ojos y nos miramos todavía jadeantes.

—Es mi padre —susurró.

—Lo sé —susurré a mi vez.

Jack sacudió la cabeza, como si quisiera despejarla. Luego levantó el mentón e intentó sonar coherente.

—Sí, señor.

—¿Te importaría apagar las brasas de la fogata con la manguera? Hace semanas que no llueve.

—Sí, señor —respondió Jack.

—Y, Jack...

—¿Sí, señor?

—Ya que sales, ¿puedes echar un vistazo para asegurarte de que hemos recogido toda la comida y no hay nada que pueda atraer a los coyotes?

—Sí, señor.

—Y... ¿Jack? —siguió. Jack me miró con un suspiro, como diciendo «No puede ser»—. Búscale a esa chica algo con lo que dormir y mándala a la cama. —Seguidamente, Doc añadió—: Sola.

Jack suspiró de nuevo.

Pasados unos segundos:

—¿Lo has entendido, Jack?

—Sí, señor.

—Buen chico.

Jack relajó los brazos y me soltó poco a poco. Resbalé por la pared hasta tocar el suelo.

Mejor que nos interrumpieran.

Nunca te vayas a la cama con un actor famoso después de un vaso de whisky justo antes de largarte a Corea. ¿No es algo que se dice mucho?

Permanecimos frente a frente durante un minuto, recuperando el aliento y cambiando el chip mientras Jack me alisaba la falda y me arreglaba el pelo. Me apoyé en la pared y lo miré a los ojos, como diciendo «¿Qué ha pasado?».

Entonces, Jack susurró:

—¿Hannah?

—¿Qué?

—Dame una cita.

—¿Qué?

Jack asintió.

—Una cita mañana en la ciudad. Sin padres.

—¿Quieres una cita conmigo? —pregunté, como si esa palabra pudiera no significar lo mismo para ambos.

—Sí. Quiero pedir comida y sentarme en la azotea de mi casa y comerla contigo.

Seguía sin saber muy bien de lo que estábamos hablando.

—¿Por qué?

Frunció el entrecejo, como si fuera obvio.

—Porque me gustas.

—No lo entiendo.

—¿Qué hay que entender? Me gustas.

—Entonces… ¿no estamos fingiendo? —pregunté.

—¿Tú estás fingiendo? —preguntó él.

No supe qué contestar.

—Pensaba que los dos fingíamos. ¿No era esa la idea?

—Yo no estoy fingiendo —dijo Jack—. Ya no.

Sé que ya he confesado mis inseguridades sobre si era o no una persona digna de amor. Se trataba, no obstante, de conflictos profundos y sutiles.

Llegados a este punto debo señalar que la mayor parte del tiempo yo iba por la vida sintiéndome bastante segura de mí misma. Era buena en mi trabajo. Era simpática. Tenía un pelo bonito. Si este hubiera sido un hombre corriente diciendo que yo le gustaba, estoy segura de que habría pensado que sonaba creíble. ¿Por qué no?

Pero este no era —creo que en eso estamos de acuerdo— un hombre corriente.

Todo lo contrario. Él era Jack Stapleton. Y yo solo era… yo. O sea que, desde una perspectiva racional, nada de esto podía estar pasando.

No era solo mi opinión. No estaba siendo dura conmigo misma. Simplemente… era la verdad.

—Me está dando un colapso —dije—. ¿De qué estamos hablando?

—Te estoy diciendo que me gustas.

—Y yo te estoy diciendo que eso es absurdo.

—Para mí no lo es.

—Puede que el colapso te esté dando a ti.

—¿Tanto te cuesta creer que me gustas?

—Eh, un poco, sí. Me llamaste «corriente» y «anti-Hollywood» y «del montón».

—Vale, pero todo eso son cosas buenas.

—¡Y retaco! —añadí.

—Bueno, alta no eres.

—He visto a tus novias, Jack. Tengo una carpeta entera sobre ellas. No me parezco en nada a esas mujeres.

—Eso es justamente lo que quiero decir.

—¿Qué? ¿Qué estás diciendo?

—Me refiero a que tú eres mejor.

Le eché una mirada.

—Ahora las estás insultando a todas.

—Tú eres una persona real.

—Personas reales las hay a patadas.

Jack lo meditó.

—Vale. ¿Te acuerdas de las muñecas que rescata mi madre?

—Sí.

—Lo que estoy diciendo es que las mujeres de tu carpeta, esas mujeres de mi pasado, son el «antes» y tú… —Me miró directamente a los ojos—. Tú eres el «después».

Y en ese momento lo entendí. Entendí lo que Jack Stapleton quería decir con lo de «real».

Más aún, lo creí.

Jack prosiguió.

—Cuando no estás conmigo, aunque solo sea un rato, siento la necesidad de ir a buscarte. Siento el impulso de estar cerca de ti. Quiero saber qué estás pensando, y lo que estás tramando, y cómo te sientes. Quiero llevarte a lugares y enseñarte cosas. Quiero memorizarte, aprenderte como una canción. Y luego está ese camisón, y lo mucho que refunfuñas cuando dejo la ropa tirada, y la manera en la que te recoges el pelo en esa locura de moño. Me haces reír todos los días, y a mí nadie me hace reír. Tengo la sensación de que he estado perdido toda mi vida y que contigo... me he encontrado.

Jack guardó silencio y esperó a que replicara, pero yo solo dije:

—Vale.

—Vale ¿qué?

—Vale, te creo.

—¿Me crees?

Asentí.

—Entonces, ¿eso es un sí?

—¿Un sí a qué?

—A la cita.

—Sí —dije, más decidida con cada palabra—. Sí.

Y en ese momento volvimos a oír «¿Jack?» desde el dormitorio de Doc.

—¿Sí, señor?

—¿Las brasas? ¿Antes de que amanezca?

—Sí, señor.

Pensé que Jack se marcharía, pero en lugar de eso se inclinó hacia mí, apoyando la mano en la pared, y acercó mucho su cara. Todavía jadeante, permaneció así unos segundos antes de posar nuevamente su boca sobre la mía. Con más suavidad esta vez, con más dulzura, todo labios y ternura y delicadeza.

Y me fundí en él.

Su mano estaba en la pared y no estábamos tocándonos en ningún otro sitio..., pero no había un solo lugar de mi cuerpo donde no lo sintiera.

Cuando Jack se apartó, parecía tan perdido como yo.

Entonces pareció recordar algo y esbozó una sonrisa traviesa.

—¿Qué? —pregunté.

Amplió la sonrisa, bajó la vista hacia el imperdible que pendía de mi cuello y la devolvió a mis ojos. Y mientras daba un reacio paso atrás, casi tambaleante, me señaló con el dedo, como diciendo «He ganado».

—Tú —dijo entonces— me debes mil dólares.

29

Una cita. En casa de Jack Stapleton.

¿En qué demonios estaba pensando?

Era una locura ir. Pero sería una locura no ir.

Con todo, iba a necesitar todo mi coraje. Y algo de preparación.

Básicamente, porque todavía no había deshecho las cajas. Cuando de repente necesité dar con un conjunto estupendo —uno que pudiera, en teoría, si lo elegía bien, ayudarme a sentir que estaba a la altura del desafío— no pude encontrarlo.

Al rato empecé a volcar las cajas directamente en el suelo y a hurgar en el contenido.

En algún lugar tenía ropa para citas.

Aunque me había dado un amplio margen de tiempo, cuando vi que las cajas no hacían más que vomitar pantalones de chándal arrugados, empecé a ponerme nerviosa.

Fue entonces cuando oí que llamaban a la puerta.

Me asomé a la mirilla.

Y allí, en el ojo de pez, estaba Taylor.

—No estoy en casa —dije.

—Es evidente que sí.

—Pero estoy ocupada.

—¿Me concedes sesenta segundos? Necesito decirte algo.

Abrí la puerta unos centímetros.

Taylor sostuvo en alto una bolsa de supermercado y mientras yo la miraba, dijo:

—Son los zapatos que me dejaste para aquel evento. Y el molde con forma de corazón que te pedí prestado. Y algunos libros.

—Puedes quedártelo todo —dije—. No lo quiero.

—No pienso quedármelo —replicó.

—Pues dónalo.

—¡Te encantan esos zapatos!

—Ya no.

Al escuchar esto último, Taylor bajó la bolsa de golpe.

—Está bien —dijo.

—¿Qué necesitabas decirme? —le pregunté entonces, en plan «Acabemos con esto de una vez».

—Preguntarte, más bien.

—Vale. Pregunta.

—¿Hay algo… que pueda hacer por ti?

Fruncí el entrecejo.

—¿Para eso has venido?

—Solo… quiero hacer algo por ti. Lo que sea.

—¿Qué podrías hacer tú por mí?

—Por eso te lo pregunto.

—¿Estás intentando arreglar las cosas?

—No tenemos que ponerle nombre.

Mi respuesta, obviamente, era no. No, no había nada que pudiera hacer por mí. No, no iba a dejar que se sintiera mejor haciéndome favores magnánimos. No. Ni de coña.

Pero.

Algo en su silencio captó mi atención.

—Supongo —dijo entonces— que solo quiero que sepas que lo siento de corazón.

No es lo habitual que la gente que se ha portado mal contigo se disculpe. Por lo general, según mi experiencia, insisten en su inocencia. Aseguran que no se portaron tan mal o que tenían sus razones o que parte de la culpa era tuya.

Pero Taylor, fiel a su estilo, estaba reconociendo su responsabilidad sin rodeos.

Y la echaba de menos por ello.

Retrocedió, se dio la vuelta y empezó a alejarse por el pasillo. Llevaba el cuello de la chaqueta torcido.

Mi plan era dejarla ir.

Me di la orden de dejarla ir.

Sin embargo, me oí decir:

—Podrías ayudarme a encontrar algo que ponerme.

Taylor se detuvo en seco y giró sobre sus talones.

—¿Algo que ponerte?

Enderecé la espalda.

—Tengo una cita.

Taylor tuvo el buen gusto de no preguntarme con quién.

Proseguí.

—Y no encuentro nada que ponerme. Literalmente. Los de la mudanza no etiquetaron las cajas. Podrías ayudarme a encontrar mi ropa.

Intentó reprimir una sonrisa.

—Por supuesto.

—No te estoy perdonando —le advertí, señalándola con el dedo mientras regresaba por el pasillo.

—No te lo pediría.

—Solo te estoy dejando reducir una pequeña parte de tu demoledora culpa.

—Gracias. —Se detuvo frente a mí—. ¿Necesitas también que te peine y te maquille para esa cita? —La miré impertérrita. Ahora se estaba excediendo—. Lo digo porque a veces, cuando te pones sombra, parece que hayas recibido un puñetazo en cada ojo por dos personas diferentes.

—Gracias. —Tenía razón.

Además, era muy buena peinando y maquillando.

Y yo tenía una cita nada menos que con Jack Stapleton.

—Está bien —accedí—. Pero repito...

—Lo sé, lo sé —dijo Taylor—. No estoy perdonada.

Dos horas después, mientras subía por el camino de entrada de la casa de Jack peleándome con pensamientos intrusivos sobre sus muchas, muchísimas exnovias, me quedó claro que había acertado con mi decisión.

Si alguna vez quieres que Taylor haga algo por ti, que te peine y te maquille. Además, me había convencido para que me pusiera el vestido rojo más ceñido que tenía.

Había estado tentada de ponerme un traje pantalón.

¿Me sentía tremendamente vulnerable con los hombros descubiertos y el dobladillo de seda acariciando mis muslos desnudos? Por supuesto que sí. Me sentía completamente desnuda, emocional y físicamente. Y no en el buen sentido.

—Ellas son el «antes» —me repetía como un mantra mientras una auténtica pasarela de exnovias cruzaba por mi mente—. Tú eres el «después».

Me temblaba hasta el pelo.

Llevaba bien que la otra persona me importara siempre y cuando fuera algo mutuo. Pero ¿lo era? Ayer me lo había parecido cuando Jack me tenía apretada contra la pared del pasillo de sus padres, pero eso ahora quedaba muy lejos.

Me preguntaba si el triple golpe —perder a mi madre, luego a Robby y por último a Taylor— me había dejado una cicatriz mayor de lo que creía.

¿Era una persona digna de amor? Bien mirado, ¿lo éramos las personas en general?

Sentí la tentación de echarme para atrás.

Entonces pensé en Jack imitando a una gallina, «co, co, co», y me pregunté si creer en ti consistía simplemente en decidir que podías hacer algo —lo que fuera— y obligarte a hacerlo hasta el final.

Así que llegué a una conclusión ahí mismo: cada riesgo que corres es una elección. Una elección para decidir quién eres.

De modo que sobre eso versó el largo paseo hasta la casa de Jack. No sobre lo que Robby y Taylor habían hecho. O sobre lo que Jack podría o no decir o hacer o sentir. Sino sobre quién elegía ser yo frente a las circunstancias... y mi negativa a perder la esperanza.

¿Era una locura por mi parte intentar salir con un actor de cine? Absolutamente.

¿Iba a hacerlo de todos modos?

Por supuesto.

30

Dado que el nivel de amenaza de Jack había descendido a blanco, en su casa no había ningún equipo de seguridad. Afortunadamente. Lo último que necesitaba subida a esas sandalias de tacón era atravesar una carrera de obstáculos de juicios y chanzas por parte de mis colegas.

Las cámaras de seguridad, no obstante, seguían funcionando.

Llamé al timbre mientras me esforzaba por no imaginarme a Glenn inspeccionándome y diciendo: «¿Esa de ahí es Brooks? ¿Con un vestido? ¿Qué demonios lleva en los pies?».

Solo me quedaba confiar en que nadie estuviera controlando las cámaras.

Jack, sin embargo, no acudió a abrir.

Observé a una hormiga deambular por el cemento.

Llamé de nuevo.

Tal vez estuviera en la ducha. Crucé los dedos para que no le hubiera dado por cocinar.

Al cabo de unos minutos, Jack abrió la puerta... pero solo parcialmente.

Se había cortado el pelo y ahora lo tenía peinado hacia atrás a lo actor de cine intimidante, como si acabara de terminar una sesión de fotos para *GQ*. Estaba, además, recién afeitado. Tenía puesto un jersey noruego. Y otro cambio: llevaba lentillas en lugar de gafas. Era la primera vez que lo veía sin gafas en la vida real.

¿El resultado? Parecía otra persona. Era menos el Jack Stapleton que me llevaba a caballito y más el Jack Stapleton actor de cine.

Joder. Claro. Porque Jack Stapleton era, obviamente, actor de cine.

Sentí un nudo en el estómago. La imposibilidad de que esto estuviera ocurriendo me asaltó de nuevo.

¿Estaba ocurriendo? Supongo que sí.

Justo entonces, Jack preguntó:

—¿Sí? —con una voz que sonaba... seca.

Una voz un pelín cortante —fría y desinteresada—, como si no me conociera y estuviera bastante seguro de que no quería conocerme. Como si yo fuera el tío de la antena. O un repartidor de propaganda política. O la del censo.

Fue únicamente una sílaba, pero no me hizo falta más.

—Hola —dije, mostrándole la botella de vino con cierta cautela—. Traigo vino.

Di un paso al frente esperando que Jack abriera la puerta del todo, pero no lo hizo. En lugar de eso, arrugó la frente.

—¿Por qué?

—¿Por qué... qué?

—¿Por qué estás aquí?

—Vale —dije—. Déjate de bromas.

Jack señaló el interior de la casa con el mentón y dijo:

—Tengo invitados, así que...

—¿En serio? —dije.

—Sí.

—Un momento. ¿No era esta noche?

—¿No era esta noche qué?

¿Qué estaba pasando aquí? Jack me había pedido una cita, ¿no? No lo había soñado, ¿no?

—¿Qué está pasando aquí?

Me miró con extrañeza, como si no tuviera ni idea de lo que le estaba diciendo.

—Tengo amigos en casa, de modo que… No puedo atenderte.

Comenzó a cerrar la puerta.

Instintivamente, intenté utilizar el truco de Robby de bloquear la entrada con el pie —olvidándome, cómo no, de mis ridículas sandalias— y Jack acabó aplastándolo con la puerta, de manera que el burlete de metal me rebanó los dedos y rompió las tiras de cuero de la sandalia.

El dolor me subió por la pierna como un cohete. Retiré el pie, solté una retahíla de tacos y salté a la pata coja durante un minuto antes de darme cuenta de que estaba sangrando.

—Au —dijo Jack en un tono de «qué-mal-rollo-ser-tú». Estaba observándome sin el menor atisbo de empatía. De hecho, parecía aburrido.

Cuando me hube calmado, dijo:

—En fin —e hizo ademán de volver a cerrar la puerta.

—¡Espera! —grité.

Jack soltó un suspiro irritado.

—¿Qué pasa con…? —empecé, pero no supe cómo terminar la pregunta. Alcé la botella de vino.

—Puedes dejarla en el porche —respondió como si yo fuera una repartidora—. Luego la cojo.

—¡Jack! —dije entonces, enderezándome al fin—. ¿No teníamos una cita esta noche?

Frunció el entrecejo, como si no tuviera ni idea de a qué me refería. El desconcierto absoluto de su semblante bastó para inundar mi cuerpo de humillación. A continuación, como si acabara de tirar de un recuerdo vago de las profundas tinieblas del tiempo —y no de ayer mismo— dijo:

—Aaah. —Asintió. Como si eso lo explicara todo—. La cita.

¿Qué demonios? Hacía solo veinticuatro horas que me lo había propuesto. ¿Estaba de broma? ¿Sonámbulo? ¿Borracho? ¿Y quién hiere sin querer a otra persona —incluso a otro ser vivo— hasta el punto de sangrar por todo el felpudo y permanece impávido como un psicópata? ¿Qué estaba ocurriendo allí?

Como si me quedara una última pieza del puzle pero lograra encajarla, di vueltas a la situación en mi cerebro.

Hasta que Jack la encajó por mí.

Ladeó la cabeza y en un tono impregnado de lástima, arrugó la frente con falsa empatía y dijo:

—¿Pensabas que iba en serio?

Todo mi cuerpo se detuvo en seco. Mi corazón dejó de latir, mi sangre dejó de circular, el aire dejó de entrar y salir de mis pulmones.

Puede que incluso el tiempo se detuviera.

Jack me miró como si debiera responder a su pregunta y aguardó. Su cara era todo curiosidad.

—¿No iba… en serio? —pregunté cuando el tiempo se puso de nuevo en marcha. Parecía que mi voz saliera de otro cuerpo.

Jack me miró con una expresión que solo puedo describir como «incrédulo desdén».

—Por supuesto que no.

Por supuesto que no.

Seguidamente, añadió:

—¿Te lo tragaste, en serio? ¿Me creíste? Qué gracioso.

—Un momento… —Meneé la cabeza—. ¿Y todo lo que pasó ayer?

Encogió levemente los hombros.

—No iba en serio —dijo.

Yo no parecía capaz de dejar de menear la cabeza.

¿Estabas…? —No sabía qué estaba preguntando.

—Aburrido —declaró.

—¿O sea que hiciste ver que…?

—Hice algo que se llama actuar.

—Entonces… ¿cuando me elegiste a mí en lugar de a Kennedy Monroe…? —La pregunta me llenó la boca de humillación incluso mientras la hacía.

Jack se limitó a asentir, como si celebrara mi perspicacia.

—Lo sé, os la colé a las dos. Maté dos pájaros de un tiro.

Sentí que me venía abajo.

—Estabas actuando —dije, tratando de asimilarlo.

—Como hago todos los días.

—Pero… —Seguía sin poder entenderlo—. Pero ¿por qué?

Jack dejó ir un suspiro breve, en plan «A ver si lo pillas».

—¿Recuerdas cuando mi madre dijo que yo no era tan buen actor? —preguntó—. Me lo tomé como un reto personal.

—¿Fingiste que yo te gustaba…? —Hice una pausa para juntar las piezas—. ¿Para demostrarle a tu madre que estaba equivocada con respecto a tus dotes interpretativas?

Se encogió de hombros.

—También me dio algo que hacer. ¿Cómo me iba a distraer si no en el culo del mundo?

Mi cabeza seguía meneándose.

—Entonces… ¿lo de ayer? ¿El… beso?

—Puro teatro —confirmó Jack, asintiendo con el mentón.

Sentí un mareo y me agarré a la jamba de la puerta. En algún lugar, en otro universo, mi pie sangrante estaba palpitando.

—Eso sí, me quedo con el vino —dijo Jack, en un tono como diciendo «Circula».

Por extraño que parezca, se lo tendí.

Miró la etiqueta.

—Barato.

De repente, el aire a nuestro alrededor se enrareció, como si estuviera hecho de vapores. Pensé que iba a desmayarme.

—Hablando de aburrimiento —dijo Jack—, me esperan mis amigos.

No estábamos «hablando de aburrimiento», pero vale.

—Claro —dije.

Jack tenía la mirada inexpresiva, distante.

—Se van a desternillar con esta historia. La verdad es que es muy graciosa.

—¿Lo es? —pregunté, sin saber si existía una respuesta.

—Todo claro, ¿no? —dijo Jack.

Y sin esperar mi respuesta… cerró la puerta. Presumiblemente para ir a contar la anécdota de la agente de seguridad más ingenua y estúpida del mundo a un grupo de despiadadas megaestrellas de cine reunidas en torno a una tabla de aperitivos.

¿Así era como iba a terminar la historia del amor de mi vida? ¿Conmigo como el blanco de una broma de Jack Stapleton?

«La verdad es que es muy graciosa».

Ignoro cuánto tiempo me quedé ahí de pie. Para mí el tiempo se había desplomado sobre sí mismo en un bucle infinito. En mi cerebro solo había ruido blanco. En mi garganta solo había arena. Todo mi ser vibraba de vergüenza. La humillación era total. No había una sola célula de mi cuerpo que no estuviese empapada de ella.

Jack estaba actuando. Estaba actuando. Había estado actuando todo el tiempo.

Claro que estaba actuando.

Claro.

Me agaché a cámara lenta para quitarme las sandalias y por primera vez advertí lo profundo que era el corte del pie y lo mucho que me resbalaba la planta a causa de la sangre.

Descalza y sangrando, me incorporé.

Jack había estado actuando.

Como si estuviera repasando una lista, tragué saliva, enderecé los hombros y alcé el mentón. Agarré mi estúpido bolsito con una mano y dejé que las sandalias colgaran de los dedos de la otra.

Y, renqueando, bajé por el camino como si el mundo entero me estuviera viendo partir.

Tardé mil años en llegar al coche. En primer lugar, estaba andando descalza sobre granito machacado, el cual se parece más a cristal roto de lo que imaginas. En segundo lugar, tenía todos los sentidos colapsados. De modo que debía ir con calma.

Desde fuera, era probable que pareciera una mujer con una herida en el pie tomándose su tiempo con sensatez. Dentro, evidentemente, era una historia muy distinta. Mi mente estaba asaltándose a sí misma, reproduciendo una y otra vez cada minuto de ese encuentro en la puerta de Jack, de manera tan vívida que apenas podía ver lo que tenía delante.

Es un milagro que no acabara en medio del tráfico.

Es un milagro que no muriera de dolor.

Es un milagro que no dejara simplemente de existir.

Pero… finalmente… llegué al coche.

Un coche que una persona muy diferente a la que ahora regresaba a él había conducido hasta allí.

Me incliné y descansé la cabeza en el capó. ¿Qué demonios acababa de pasar?

La persona a la que debería estar odiando en ese momento era Jack. Obviamente. Lo sabía. Debería odiarle por ser el capullo más cruel y desalmado de toda la historia de la humanidad. Debería arder de rabia incandescente y purificadora.

Sin embargo, no era a Jack a quien odiaba en ese instante. Me odiaba a mí. Me odiaba por haberme dejado engañar. Por haberme dejado tomar el pelo. Por desear tanto ser amada que me había convertido en el blanco fácil de otra persona.

Tendría que haberme percatado. Tendría que haberme protegido mejor.

La parte de mí que debía estar siempre en guardia, y alerta, y de servicio —la parte que tenía asignada la tarea de proteger al resto de mí— había fallado. Estrepitosamente. Otra vez.

Debería prever esas cosas. Debería estar ojo avizor. Debería tener siempre presentes mis defectos y carencias para no cometer la estupidez, la locura, de esperar algo más.

Lo sabía. Lo había sabido desde el día que cumplí ocho años.

Más tarde, decidí, me enfadaría con Jack. Invocaría mi justificada furia y rescataría mi dignidad y encontraría la fuerza para seguir adelante.

Yo no era la cabrona aquí. Yo no había hecho nada malo.

Con el tiempo me defendería. Ya lo creo que sí.

Pero ahora mismo, en este momento surrealista de posconmoción, lo único que podía sentir era una tremenda decepción conmigo misma.

Recostada en el capó del coche, me sorprendía lo física que estaba siendo mi reacción. La cabeza me daba vueltas. No podía respirar. Me sentía mareada.

Flashes de lo que acababa de suceder seguían irrumpiendo en la pantalla de mi mente sin mi permiso. Jack abriendo la puerta en modo estrella de cine: el rostro carente totalmente de expresión, como si yo fuera una extraña. Jack ladeando la cabeza con sorna al decir: «¿Pensabas que iba en serio?». Jack rebanándome los dedos de los pies y observando impasible cómo sangraba delante de él. La postura rígida de Jack, como si fuera un maniquí, mientras esperaba a que agarrara mi despreciable estupidez, aceptara mi destino y me largara.

Eh… Un momento.

¿La postura rígida de Jack?

¿Jack Stapleton —famoso por su desgarbo y campeón del despatarre— rígido como un maniquí?

No me cuadraba.

Mi enfoque empezó a cambiar. Sabía que Jack acababa de decirme que todo había sido una farsa y que en realidad yo nunca le había gustado, pero cuanto más tiempo permanecía ahí, más empezaba a preguntarme si realmente me lo tragaba.

Era difícil saber qué debía creer.

No obstante, cuanto más pensaba en ello, más me preguntaba si la versión amartelada de Jack que había visto la noche previa era más convincente que el psicópata con el que acababa de toparme.

Mi cerebro cambió de tercio y procedió a hojear las páginas de mi memoria con el propósito de reinterpretar ese momento.

Algunos detalles resultaban ciertamente extraños.

Por ejemplo, Jack había abierto la puerta solo parcialmente, cuando él era mucho más de abrirla de par en par. Yo había dado por sentado que quería mantenerme separada de sus amigos, pero si realmente estaba disfrutando con la broma que acababa de gastarme, ¿no habría dejado que me vieran? Y si de verdad era un psicópata, ¿le habría importado que yo los hubiera visto a ellos?

Seguí buscando anormalidades. Había detectado una tensión en su rostro nueva para mí, como si estuviera intentando parecer relajado sin estarlo realmente.

¿Y había sido la expresión de sus ojos de frialdad o de intensidad? ¿Había sido la tirantez de su voz de irritación o de preocupación?

Repasé de nuevo la escena, examinándolo todo con otra mirada, hasta que un momento en concreto me detuvo en seco.

Justo después de decir que había estado actuando y de asentir con la cabeza para confirmarlo, Jack había echado una ojeada a su izquierda, casi como si tuviera a alguien al lado. Y la emoción que cruzó por su cara justo entonces, en el instante de esa ojeada, resultaba bastante inconfundible si llevabas en esta profesión el tiempo suficiente...

Era miedo.

Algo pasaba.

Había algo en esa casa que Jack temía.

Alguien.

Saqué las llaves, abrí el coche y cogí el iPad del asiento de atrás. Inicié sesión para comprobar las grabaciones de las cámaras de seguridad instaladas en casa de Jack y las pasé a toda velocidad. Nada en la cámara del camino de entrada. Nada en la cámara del jardín trasero. Nada en la cámara de la piscina. Pero de repente, en la cámara instalada en el recibidor de Jack, la cual se activaba con el movimiento, vi a Jack hablando con un hombre alto con vaqueros. Reduje la velocidad de reproducción para verlo mejor y me pregunté si podía tratarse de uno de sus «amigos».

Hasta que el tipo sacó una pistola de 9 mm y apuntó a la cabeza de Jack.

Joder.

Examiné la grabación a cámara rápida para tratar de quedarme con lo fundamental. Vi a Jack levantar las manos y volver a bajarlas. Vi que los dos se volvían hacia la puerta. Luego vi a Jack abrirla unos centímetros y al otro hombre recular unos pasos y detenerse con la pistola apuntando directamente hacia Jack.

Suficiente. Era cuanto necesitaba ver. Llamé al 911 para avisar a la policía. A continuación, telefoneé a Glenn.

—Código plata en la residencia de Jack Stapleton —anuncié mientras regresaba a la casa sin notar siquiera la gravilla bajo mis pies desnudos. Luego, por si acaso, añadí—: Situación de secuestro.

Glenn no me estaba siguiendo.

—Brooks, ¿de qué estás hablando? Jack Stapleton es nivel de amenaza blanco.

—Mira los vídeos —dije—. Hay un hombre con una pistola dentro de su casa.

—¿En estos momentos? —preguntó Glenn.

—En estos momentos.

—¿Dónde estás?

—Aproximándome a la casa por el camino de entrada.

—¿Estás sola?

—Sí. Pero Jack también.

—Jack no está solo, está con un intruso armado.

—Vale. Peor que solo.

—¿Está la poli en camino?

—Sí.

—Espera a que llegue —me ordenó Glenn—. Voy a avisar al equipo.

—No voy a dejar a Jack solo ahí dentro.

—¡Brooks, espera a que llegue la poli!

—Pon al equipo en marcha —dije—. Mira los vídeos. Llámame si ves algo que pueda ayudarme. —Y dicho eso, puse el teléfono en silencio.

—¡Brooks, no entres, es peligroso!

Sabía que Glenn tenía razón, por supuesto. No tenía un arma conmigo. No tenía un plan. Ni siquiera tenía zapatos. ¿Recordáis cuando dije que el calzado es de vital importancia? Eso fue cuando pensaba que no había nada peor que los tacones.

Mientras me aproximaba a la casa calculé que tenía exactamente un cincuenta por ciento de probabilidades de sobrevivir.

Era buena en mi trabajo, pero no era una superheroína.

Parte de ser buena en este trabajo consistía en tomar decisiones inteligentes. ¿Era esta una decisión inteligente? Ni mucho menos. Pero me daba igual.

Solo había una cosa que me importara en ese momento: dos personas del lado de Jack eran mejor que una. Aunque estuviera descalza, desarmada, desprotegida y herida, no tenía intención de dejarlo solo.

—¡Brooks! —gritó Glenn por el móvil—. Escúchame bien. Te ordeno que no intervengas. Si desobedeces mis órdenes, ya puedes despedirte de Londres.

Era lógico que dijera eso. Era lógico que utilizara lo que yo más deseaba para intentar impedir que me mataran. Era su mejor baza.

Salvo por una cosa. Lo que más deseaba ya no era Londres.

Lo que más deseaba era Jack.

Colgué.

Al cuerno con Londres.

Eché a correr.

Conocía la clave de la puerta. Entré con sigilo.

La planta baja estaba vacía. Existe una quietud en las estancias vacías fácil de reconocer cuando llevas tiempo haciendo esto. Aun así lo inspeccioné todo, cada armario, cada rincón. Incluso la despensa.

Nada.

Al pasar junto a la mesa del comedor, vi una tabla de aperitivos con una botella de cabernet, abierta para que respirara, al lado. ¿Y junto a esta? Un sacacorchos.

Por fin. Un arma. Lo agarré al vuelo, sin detenerme siquiera, y —porque las mujeres en este mundo, por lo que sea, no nos merecemos bolsillos— me lo guardé en el sujetador.

En la primera planta tampoco había nadie. O habían abandonado la casa o…

Estaban en la azotea. Subí los escalones de dos en dos hasta la sala de juegos de la segunda planta. Rodeando la mesa de billar, me dirigí a la puerta que conducía a la azotea. La abrí unos centímetros para evaluar la situación y tropecé con una escena de lo más surrealista: la guirnalda de luces que rodeaba la terraza estaba encendida, los edificios de la ciudad se recortaban contra el sol poniente, el cielo enrojecía conforme daba paso a la noche… y allí, de pie, estaba Jack Stapleton, con las muñecas y los tobillos atados con bridas, delante, puede que a un metro y medio, de un hombre exactamente de la misma estatura que él, vestido con una camiseta rota y unos vaqueros sucios, que estaba apuntándole con una pistola y tenía el dedo en el gatillo.

Cualquier otro agente habría esperado a la policía.

Sin embargo, no había tiempo que perder. Un dedo en un gatillo estaba a un impulso —o un picor o una tos o un estornudo— de hacer cosas irreversibles.

Hora de intervenir. De la manera que pudiera.

Estaba saliendo, lista para anunciar cordialmente mi presencia con las manos en alto a fin de no sobresaltar al pistolero, cuando tres cosas sucedieron al mismo tiempo.

Una: al cruzar la puerta, un repentino golpe de viento atravesó la azotea, me arrancó el picaporte de los dedos y estampó la puerta con un golpe casi sónico que me asustó incluso a mí.

Dos: el pistolero se volvió raudo hacia mí y, al parecer, apretó el gatillo en el proceso, porque…

Tres: me dio.

31

Al principio pensé que había fallado. Al principio solo fue un sonido tan fuerte que lo sentí en el pecho y una ráfaga de aire pasando junto a mi cara.

A continuación: lo noté antes de entenderlo.

Cuando lo pienso ahora, lo veo a cámara lenta. La bala silbando junto a mi cabeza y arrancándome un fino mechón de pelo a su paso. Un picotazo afilado apoderándose de mi conciencia y después un fluido caliente descendiendo por mi cuello como si alguien estuviese estrujando una botella de chocolate líquido.

No era chocolate, claro.

Lo curioso es que al notarlo decidí que yo estaba bien.

La sangre en el cuello me convenció: solo era un rasguño.

Ignoro por qué lo sabía, pero lo sabía. Era exactamente la sensación que imaginarías que daría ser rozada por una bala: tensa, pequeña, punzante. Casi como un cruce entre un corte y una quemadura.

Digamos que no me sentía como una persona cuyos sesos estuvieran desparramados por la pared de detrás.

¿Lo sabía a ciencia cierta? No, pero decidí creerlo hasta que tuviera pruebas de lo contrario.

Mi aspecto, no obstante, debía de ser bastante macabro.

El pistolero me miró horrorizado.

—¡Joder! —gritó—. ¡Menudo susto me has dado!

«Tendrá valor».

Puse las manos en alto.

—Lo siento —dije.

—Nunca des un portazo cuando alguien tiene una pistola en la mano, ¿de acuerdo?

—Lo he hecho sin querer —me disculpé—. Ha sido el viento.

Su voz era pura frustración.

—Has hecho que te dispare.

Yo tenía el cuello caliente y mojado de sangre, la cual estaba descendiendo y empapándome el vestido. Adiós a ser el banco de sangre personal de Jack.

—No me has dado.

—Esa sangre dice lo contrario.

—Es solo un rasguño —dije—. Un arañazo de nada. Estoy perfectamente.

—Pues tienes muy mal aspecto —señaló el pistolero.

—Las heridas de la cabeza sangran mucho —dije, en plan «No es nada»—. Ni siquiera me duele.

Detrás del hombre, Jack parecía horrorizado de verme. Ahora estaba agachado, listo para la acción, como si hubiera olvidado que tenía las muñecas y los tobillos atados y pudiera ¿qué? ¿Abalanzarse a saltitos sobre el pistolero para salvarme? En cuanto se dio cuenta de que no podía moverse, optó por la siguiente mejor opción.

—¿Qué haces aquí? —me preguntó.

—Eh, ¿ayudarte?

—¿No te he dicho que te largaras? —espetó—. ¿No te he dicho que entre nosotros no hay nada?

—Sí, pero no me lo he creído —Jack se me quedó mirando como si eso no tuviera sentido, así que añadí—: No eres tan buen actor.

Ni una sonrisa de cortesía.

—Te he echado de mi casa —continuó Jack—. He sido muy claro contigo.

Asentí.

—Lo sé, pero luego he visto las grabaciones de las cámaras de seguridad.

—Vete a casa —dijo Jack, devolviendo la mirada al acosador—. Esto no va contigo.

—Yo diría que ahora sí.

El pistolero parecía presa del pánico ahora. Malas noticias.

Le temblaban tanto las manos que podía ver la pistola vibrar. Había bajado los brazos —olvidándose del arma unos instantes, al parecer— y estaba mirándonos a Jack y a mí.

—Esto no está saliendo como esperaba.

Parecía decepcionado.

Traté de recordar los protocolos de negociación en casos de secuestro. Los tenía un poco oxidados. Me vino a la cabeza «Entabla una relación», de manera que dije:

—Eh, amigo, ¿puedes decirme cómo te llamas?

No se opuso.

—Wilbur —respondió.

—¿Wilbur? —inquirí—. ¿Ese Wilbur? —Wilbur no estaba seguro de qué contestar—. ¿WilburTeOdia321?

Halagado por el hecho de que lo reconociera, esbozó una sonrisa.

—¿Conoces mi seudónimo?

—Imposible olvidarlo, sobre todo por el libro.

—¿Qué libro?

¿Qué libro iba a ser?

—*La telaraña de Charlotte.*

Wilbur me miró como si estuviera pirada.

Vale, suficiente vínculo.

—Oye, Wilbur —dije entonces, como si se me hubiese ocurrido una idea divertida—, ¿me pasas tu pistola?

—No pretendía dispararte —dijo Wilbur.

—Lo sé —respondí con voz aterciopelada—. Fue un accidente. Estoy bien.

—Alguien va a morir aquí arriba —dijo entonces—, pero no
serás tú. —Señaló a Jack—. Jack y yo ya lo hemos decidido.
Cuando llamaste al timbre, le pregunté: «¿Quién va a morir esta
noche, tú o la chica?». Y ni siquiera lo dudó. Se ofreció volunta-
rio al instante. —Wilbur encogió ligeramente los hombros—.
¿No es un cielo?

Asentí. Lo era.

Hora de hacerme con esa pistola.

Despacio, avancé un paso. Cuando Wilbur vio lo que estaba
haciendo, negó con la cabeza.

—No puedo dártela —dijo—. La necesito.

Justo entonces dio unos pasos atrás y advertí que cojeaba.
Reculó hasta el muro de la azotea y utilizó la pierna buena para
subirse a él.

—¿Qué haces? —le pregunté.

—Seguro que crees que ese tío es genial —dijo entonces Wilbur—. Todo el mundo lo cree.

—Bueno, no está mal —dije encogiendo los hombros.

—Todo el mundo lo quiere. El Destructor. Creen que salvó
el universo. Todo el mundo cree que lo hizo de verdad. —Meneando la cabeza, Wilbur miró a Jack y volvió a apuntarle con la
pistola—. Pero no es ningún héroe.

—Tienes razón —dije, toda afable—. Es una persona normal
y corriente. —Parecía una buena idea destacar el aspecto humano de Jack.

—Normal y corriente, no —dijo Wilbur—. No es como tú y
como yo, porque él tiene todo lo que quiere. —Volviéndose hacia Jack, levantó el arma y la sostuvo directamente hacia él—.
¿No es cierto, Destructor? ¿No tienes todo lo que quieres?

Jack negó con la cabeza.

—Nadie tiene todo lo que quiere.

—Pero tienes bastante. Demasiado, incluso. Yo, en cambio, ya no tengo nada. Así que si tú eres el Destructor, yo seré el Castigador.

De pronto la energía cambió. Jack y yo nos miramos. Algo estaba a punto de suceder. Fue casi como un clic. Habíamos cambiado de marcha.

¿Iba a tener que tirar de la azotea a ese tío para salvar a Jack? Podía hacer un sprint y arrojarnos a los dos al vacío. Una caída de tres plantas no me mataría. Probablemente.

Justo entonces, Wilbur se volvió hacia mí y dijo:

—Mi esposa me dejó por él. —Luego, a Jack—: ¿Estás con ella ahora? ¿Estáis juntos?

Jack frunció el entrecejo.

—¿Lacey? —continuó Wilbur, casi como si estuvieran jugando a recordar nombres de viejos amigos de universidad—. ¿Lacey Bayless? ¿Señora de Wilbur Bayless? ¿Te encontró?

—No conozco a nadie llamado Lacey —respondió Jack.

Wilbur se volvió hacia mí.

—Después de tener el accidente en el trabajo —se señaló la pierna renqueante—, Lacey se obsesionó con él. Fundó un club de admiradoras, luego otro. Empezó a enviar correos a su agente. Se pasaba el día conectada haciendo GIFs. Y yo me dije: «No pasa nada, es sano tener aficiones». ¡Y la apoyé! ¡Ni siquiera tenía celos! ¡Vive tu vida a tope, cariño! Pero una noche, cuando llegué a casa, encontré unas maletas en la puerta. Lacey había dejado una lasaña en la nevera. Y me dijo que se iba. —Miró a Jack—. Me dijo que mi pierna aplastada le revolvía el estómago. Que se había enamorado de Jack Stapleton. Que yo jamás podría estar a su altura. ¿Por qué no podía besarla como Jack Stapleton besaba a Katie Palmer?

Miré a Jack en plan «¿Deberíamos decírselo?».

Repasé mentalmente todo mi entrenamiento de desescalada.

Recordada que debías decir el nombre de la persona cuantas más veces, mejor. El sonido —en teoría, al menos— tranquilizaba.

—Wilbur —dije—, es duro. Lo entiendo.

Pero Wilbur no quería compasión.

—¿Qué opinas tú? —me preguntó.

—¿De qué?

—De si soy guapo.

¿Era Wilbur guapo?

Hum. ¿Estaba creando vínculo?

Examiné su cuerpo con forma de pera, las entradas en el pelo, los dientes amarillos, la piel grasienta, los vaqueros mugrientos y la flácida camiseta de Darth Vader con la frase: VENTE AL LADO OSCURO. TENEMOS GALLETAS.

Y entonces dije:

—Creo que eres muy guapo, Wilbur. —Y recalqué—: Muy guapo. —Luego, como no parecía convencido—: Y elegante.

—Entonces —señaló con la pistola entre Jack y él—, si tuvieras que elegir entre los dos, ¿a quién escogerías?

Jack me había rescatado la noche previa al escogerme a mí, y yo iba a salvarlo esta noche escogiendo a... Wilbur.

—¡A ti, Wilbur! —declaré al instante—. ¡Sin dudarlo ni un segundo!

—¿Verdad? —dijo Wilbur—. ¡Eso era lo que le decía siempre a mi mujer! «Jack Stapleton es un gilipuertas famoso».

—Un gilipuertas legendario —convine.

Jack me echó una mirada.

Wilbur continuó.

—«Él jamás podrá quererte como te quiero yo», le decía.

—Él no sabe nada sobre el amor.

Jack tosió.

—«Él no va a construirte una casita para pájaros con postiguitos de madera y camelias pintadas a mano». ¡A ver si supera eso!

—Imposible —aseguré—. Jack Stapleton no ha construido una casita para pájaros en su vida.

Jack me miró hinchando las narices, en plan «Afloja un poco».

Wilbur se quedó callado.

¿Debería intentar hacerme con la pistola?

Entonces prosiguió.

—Pero se fue. Me dejó de todos modos. Y se llevó la casita para pájaros. No me coge las llamadas. No responde a mis mensajes.

—¿Cuánto hace que se fue, Wilbur?

—Un mes.

Un mes era mucho tiempo. Suficiente para volverte la vida del revés. Lo sabía por experiencia.

—Las cosas mejorarán, Wilbur —dije entonces—. Las cosas mejoran y luego empeoran y luego mejoran otra vez. Es el ritmo de la vida. Es así para todo el mundo.

Pero Wilbur estaba concentrado en contar su historia.

—Entonces vi que él estaba en la ciudad —continuó—. Y decidí venir a por él. Y comprobar si ella estaba aquí también.

—No está —dijo Jack, solo para confirmarlo.

—Pero entonces vi la foto de Jack besuqueándose con su novia nueva. A todo trapo, como para decirles «¡Buscaos una habitación!». ¿Visteis la foto?

—La vimos —contestamos Jack y yo al unísono.

—Y pensé: he de parar esto.

—¿Por qué, Wilbur? —pregunté.

Wilbur me miró ceñudo, como si fuera más que evidente.

—Para que no hiriera los sentimientos de Lacey.

—¿Amenazaste con matar a la novia nueva de Jack para que él estuviera libre y tu mujer pudiera quedárselo?

Wilbur asintió con orgullo.

—Lo que podemos llegar a hacer por amor, ¿eh?

—No, eso no es... —comencé.

—¿Eras tú el de las amenazas de muerte? —le preguntó Jack—. Pensábamos que era una mujer que criaba corgis.

Wilbur se dio unos golpecitos en la cabeza con la pistola.

—Copié su estilo para despistar.

—Pues funcionó —dijo Jack.

—En realidad no quería matar a la novia —continuó Wilbur—, solo asustarla para que lo dejara.

—O sea, aterrorizarla para que pusiera fin a la relación —aclaré.

—Exacto —dijo Wilbur—. Pero no funcionó, y ahora estoy destrozado. No puedo dormir, no puedo comer, estoy siempre solo. Y… no puedo más.

Acto seguido, mientras yo pensaba en la manera de reducirlo antes de que disparara a Jack, Wilbur declaró:

—Así que este es el castigo del Destructor. Tiene que verme morir.

Y dicho eso, Wilbur levantó el arma y apuntó el cañón hacia su cabeza.

No había venido a matar a Jack. Ni a mí.

Había venido a matarse él.

Yo tenía algo de experiencia en negociar en situaciones de secuestro, pero de repente esto ya no era un secuestro. Por lo menos, no un secuestro al uso. No tenía un libro de instrucciones, ni un manual de estrategias, ni la menor idea de qué podía funcionar.

No me quedaba otra que seguir mi intuición.

—Wilbur —dije—, necesito que bajes esa pistola.

Él miró a Jack para ver si estaba de acuerdo. Jack asintió y dijo:

—Tiene razón.

Me acerqué otro paso.

—Sé que ahora mismo te sientes solo, Wilbur —dije—, pero no lo estás. Jack y yo estamos contigo. Queremos que estés bien.

Continué, pensando que mi mejor baza era decir algo verdadero. Así pues, agarré lo primero que me vino a la cabeza, aun cuando no tenía nada que ver con su historia.

Más tarde, sin embargo, me preguntaría si no tendría algo que ver.

—El día que cumplí ocho años —dije—, el novio de mi madre le dio tal paliza que creí que la había matado. Me pasé toda la noche escondida en el armario. —Wilbur se volvió hacia mí—. Fue una noche espantosa, la peor de mi vida. Pensaba que no iba a acabar nunca. Pero acabó, y ahora es solo un recuerdo lejano. ¿Entiendes lo que estoy diciendo?

Wilbur negó con la cabeza.

—En la vida ocurren cosas horribles, pero podemos superarlas, Wilbur. Más aún..., podemos salir mejores de ellas.

Wilbur lo meditó. Utilizó la boca de la pistola para rascarse un picor en la cabeza.

—No puedes controlar el mundo o a otras personas —perseveré—. Tampoco puedes obligarlas a que te quieran. Te quieren o no te quieren, punto. Pero lo que sí puedes hacer es decidir quién quieres ser frente a eso. ¿Quieres ser una persona que ayuda o una que hace daño? ¿Quieres ser una persona que arde de ira o que brilla de compasión? ¿Quieres ser optimista o pesimista? ¿Rendirte o seguir adelante? ¿Vivir o morir?

Entonces Wilbur dijo algo que perforó la adrenalina del momento y me partió el corazón.

—Yo solo quiero que vuelva mi Lacey.

—Lo sé —dije—. Eso podría ocurrir. Todavía podría ocurrir, pero no si no estás aquí. —Él frunció el entrecejo, como si no hubiera pensado en eso—. Tu vida es importante, Wilbur —continué—. El mundo necesita más casitas para pájaros.

—Pero ¿para quién voy a hacerlas sin ella?

—¡Hazlas para los pájaros! Hazlas para todas las personas que estarán encantadas de verlas. Hazlas para ti.

Wilbur tenía lágrimas en el rostro. Y entonces dijo algo sobre lo que todavía pienso hoy en día. Con una voz que sonaba realmente agotada, declaró:

—Me odio muchísimo por el hecho de que no me quieran.

Uf. Lo entendía perfectamente.

Suavicé el tono.

—No puedes obligar a la gente a quererte, pero puedes dar el amor que anhelas al mundo. Puedes ser el amor que desearías tener. Eso es lo que te hará estar bien. Porque querer a otras personas es una manera de quererte a ti mismo.

Wilbur se mordió el labio mientras pensaba en ello.

—Es lo único que podemos hacer —dije—. Lo único que podemos hacer es abandonar la ira, los reproches y las armas —¿Veis lo que hice ahí?— e intentar mejorar las cosas en lugar de empeorarlas. No hay otro camino.

Wilbur se secó las lágrimas con el dorso de la mano que sujetaba la pistola.

Me acerqué otro paso.

—Date un poco de tiempo, y dame la pistola.

Wilbur bajó el arma y se miró la mano.

—Puedes cambiar tu vida —dije entonces—. Puedes hacer que sucedan cosas buenas. Puedes llenar tu jardín de casitas para pájaros pintadas a mano. De cientos de ellas. De miles. —La voz me temblaba levemente, pero proseguí—. Me encantaría ver eso. ¿No sería un jardín maravilloso?

Wilbur no desvió la vista. Sabía que lo que le decía era cierto. Sentía que le hablaba desde el corazón.

—Baja de ahí y dame la pistola —dije.

Wilbur contempló el vacío más allá de sus pies. Luego, en actitud de rendición, bajó del muro. Al hacer contacto con el suelo, la pierna herida cedió y Wilbur cayó.

Jack y yo lo abordamos al instante. Todavía atado, Jack se arrojó sobre él con todo el cuerpo para inmovilizarlo y yo fui a por la pistola, si bien Wilbur se había quedado inerte y apenas era necesario contenerlo.

Cuando aterricé, el sacacorchos que llevaba en el sujetador

salió volando y patinó por el suelo de la azotea. Retorcí el brazo de Wilbur contra su espalda y le arrebaté la pistola, y cuando levanté la vista vi que Jack estaba mirando el sacacorchos de hito en hito.

—¿Qué demonios planeabas hacer con eso?

—No quieras saberlo —me limité a contestar.

Al final, había sido bastante fácil.

—Que sepas que no iba a matarte —me dijo entonces Wilbur con la mejilla pegada al suelo—. Tampoco a Jack. La única persona a la que quería matar era a mí.

—Eso tiene que cambiar, Wilbur —repliqué con la rodilla sobre su espalda—. Tienes que aprender a ser bondadoso contigo mismo. Y luego has de aprender a compartir esa bondad con el mundo.

—Con las casitas para pájaros —dijo Wilbur, visiblemente encantado con la idea.

—Es una manera —dije.

Ya podíamos oír las sirenas. Y voces en la calle. Y botas en el camino de grava.

No tardarían en subir. Seguirían mis huellas ensangrentadas hasta la azotea.

Mientras aguardábamos, Wilbur dijo:

—Tengo una pregunta para Jack.

Levantó la cabeza, se volvió hacia él con su mejor sonrisa y dijo:

—¿Qué me dices de un selfi?

32

El médico de urgencias llamó al rasguño en mi cabeza «la herida del millón de dólares». Lo bastante grave, en teoría, para dejar de trabajar unos días, pero no tan grave como para necesitar puntos. O para haberme matado.

—Un milímetro más arriba —comentó el médico después de un largo silbido— y la historia sería muy diferente.

Después de que me la limpiaran y pudiera echarle un vistazo, me fijé en que parecía una trinchera de cinco centímetros de largo y una mina de lápiz de ancho por encima de mi oreja. Tenía los lados ligeramente elevados, como un foso.

Jack hizo un montón de fotos con mi móvil para que pudiera verla.

No tuvieron que afeitarme demasiado pelo, lo que era de agradecer. Me recogieron la melena en una coleta lateral sorprendentemente coqueta. Luego lavaron la herida y la desinfectaron, la untaron de pomada antibacteriana y me rodearon la cabeza con un vendaje que semejaba una de esas cintas que se ponían en la frente los tenistas de los setenta.

—La verdad es que te queda muy bien —dijo Jack.

Yo no dejaba de pensar que podría haber sido mucho peor.

Ni siquiera me hicieron pasar la noche en el hospital. Después de una resonancia, que salió bien, me mandaron a casa con antibióticos, suficiente Tylenol para derribar a un caballo e instrucciones estrictas de «tratarlo como una contusión». Ni conducir, ni deporte, ni montañas rusas.

Anotado.

Jack y yo habíamos llegado a urgencias en una ambulancia, de modo que Glenn nos envió un coche más tarde. Y en un sádico gesto al puro estilo Glenn Schultz, puso a Robby de chófer.

¿Necesitamos hacer recuento de todas las veces que Robby dijo que era imposible que yo pudiera pasar por la novia de Jack Stapleton? ¿Necesitamos reflexionar sobre la alucinante falta de sensibilidad de Robby desde nuestra ruptura? ¿Necesitamos detenernos un momento para percatarnos de que la estrategia de Robby para mantenerme en una relación nociva era convencerme de que no me merecía algo mejor?

Todo cierto.

Por otro lado, podríamos simplemente saborear el exquisito momento de esa noche en que Jack y yo llegamos al coche y Robby, tratando de irradiar una energía a lo agente secreto de alto nivel, abrió la puerta del pasajero del Tahoe y se dispuso a ayudarme a subir.

Robby podría haber pasado por un tío estupendo en ese momento. Si no hubiera estado a medio metro de Jack Stapleton. Y si yo no hubiera cambiado por completo mi percepción de lo que era exactamente un tío estupendo.

Sea como fuere, cuando fue a cogerme, Jack lo detuvo.

—Yo me ocupo —dijo.

—Es mi trabajo —replicó Robby, tratando de continuar.

Pero él lo detuvo de nuevo interponiéndose entre nosotros con tal firmeza que Robby perdió su ímpetu. Acto seguido, Jack me rodeó con sus brazos, todo ternura, y me levantó. Me depositó en el asiento de atrás, me puso el cinturón como si yo fuera un tesoro, me dio un beso breve pero insinuante en los labios y se volvió hacia Robby.

—Este será tu trabajo —dijo, señalando el Tahoe—, pero esta —me puso la mano en el muslo, como si yo le perteneciera— es mi novia.

Así que, al final, no fue la peor noche de mi vida.

Jack acabó quedándose a dormir.

En mi casa. En mi cama.

No hizo falta un muro de almohadas.

No pasó nada, por supuesto. Las montañas rusas no son los únicos vetos en los casos de conmoción cerebral. Además, tenía la cabeza vendada a lo Björn Borg. Lo cual daba al traste con cualquier cosa, digamos, no espiritual.

Sin embargo, sí sucedieron cosas emocionales. Por ejemplo, nos cogimos las manos. Nos dimos mutuamente las gracias por todo lo que se nos ocurrió. Nos sentimos agradecidos de estar vivos.

Puede que, tal vez, nos acurrucáramos un poco.

Y supongo que hay algo realmente sanador en dejarte querer, porque al día siguiente, cuando encontré a Jack sentado en el borde de la cama con la cabeza entre las manos, percibí que algo había cambiado.

Antes de que pudiera preguntárselo, él se volvió y me miró de arriba abajo: la cabeza vendada, el pelo totalmente a su rollo. Se levantó y rodeó la cama.

—¿Cómo está tu herida de bala? —dijo.

Agité la mano para restarle importancia.

—Perfectamente.

—Hay sangre en el vendaje.

—Es como un corte de papel.

Sin embargo, se agobió de todos modos. Me obligó a cambiarme el vendaje de la cabeza, y el de los dedos del pie. Este último me dolió mucho más. También me obligó a cepillarme los dientes y a ponerme una bata de felpilla suave, a beber una infusión y a tomarme el antibiótico.

Hecho esto, volvió a darme las gracias por no morir.

Y solo después de habernos ocupado de tales cosas, me confesó:

—Anoche volví a tener la pesadilla.

—¿La misma pesadilla? —pregunté.

Asintió.

—Sí, pero fue diferente.

Confié en que diferente fuera sinónimo de bueno.

—¿Qué ocurría?

—Me subía al coche con Drew, como siempre, y nos dirigíamos al puente, como siempre. Pero al acercarnos veía algo en la carretera.

—¿Qué?

—Una persona agitando los brazos para que paráramos.

—¿Y parabais?

—Por los pelos. Drew pisaba el freno y derrapábamos como unos treinta metros. —Jack meneó la cabeza—. Era tan real que podía oler el caucho quemado.

—Pero parabais —dije—. Eso es lo diferente.

—Justo a tiempo —asintió él—. Unos centímetros más y la arrollamos.

¿«La»?

—¿Era tu madre?

Jack negó con la cabeza.

—Eras tú.

Me incliné hacia él para mirarlo a los ojos.

—¿Yo?

Jack asintió.

—Te acercabas a mi ventanilla y me hacías señas para que la

bajara. Y entonces nos decías que el puente estaba cerrado. «Tenéis que dar la vuelta», decías. Pero justo entonces me daba cuenta de que Drew ya no estaba en el coche. Me bajaba para buscarlo y lo veía caminar hacia el puente, como si se dispusiera a cruzarlo. «¡Está cerrado!», le gritaba. «¡Tenemos que dar la vuelta!». Drew se paraba y se giraba, pero no regresaba.

»"Oye", lo llamaba con determinación, confiando en que, si le insistía lo suficiente, podríamos cambiar las cosas. "Oye, tenemos que volver".

»Pero Drew negaba con la cabeza.

»Así que me bajaba del coche y corría y me detenía a solo un par de metros de él. "Hay hielo en el puente", le decía. "Tenemos que volver. Vamos".

»Pero Drew simplemente me miraba a los ojos. Necesitaba un afeitado. Y el remolino de la coronilla hacía que un mechón le apuntara hacia arriba. Y no decía nada. Simplemente permanecía ahí de pie, hasta que supe que no iba a volver conmigo. Entonces notaba que me caían lágrimas por el rostro. Lo intentaba una última vez. "Vuelve conmigo, por favor. Volvamos juntos".

»Pero Drew negaba con la cabeza. Y yo sabía que no iba a venir, que no había nada que pudiera hacer. Entonces la voz me temblaba tanto que pensaba que no podría pronunciar las palabras. Pero finalmente le dije: "Siento mucho que no pudiera protegerte". Y Drew asentía, como diciendo "Lo sé. No te preocupes".

»Y se volvía y continuaba caminando hacia el puente. Yo lo seguía con la mirada hasta que ya no podía verlo. Y creo, o por lo menos era la sensación que tenía, que tú estabas a mi lado y también lo veías partir. Cuando me desperté, estaba llorando. Pero, en cierto modo, me sentía mejor.

Por la razón que fuera, su narración me dio escalofríos.

—Sé que no era real —dijo Jack—, pero sentía como si lo fuera.

—Puede que tuviera algo de real —dije.

—Gracias por estar allí —dijo Jack.

Podría haber señalado que él me puso allí, pero me limité a contestar:

—De nada.

—Creo que tenías razón en lo del sueño.

—Ah, ¿sí?

Jack asintió.

—En lo de que era una oportunidad.

—¿Para despedirte? —pregunté.

Jack negó con la cabeza.

—Para decirle que lo siento.

Esa pesadilla fue la última que Jack tuvo sobre el puente helado.

Todavía soñaba con su hermano de vez en cuando, casi siempre que lo buscaba en medio de una multitud y lo veía sonriéndole o guiñándole un ojo o asintiendo, como diciendo «Tú puedes».

Jack no creía en esos sueños. No creía que fueran ventanas al más allá. Pensaba que eran historias creadas por su imaginación, pero eran historias buenas. Historias reconfortantes. Y las agradecía.

Eran historias que necesitaba oír.

¿Le curaron su miedo a los puentes? Depende de lo que se entienda por «curar». Siguen sin gustarle demasiado, pero ahora puede cruzarlos. Se le forma un hoyuelo de concentración en la mejilla y aprieta el volante con las dos manos, pero siempre lo atraviesa. Sin vomitar después.

Y seguimos adelante y lo contamos como una victoria.

33

Después de la noche en la que, bueno, me dispararon en la cabeza, Glenn encargó a Taylor que me cubriera las dos primeras semanas de la misión en Corea para que mi herida cerrara del todo. Me propuso asignarle a Taylor el proyecto completo, pero rechacé la oferta.

—Se acabó lo de darle a Taylor mis misiones —dije.

—De acuerdo —concedió Glenn.

Jack dejó pasar un tiempo prudencial para que mi herida emocionalmente-alarmante-pero-no-tan-letal-o-incluso-dolorosa sanara... y entonces habló de repetir nuestra cita.

—¿Podemos darle otra oportunidad? —dijo.

—¿A qué?

—A la cita.

—¿La cita? —pregunté—. ¿La que casi nos mata? —Jack asintió, en plan «Esa»—. No, gracias —dije.

—Necesito otra oportunidad —insistió—. Y tú también. —Haciendo acopio de todo su atractivo, se inclinó hacia mí y dijo—: Te prometo que no te arrepentirás.

¿Quería volver a subir por el camino de entrada de Jack con unas sandalias ridículas y llamar nerviosamente a su puerta pese a tener la certeza de que WilburTeOdia321 estaba preso?

Ni de coña.

—Hagamos cualquier otra cosa —dije—. Minigolf. Bolos. Karaoke.

Jack negó con la cabeza.

—Tenía intenciones muy concretas sobre lo que iba a hacerte en ese momento y necesito que se materialicen.

—¿Te refieres al momento en que aparecí supernerviosa en tu puerta y me rechazaste en toda la cara?

—Que conste que estaba salvándote la vida.

—Y aun así me dispararon.

—Fue un rasguño —puntualizó Jack.

Lo medité. ¿Podía soportar intentarlo de nuevo? Lo escruté con la mirada.

—¿Quieres recrear la cita?

—Sí.

—¿Por qué?

—Porque necesito una versión de esa historia en la que no esté Wilbur.

Podía entender su importancia.

—Vale —accedí.

—Esta noche —dijo Jack.

—Vale.

—Y ponte el vestido rojo.

Suspiré.

—¿El que manché de sangre?

—Lo lavaste, ¿no?

—Eh…, sí.

—Genial.

—Pero las sandalias acabaron en la basura —dije.

—Las sandalias me dan igual. Ven descalza si quieres.

Negué con la cabeza. Luego lo señalé con el dedo y dije:

—Me pondré mis botas de cowboy. —Y mientras Jack asentía, en plan «Guay», añadí—: Jamás volveré a llevar sandalias ridículas.

Esta vez, cuando llamé al timbre, Jack abrió la puerta de par en par enseguida. Iba elegante, recién afeitado, y estaba tan guapo que dolía mirarlo. Al verme, bajó la vista hasta las botas y volvió a subirla con un lento asentimiento de aprobación. Acto seguido, introdujo los dedos en el cinturón de mi vestido y tiró de mí hasta el recibidor, cerrando la puerta tras de sí.

Por la expresión de su cara deduje que iba a besarme hasta hacerme perder el sentido, pero entonces levanté un dedo.

—¿Puedo preguntarte algo primero?

Aunque iba lanzado, se contuvo.

—Claro.

—La última vez que hicimos esto —dije—, me paraste en la puerta y me dijiste que no te gustaba, que habías estado fingiendo todo este tiempo.

—Lo recuerdo.

—Por tanto, ya que vamos a darnos otra oportunidad —continué—, ¿puedes confirmarme que estabas mintiendo?

Jack arrugó el entrecejo.

—¿Aún lo dudas?

—En realidad, no, pero digamos que ese momento hizo estallar el cuadrante de mi cerebro que contiene «mis peores temores sobre mí misma». Ya que vamos a reescribir la historia... ¿podemos corregir esa parte?

Jack asintió, como diciendo «Claro».

Me miró a los ojos.

—Estaba muy nervioso por la cita. ¿Te he contado eso? No tendría que haberlo estado, porque habíamos convivido varias semanas, pero lo estaba. Había encargado comida, de modo que cuando llamaron a la puerta, abrí sin más. Pero no era la comida, era Wilbur. Con una pistola. Y tenía un aspecto mucho más aterrador del que debería tener cualquier persona llamada Wilbur.

Estuve de acuerdo.

—Tenía los ojos desorbitados —continuó Jack— y la respiración acelerada, como si fuera a cometer una locura en cualquier momento. Pensé que a lo mejor iba drogado. De lo que no había duda era de que me estaba apuntando al pecho con una pistola. Recuerdo que me costó mucho aceptar que la cita no iba a producirse. Recuerdo que pensé: «Ahora no es buen momento». Intenté persuadirlo de que me diera la pistola. Me hizo un montón de preguntas sin explicarme qué hacía aquí. Y justo cuando estaba pensando «¿Qué haría Hannah en estos momentos?» y tratando de recordar cómo me derribaste aquella vez, llamaste a la puerta.

Tras un suspiro, Jack prosiguió.

—Wilbur enseguida se puso en guardia. Quería saber quién llamaba y miró por la mirilla. Al verte, dijo: «Es una mujer con un vestido ajustado». Luego se volvió hacia mí y dijo: «Bien, ¿a quién le va a tocar?». Le pregunté qué quería decir con eso y dijo: «¿A quién debería matar? ¿A ti o a ella?». Así que le dije: «A mí, por supuesto». Me dijo: «Ni siquiera te has parado a pensarlo», como si estuviera decepcionado. «No hay nada que pensar», respondí. «¿Quieres morir?», me preguntó. «No», dije. «Pero entre ella y yo, la respuesta es clara». «No puedo creer que te elijas a ti», me dijo. «Ten por seguro que no voy a elegirla a ella». «Está bien», dijo Wilbur. «Haz que se largue». Cuando me disponía a abrir la puerta, Wilbur añadió: «Y hazlo bien. Si sospecha que pasa algo y llama a la poli, te garantizo que nos matarás a todos». «Te creo», dije. Y así era. De modo que abrí la puerta e hice lo único que se me ocurrió para que te marcharas y no volvieras.

Lo miré a los ojos.

—Actuaste como si yo no te gustara.

Jack asintió.

—No hice todas esas clases de improvisación para nada.

—¿Por qué no utilizaste la palabra clave?

Jack me echó una mirada.

—Eh, ¿porque no quería que mi última palabra fuera «abejorro»?

—En serio.

—¿En serio? ¿Por qué iba a hacer eso?

—Porque así habría sabido que algo pasaba.

—La intención era que no lo supieras.

—¿Eres consciente de que yo me gano la vida así? Estaba mucho más cualificada que tú para lidiar con Wilbur321. Podría haberlo desarmado de diez maneras diferentes.

—No lo pensé.

—Eso es evidente.

—Solo quería que no murieras. Por nada del mundo quería que murieras —dijo Jack, acercándose a mí.

—Gracias —dije de corazón.

—Así que hice la actuación de mi vida.

—Fuiste muy convincente —dije.

—Bueno —dijo Jack—, yo me gano la vida así.

Lo miré a los ojos.

—Solo para confirmarlo: yo no no te gustaba.

—Tú no no me gustabas —dijo Jack.

—Te gustaba —insistí—. De verdad. A rabiar.

—De verdad. A rabiar —confirmó Jack—. Más de lo que me ha gustado nadie en toda mi vida.

Lo observé.

—Me daba igual que Wilbur me disparara —continuó Jack—. Lo único que me importaba era engañarte para que te marcharas y resultar lo bastante convincente para que no volvieras.

—Pues lo clavaste.

—Pero volviste, como una tonta.

—Querrás decir como una valiente heroína.

—No eras tú quien debía salvarme a mí, sino yo a ti.

—Supongo que nos salvamos mutuamente.

—Es una manera de decirlo.

—¿No te alegra ni un poquito que te salvara la vida?

—Wilbur dijo que no iba a matarme, después de todo.

—Las pruebas sugieren lo contrario.

—En cuanto escogí que te salvaras tú, decidió que yo era un buen tipo. Fue una prueba y la pasé.

—¿Por qué ponerte una prueba si no iba a matarte?

—Era una prueba de amistad.

Estudié el rostro de Jack.

—Entonces, no fue un acto tan heroico cuando me salvaste, después de todo.

Jack me echó una mirada.

—Fue un acto muy heroico. —Suspiró—. Me siento muy agradecido de que volvieras —dijo. Y mientras hablaba se acercó y me rodeó la nuca con sus manos, mirándome a los ojos como si fueran un lugar al que quisiera ir—. Pero —añadió— no se te ocurra volver a hacerlo.

Unió entonces su boca a la mía, me apretó contra la puerta y me besó como si no hubiera un mañana.

Sí, eso era toda una segunda oportunidad.

Mis disculpas a todas las personas que no son yo... porque la verdad es que si Jack es bueno besando en la pantalla, es mil veces mejor en la vida real, porque hace que resulte fácil. Que no pienses demasiado. Que no pienses en absoluto, de hecho.

Simplemente te permites perder el control y tu cuerpo toma el mando y, cuando quieres darte cuenta, estás abrazándote a su cuello y apretándote contra esos abdominales y fundiéndote con él y disolviéndote en un momento tan embriagador que es como si Jack secuestrara cada uno de tus sentidos.

No se puede besar mejor.

Te besa como si estuviera escrito. Como si fuera lo que tiene que ocurrir. Como si no existiera otra versión concebible de la historia.

Y tú respondes del mismo modo.

Y todo tu cuerpo es una explosión de fuegos artificiales. También tu alma.

Y es como si estuvieras dentro de tu vida y volando por encima de ella al mismo tiempo. Como si estuvieras en la tierra y en el cielo. Como si fueras todo latido y pulso acelerado y calor y dulzura, pero también el viento y las nubes. Lo eres todo a la vez.

Es como si amar a alguien —de verdad, con coraje, con todo tu ser— fuera una puerta a algo divino.

Y más tarde —muchas horas más tarde— después de que él te haya llevado a la cama y tus botas rojas hayan quedado olvidadas en el suelo, y los dos estéis exhaustos y enredados y medio dormidos, y después de haberlo ayudado a crear ese caos que siempre provoca con las sábanas, Jack, como si nada, bosteza, estira ese torso famoso y dice:

—Me pregunto si hay alguien supervisando las grabaciones de la cámara de seguridad.

—¿Qué cámara? —preguntas.

—La del recibidor.

Ese alguien es Robby, naturalmente, dado que sigue siendo el agente principal al servicio de Jack.

Te apoyas en los codos para leerle el rostro.

—¿Me has besado así en el recibidor para restregárselo a Robby?

—Te he besado en el recibidor porque llevaba semanas muriéndome de ganas de hacerlo —dice Jack, rodeándote con el brazo y atrayéndote hacia él.

Tras lo cual, añade:

—Restregárselo a nuestro amigo Bobby ha sido un plus.

Y, al final, ¿sabes realmente con certeza si eres digna de amor?

Qué pregunta. Eso no puedes saberlo. Claro que no. La vida nunca entrega las respuestas así.

Aunque puede que esa no sea la pregunta correcta.

Puede que el amor no sea una decisión que tomas, sino un riesgo que corres. Puede que sea algo que eliges hacer una y otra vez.

Por ti. Y por los demás.

Porque el amor no es como la fama. No es algo que la gente te otorga. No es algo que viene de fuera.

El amor es algo que haces.

El amor es algo que generas.

Y amar a otras personas acaba por convertirse, al final, en una manera de amarte a ti misma de verdad.

EPÍLOGO

Cómo le van las cosas a Wilbur quizá no sea la pregunta más apremiante para ti en estos momentos. No obstante, ¿puedo contártelo de todos modos?

Le van de maravilla. Está viviendo la mejor época de su vida. Resumiendo, el proyecto de las casitas para pájaros despegó. Tras salir de la cárcel, creó una empresa de construcción de casitas para pájaros y llenó el jardín delantero de su casa con ellas. Con cientos de ellas. De todos los colores y formas, sobre postes de alturas diferentes. Graneros con puertas correderas, molinos de viento que giran, y hasta una réplica moderna de la Casa de la Cascada. Se ha convertido en el parque temático de casitas para pájaros más fotografiado en internet. No solo por su originalidad, sino porque es un fondo perfecto para selfis.

Llamó a su compañía Casitas para Pájaros Sanadoras.

Hoy día cuenta que aquella noche en la azotea de Jack fue el momento más oscuro de su vida. De hecho, lo menciona en su página web, en la declaración de objetivos, bajo el título «Por qué casitas para pájaros». Se encontró con una poderosa dosis de comprensión justo en el momento que más la necesitaba y fue una revelación. Recibió algo de ayuda profesional, algo de medicación, y ahora intenta devolver el favor todos los días.

Rechazar la rabia y elegir, en su lugar, la amabilidad. Y las casitas para pájaros.

Incluso dio una charla sobre ello en TED Talk. La última vez que miré tenía cuatro millones de visitas.

Wilbur, sin duda, acabó siendo el más sabio de todos nosotros. Más o menos. También es muy consciente de que aquella noche casi me mata a mí y se mata a sí mismo. Y no solo envió una carta con severas palabras al hombre de la tienda de armas que le vendió la pistola incluso después de que le insinuara lo que tenía planeado hacer con ella, sino que ahora, siempre que puede, utiliza su plataforma para abogar por leyes de armas más estrictas.

Para él no es algo teórico, dice. Es personal.

Además, cada año me envía una casita para pájaros por mi cumpleaños.

¿Me intranquiliza que sepa dónde vivo? Por supuesto, pero no más que todo lo demás.

El lema de la empresa de Wilbur es, después de todo: «Crea la casita para pájaros que te gustaría ver en el mundo».

Parece que ha encontrado una vocación sanadora para él. Y que se gana muy bien la vida con ella. Decididamente, se ha convertido en un héroe del arte popular de la comunidad de casitas para pájaros.

Dice que perderse en la oscuridad lo obligó a buscar la luz. También menciona con frecuencia a Jack Stapleton como su «principal admirador y mejor amigo». Y está bien. Jack no ha vuelto a ver a Wilbur desde la noche que me disparó, pero está bien.

Jack, de hecho, ha colgado un par de casitas para pájaros de Wilbur en su Instagram. Y le sigo en TikTok. Como admiradores de las casitas para pájaros y de las personas que tienen el coraje de cambiar su manera de pensar, nos alegramos mucho de que las cosas le vayan bien.

En teoría. Desde la distancia.

La pregunta del millón, por supuesto, es: ¿volvió Lacey con Wilbur? No.

Le pidió el divorcio.

Pero la suerte quiso que el día que le llegó la solicitud, Wilbur decidiera comerse una tarta entera para consolarse. Cuando llamó a la pastelería para encargarla y pidió que se la personalizaran con la frase ¡TÚ TE LO PIERDES, LACEY! QUE TE DEN, la decoradora la encontró tan divertida que deslizó su número de teléfono en la caja de la tarta con una nota que rezaba: «¡Eres la monda! ¡Llámame! Besos, Charlotte».

Un año después, el día de San Valentín, Wilbur y Charlotte se casaron.

Les envié un ejemplar de *La telaraña de Charlotte* como regalo de bodas.

¿Acabó Jack haciendo la secuela de *Los destructores*? Sí.

Por lo visto, es más difícil dejar de ser un actor de cine famoso de lo que imaginas. Sobre todo cuando ya no te odias a muerte todos los días.

Eso sí, estableció la norma de Una Película Al Año. En los cinco que han pasado desde el rodaje de *Destructor II: la redención*, ha rodado cinco películas. Una aventura en el espacio, un thriller político, una peli de guerra donde todos —Jack inclusive— son devorados por tiburones (esta no pienso verla), una comedia romántica (de nada) y un wéstern. Para este hizo personalmente las escenas de riesgo, pero nadie se lo cree.

Se diría que ha logrado el equilibrio perfecto entre vida y trabajo. Un poco de rodaje, un poco de promoción y muchos paseos por la orilla del Brazos buscando fósiles. Y yo, por mi parte, hago una misión al año. Y las programamos de manera que estemos libres al mismo tiempo. Emprendemos nuestras respectivas aventuras, hacemos nuestro trabajo y volvemos a Texas.

Si Glenn me propone una misión y titubeo, Jack se señala la caja torácica y dice: «No te olvides de tus branquias». Aunque lo cierto es que pienso en escapar mucho menos que antes, porque Jack se mudó al rancho de sus padres y construyó una casa a varios prados de distancia, en el enclave perfecto del diagrama de Venn que cae entre «demasiado cerca» y «demasiado lejos».

Hank, Doc y Jack acabaron por reconstruir el barco de Drew y llamarlo «Sally», por el hámster favorito de Drew en la infancia. Uno de estos días descenderán con él hasta la costa de Texas. En cuanto aprendan a navegar.

Jack, además, convirtió el brazo muerto del río en una reserva natural. La Reserva Natural y Centro de Vida Salvaje de Texas Drew Stapleton, pero todo el mundo lo llama el Lugar de Drew para abreviar. Crearon rutas de senderismo y de ciclismo de montaña. Organizaron clases para crear jardines de mariposas, ornitología y conservación de canales fluviales. Iniciaron campamentos de verano para enseñar a los niños a pescar, hacer fogatas y cuidar de la naturaleza.

Para que —como dice Doc— no se metan en problemas.

Jack sigue haciendo algo bueno cada día en honor a Drew. Ya sea quitando las malas hierbas del huerto de su madre, donando una biblioteca entera a un colegio o sorprendiendo a un grupo de enfermeras de la UCI apareciendo sin avisar para darles una serenata con una camiseta ajustada, Jack —fiel, devota y diariamente— trabaja para honrar la memoria de su hermano y justificar el tiempo que le queda en este mundo.

Y señala cada ocasión diciendo para sí: «Dedicado a ti, Drew. Te echo de menos, hermano».

Es cuanto necesita, al parecer, para seguir adelante.

¿Quién se llevó el proyecto de Londres? Robby. Glenn no bromeaba cuando me dijo que esperara a la poli o me despidiera de ello. No fue ninguna sorpresa.

Así que Robby se llevó el proyecto de Londres y se marchó. Por mí, estupendo. Y por Taylor, también.

A Kelly, no obstante, le molestó que no me lo llevase yo.

—¡Ese día le salvaste la vida a una persona! —insistió una noche frente a unos margaritas—. ¿Por qué tuvo que ganar Robby?

Aunque supongo que todo depende de lo que entiendas por ganar, porque Robby tendrá que pasarse el resto de su vida siendo Robby. Y eso, por definición, es perder.

¿Realmente me largué a Corea y dejé a Jack en Texas en cuanto me dieron el alta? Por supuesto. Tenía un trabajo que hacer.

Sin embargo, ¿me siguió Jack unas semanas después? ¿Apareció sin avisar delante de mi hotel con una bufanda de cachemir más suave que el terciopelo para una mágica noche nevada en Seúl?

¿Oficialmente? Por supuesto que no. Yo estaba trabajando.

Más importante aún, ¿aceptó Jack el desafío de unas vacaciones en Toledo por San Valentín? Sí. Aunque me pagó los billetes no reembolsables que compré yo y, de alguna manera, acabamos en un avión privado. Y me obligó a dejarle elegir el hotel.

En suma, fuimos a Toledo, pero no me preguntes qué nos pareció el jardín botánico. O el museo de arte. O los famosos perritos calientes con chili.

No salimos mucho.

¿Estoy diciendo que nos tiramos la semana entera en una elegante habitación de hotel y no salimos ni un solo día? Lo dejo a tu imaginación.

Pero digamos que Toledo es ahora mi ciudad favorita.

Debería mencionar que Jack y yo ya no salimos. No puedes salir con un tío como Jack eternamente.

No con Connie Stapleton diciéndonos veinticuatro siete «Daos prisa y casaos» y «Dadme unos cuantos nietos antes de que mi cadáver acabe en el jardín». Siguió recordándonos su posible muerte inminente mucho después de estar completamente recuperada. Sin reparo alguno.

—Me lo he ganado —dijo—. Y ahora, poned manos a la obra.

A día de hoy, Connie jura que la muerte —la amenaza de muerte, la promesa de muerte, la acechante garantía de muerte aunque estés sana— tiene su lado positivo.

Te ayuda, sobre todo, a recordarte que estás viva.

Te ayuda a dejar de perder el tiempo.

Jack y yo nos casamos en el rancho, naturalmente. Yo llevaba un ramo de madreselvas y buganvillas recién cortadas. El ojal de Jack lucía una pluma moteada que había encontrado junto al río. Hicimos imperdibles de cuentas y los repartimos como recuerdo. Y conseguimos que Clipper oficiara el enlace.

Es broma. Fue Glenn. Al parecer, también es juez de paz. ¿Quién lo habría imaginado? Para entonces iba por su cuarta esposa, así que declaró que eso lo convertía en un experto y nadie se atrevió a contradecirlo.

Elaboramos una lista de invitados bastante reducida. Básicamente familia y un puñado de estrellas de cine famosas. Cómo no. Pero solo aquellas que a Jack le caían bien. Kennedy Monroe, por ejemplo, no pasó el filtro.

Pero adivina quién sí lo pasó… Meryl Streep.

No pudo asistir, pero nos envió un juego de cuchillos de carne franceses, los cuales serían conocidos de ahí en adelante como «los cuchillos de Meryl Streep», incluso para nuestros futuros hijos. En plan: «Cielo, ¿me traes del cajón uno de los cuchillos de Meryl Streep?» o «¡No intentes abrir eso con uno de los cuchillos de Meryl Streep!» o «¿Cómo ha podido un niño de cuatro años doblar uno de los cuchillos de Meryl Streep hasta el punto de no poder enderezarlo?».

De modo que acabó convirtiéndose en toda una invitada de honor.

¿Y dejé que Taylor fuera dama de honor después de que me lo suplicara y me lo suplicara? Eh, no exactamente. Sí le dejé, no obstante, repartir los programas.

¿Y Kelly? ¿La sufrida Kelly? ¿Que tanto se había esforzado por conseguir un lugar en el Team Jack pero nunca tuvo suerte? La sentamos entre Ryan Reynolds y Ryan Gosling, y pusimos a Doghouse justo enfrente para que ardiera de celos toda la noche. En un momento dado Kelly derramó sin querer un vaso de whisky casero sobre uno de ellos —nunca consigo recordar cuál— y acabó teniendo que ayudarlo a quitarse la ceñida camisa y ponerse una de Jack.

Así que al final se lo pasó en grande.

A veces el entusiasmo es en sí la recompensa.

¿Cómo es estar con Jack Stapleton, querrás saber? Imagino que es como estar con cualquier hombre bueno, guapo a más no poder y mundialmente famoso que siempre está riéndose.

Es genial.

¿Sigue siendo agotador el atractivo de Jack? Absolutamente.

Pobre. No puede evitarlo.

Aunque la realidad lo atempera, como cuando sale a correr y se deja la camiseta sudada en el suelo del cuarto de baño. Cuando se le tuercen las gafas y no se da cuenta. Cuando estornuda por dentro de la camiseta y hace seguidamente una reverencia como si fuera un supergenio. Cuando se ríe tanto mientras cenamos que escupe agua por toda la mesa. Cuando intenta encestar un yogur caducado en el cubo de la basura para hacer un triple, falla estrepitosamente y sale disparado por la puerta antes de que lo obligues a limpiarlo.

Vaya, que perfecto no es.

Pero no tienes que ser perfecto para ser digno de amor.

Algo que ha cambiado es que ahora sé a ciencia cierta que puedo leerlo. Puedo distinguir al Jack actor del Jack real solo con mirarlo. Distingo su risa falsa de su risa genuina. Distingo su sonrisa irritada de su sonrisa de verdad. Distingo sus besos apasionados auténticos de sus besos apasionados falsos.

Y otra cosa que ha cambiado es que ahora puedo leerme a mí misma, y por «leer» me refiero a apreciar. Porque sí, todos deberíamos conocer nuestro valor inherente y ver nuestra belleza particular y apostar por nosotros dondequiera que vayamos.

Pero ¿realmente lo hacemos?

No hace daño tener un poco de ayuda, ¿no crees? No hace daño pasar la vida con gente que ve lo que hay de fantástico en ti de una manera que quizá tú nunca habrías visto por ti misma.

La gente que queremos nos ayuda a aprender quiénes somos. La mejor versión de nosotros mismos, con suerte.

De hecho, eso es lo que más me gusta de Jack Stapleton. No es su atractivo. Ni cómo le quedan esos Levi's. Tampoco es el dinero o la filantropía. Y, desde luego, no es la fama. La fama, en realidad, es un coñazo.

Lo mejor de Jack Stapleton es la habilidad que posee —y ahora sé que la heredó de su madre— de ver lo mejor de la gente.

Él ve quién eres y lo que puedes ofrecer. Lo ve, lo admira y luego te lo hace ver. Él refleja una versión de ti que está llena de admiración. Una versión que es absoluta, constante e innegablemente digna de amor.

En resumen: Cacahuete Palmer nunca volverá a colármela.

¿Recuerdas cuando describí aquel beso en la pantalla de Jack con ella como «mi beso favorito de todos los tiempos»?

Pues Jack Stapleton se lo tomó como un desafío personal.

Un desafío personal que ganó.

Bueno… para ser justos, que ganamos los dos.

AGRADECIMIENTOS

Nunca es tarea fácil escribir los agradecimientos. Simplemente, deseo dar las gracias a todas las personas que han leído, amado, recomendado, reseñado o compartido mis libros. Porque cada aleteo de amor por una novela ayuda a encontrar a sus lectores: las personas a las que les gustará, se sentirán transformadas por ella y ayudarán a otras a encontrarla. Los escritores no podemos escribir libros sin lectores que deseen leerlos. Estoy profundamente agradecida de poder pasarme la vida escribiendo historias, obsesionándome y perdiéndome en ellas. Así que... a los lectores, bookstagrammers, blogueros y podcasters, y a los fantásticos autores que hay ahí fuera apoyándose entre sí..., gracias. Y un agradecimiento especial a las novelistas Jodi Picoult y Christina Lauren por dejar que Jack Stapleton actúe en películas ficticias de sus libros reales.

Este libro requirió horas de investigación, especialmente sobre cómo es el mundo de la interpretación en realidad, y estoy sumamente agradecida a mis queridas actrices Sharon Lawrence y Patti Murin por dedicar generosamente su tiempo a hablarme de la fama, del oficio de la interpretación y de la vida en el mundo del entretenimiento. Sus conocimientos y su sinceridad fueron muy valiosos. También aprendí mucho del absorbente libro

Fame, y agradezco al profesor David Nathan que compartiera conmigo algunas ideas de su curso Casi Famoso. Dos libros muy detallados sobre la vida en el mundo de la protección ejecutiva me ayudaron sobremanera en mi investigación: *Finding Work as a Close Protetion Specialist* de Robin Barratt, y *Executive Protection Specialist Handbook* de Jerry Glazebrook y Nick Nicholson, PhD. Buena parte de lo que Hannah le cuenta a Jack sobre los detalles de su protección fue extraída de dichas fuentes. También disfruté mucho sumergiéndome en el canal de YouTube del especialista en protección ejecutiva Byron Rodgers, un recurso rico e interesante no únicamente para conocer los detalles de la profesión, sino también la psicología que la sustenta. Su entrevista con la legendaria agente Jacquie Davis fue especialmente útil e inspiradora. También me gustaría darle las gracias a la doctora Natalie Colocci por su asesoramiento médico, así como a mi querida amiga Sue Sim.

Los libros nunca suceden —o encuentran su salida al mundo— sin un aliento y un apoyo profundos, y debo muchísimo a las personas que siguen animándome y apoyando mi escritura. Mi editora, Jennifer Enderlin, y mi agente, Helen Breitwieser, son dos de mis personas favoritas y hacen posible que cada día siga dando lo mejor de mí. Mi más sincero agradecimiento a la gente fantástica con la que trabajo en St. Martin's Press: Sally Richardson, Olga Grlic, Katie Bassel, Erica Martirano, Brant Janeway, Lisa Senz, Sallie Lotz, Christina Lopez, Anne Marie Tallberg, Elizabeth Catalano, Sara LaCotti, Kejana Ayala, Erik Platt, Tom Thompson, Rivka Holler, Emily Dyer, Katy Robitzki, Matt DeMazza, Samantha Edelson, Meaghan Leahy, Lauren Germano y muchos otros. También quiero dar las gracias a la escritora/directora Vicky Wright por ser mi heroína, por adaptar no uno, sino dos de mis libros a maravillosas películas de Hollywood —incluida la más reciente, *Happiness for Beginners* (*Felicidad para principiantes*)— y por presentarme en la vida real al inspirador actor de cine Josh Duhamel. Gracias, también, a Lucy Stille Literary por su representación.

Enormes abrazos y miles de gracias, como siempre, a mi familia: mis hermanas, Shelley y Lizzie, y sus familias; mi padre, Bill Pannill, y su esposa; mis dos fantásticos hijos, Anna y Thomas. Y el *dream team*: mi legendaria madre, Deborah Detering, y mi igualmente legendario marido, Gordon Center, quienes, cada uno a su manera, son fuente constante de apoyo, aliento, tolerancia e inspiración. Si algo tengo claro en esta vida es que me ha tocado la lotería.

NOTA DE LA AUTORA

Este es mi libro de la pandemia.

Comencé esta historia en el verano de 2020 y la terminé en la primavera de 2021.

Es una historia que escribí cuando mi vida real, como la de la mayoría de la gente, estaba repleta de inquietud, estrés, incertidumbre, miedo y aislamiento. En mis relatos intento siempre encontrar un equilibrio entre sombra y oscuridad. En el caso de este libro, el equilibrio era el máximo posible de luz.

Recuerdo hablar al principio de todo con Jen, mi editora, sobre los elementos clave de la trama. No me gustaba la profesión que había asignado a Jack, uno de los personajes principales. El trabajo que Jack tenía entonces era tan aburrido que ni siquiera podía concentrarme cuando intentaba documentarme sobre él. De modo que Jen dijo: «¿Por qué no puede ser un actor de cine?». Y mi primera respuesta fue, «¿No es demasiado divertido?». Lo meditamos un rato y finalmente decidimos que «Nada es demasiado divertido».

Y ese año todavía menos.

En resumen, que escribir este libro me ayudó a sobrevivir durante el año 2020. Fue el proyecto al que me aferraba, el proyecto que me motivaba, el proyecto que me ayudaba a crear mi propio sol en tiempos sombríos.

Podría haber durado fácilmente mil páginas. Me gustaba tanto estar con mis protagonistas que no me habría importado añadir una escena detrás de otra de los dos gastándose bromas, achuchándose y montando a caballito.

El escenario de esta historia es la querida finca ganadera de mis abuelos en Texas. La casa de los Stapleton es la casa de mis abuelos, un caserón con una cocina luminosa, puertas mosquiteras que se cierran solas y el olor a cuero y madreselva por todas partes. Mis abuelos ya no están. La casa sigue allí, pero la tenemos alquilada y hace años que no la visito. No obstante, escribir este libro me permitió regresar y pasearme por ella, por lo menos en mi cabeza. Me permitió viajar a un lugar que amo, que todavía puedo ver centímetro a centímetro, y fue todo un deleite agridulce estar allí.

La experiencia me llevó a reflexionar sobre el sentido de escribir historias.

Porque este libro no lo escribí únicamente por diversión. Fue una suerte de tónico para mi agotada alma.

Existe una cita de Dwight V. Swain sobre el acto de escribir: «Una historia es algo que le haces al lector». Estoy tremendamente agradecida por lo que esta historia en particular me hizo a mí. Me nutrió de maneras profundas que ni siquiera creía posibles.

Siempre quiero que mis historias hablen de amor, de luz, de encontrarle sentido a los momentos difíciles y levantarse cuando la vida nos golpea. Siempre quiero que nos cautiven y hagan reír (a mí incluida)… y nos aporten algo sabio a lo que asirnos.

Eso nunca ha sido tan cierto como con *La guardaespaldas*. A lo largo de 2020 pensé a menudo en ello: en lo importante que es la risa, lo importante que es la esperanza, lo importante que es la alegría.

Lo mucho que el relato justo en el momento justo puede levantarte el ánimo y rescatarte de las sombras.

Eso es todo lo que los escritores pueden realmente aspirar a hacer por sus lectores: inventar historias repletas de la magia que anhelamos para nosotros mismos. Espero que tu tiempo en el rancho con *La guardaespaldas* haya sido tan enriquecedor para tu alma como lo fue para la mía.

KATHERINE CENTER